你好,安娜

蒋韵 /著

南方出版传媒
花城出版社
中国·广州

图书在版编目（CIP）数据

你好，安娜 / 蒋韵著. -- 广州：花城出版社，2019.8（2020.5重印）
ISBN 978-7-5360-8944-0

Ⅰ．①你… Ⅱ．①蒋… Ⅲ．①长篇小说－中国－当代 Ⅳ．①I247.5

中国版本图书馆CIP数据核字（2019）第149296号

出 版 人：肖延兵
策划编辑：朱燕玲
责任编辑：朱燕玲　胡百慧　杜小烨
营销统筹：蔡　彬
技术编辑：薛伟民　凌春梅
装帧设计：介　桑

书　　名	你好，安娜 NIHAO, ANNA	
出版发行	花城出版社 （广州市环市东路水荫路11号）	
经　　销	全国新华书店	
印　　刷	佛山市浩文彩色印刷有限公司 （广东省佛山市南海区狮山科技工业园A区）	
开　　本	880毫米×1230毫米　32开	
印　　张	9.75　　2插页	
字　　数	226,000字	
版　　次	2019年8月第1版　2020年5月第4次印刷	
定　　价	45.00元	

如发现印装质量问题，请直接与印刷厂联系调换。
购书热线：020-37604658　37602954
花城出版社网站：http://www.fcph.com.cn

献给我的母亲

薄韵.

目 录

上篇　天国的葡萄园

第一章	003
第二章	021
第三章	057
第四章	089
第五章	111
第六章	135

下篇　玛娜

第一章	179
第二章	225
第三章	257
第四章	281

后记　记忆的背影　　301

PART 1

上篇

...

天国的葡萄园

...

第一章

CHARPTER 1

一

　　素心、三美和安娜一起乘火车去看在乡下插队的凌子美。凌子美是三美的姐姐，也是安娜的同学和闺密，而素心，则是三美的好友。

　　凌子美插队的地方，叫洪善，是富庶的河谷平原上的一个大村庄。河是汾河，从北部山区一路流来，流到河谷平原，就有了从容的迹象。称这一片土地为"河谷平原"，其实，是不确切的，在现代的地理书上，它确切的称呼应该是"太原盆地"，往南，则叫作"黄河谷地"。可不知为什么，她们，当年的安娜和凌子美们，在频频的鱼雁传书之中，固执地，一厢情愿地，称这里为"河谷平原"，没人知道原因。或许，她们只是觉得"平原"比"盆地"更有诗意。

　　那是一个仲夏的季节。

　　四十年前的夏天，还有着水洗般明净澄澈的天空，她们选择了一个好天气出行。平原上，大片大片的玉米和高粱、甜菜和胡麻，拔节、灌浆，生长着，成熟着，原野上有一种生机勃勃壮阔的安静。远处，几乎看不见的地方，汾河在流，偶尔，车窗外会闪过明亮亮安静的一条。那时，她们不知道，这是终将消逝的风景：这亘古长存的锦绣和安静。

她们乘坐的，自然是绿皮火车，那是一列慢车，逢站必停。一路上，她们一直在听素心讲故事。素心是个文艺女青年，喜欢写诗，喜欢读书，当然，某种程度上，她们几个都是女文青，只不过，在她们中间，素心最有才情。

那天，素心讲的是她刚读过不久的小说《安娜·卡列尼娜》。

素心有着超凡的记忆力，读书过目不忘，她可以大段大段地复述原著，关键之处，几乎一字不落。她的讲述，从容、安静、波澜不惊、不动声色，却处处暗藏诱惑，就像她这个人。三美和安娜，听得十分痴迷。尤其是安娜，听着这和自己重名女人的故事，觉得有种说不出的震撼。列车走走停停，乘客吵吵嚷嚷上上下下，一切，都没能中断这个俄罗斯女人的故事，这个始于冰天雪地中莫斯科火车站的悲剧故事。

"素心！"

有人叫。

车停在了一个叫"太谷"的地方。那是个小城。很多年前，这小城曾经是晋商的发祥地之一，富可敌国，慈禧太后还向这里的富商们借过钱呢。也是孔祥熙传奇般发迹的地方，小城中，东寺的白塔下，还有着蒋介石、宋美龄曾经下榻过的孔祥熙家的花园。总之是一个传奇出没的地方。但当年的素心她们，并不知道这些，她们只知道，这里出产一种点心，叫"太谷饼"，还知道，有许多来自京城名校的知青们，在小城周边的村庄插队。有不少关于他们的传闻和流言，就像鸟群一样，在汾河两岸到处栖息、飞翔。

有人叫素心。

素心一抬头，她们都抬起了头，就这样，她们遇见了彭承畴。她们的故事,猝不及防地,开始了。

"嗨!彭——"素心惊喜地笑了,"好巧啊,你要去哪里?"

"好巧!"彭承畴回答,"怎么会在这儿碰上?"他说,"你们这是要去哪儿?"

四十多年前,行驶在中国大地的绿皮火车上,你经常可以看到彭承畴这样的知青。他们身穿洗得发白的蓝学生装,或者是旧军装,斜挎一只同样洗得发白的军绿帆布书包,书包里,不一定有牙刷或者换洗内衣,却往往有一本笔记本,上面摘抄着查良铮翻译的普希金诗歌:《假如生活欺骗了你》《致大海》《自由颂》等。也许不是普希金,是莱蒙托夫,是屠格涅夫的某段小说或者是契诃夫的戏剧,总之,这样的东西,是他们的食粮。

此刻,站在她们面前的彭承畴,就背着这样一只书包,一身打了补丁的蓝布裤褂,洗得很干净。他笑着,洁白的牙齿在阳光下闪烁着,晃着素心们的眼睛。列车突然变得安静了,天地突然变得安静了。一切嘈杂,人声喧嚣,退到了很远很远的地方,留下一个明亮的、静如处子的舞台,供传奇登场。

片刻,三美第一个说话了:

"噢!你就是那个大名鼎鼎的彭——啊!素心天天向我们炫耀,说你才华盖世——"

"我哪有那么夸张?"素心脸红了。

"怎么?难道我不是才华盖世?"彭笑着问素心。

都笑了。

只有安娜没有笑。

没有空座。她们挤挤,想请彭坐下,但他没有。他说他也是在找人。他们几个插队的同学约好了,分别从不同的小站出发,乘坐这一辆车,要去一个什么地方。

"去哪儿?"三美快嘴快舌地问。

"华山。"回答的是安娜。她不动声色地这么说。

"咦?你怎么知道?"素心和三美奇怪地望着安娜问。

安娜没回答,她抬起眼睛望着彭,问道:

"我没猜错吧?"

彭承畴直视着她的眼睛。那是一双大而幽深的美目。阳光明亮的车厢里,那双眼睛闪烁着某种波光般魅惑的光芒。彭笑了,说:

"真想打击你一下。"

"错了?"三美问。

彭没说对错。他对她们挥挥手,说:"我得去找人了,要不他们以为我没上车。再见再见——"

说完,他转身而去。

三美说:"他们到底是不是去华山啊?"

安娜笑笑,说:"当然是。"

"你怎么知道?"

"这辆列车的终点站是西安,途经华山。去华山的人都坐这辆车。"安娜回答。

"这辆车途经的车站多了去了,坐这辆车的人也多了去了。比如我们,我们去的是洪善,怎么他们就一定是去华山呢?"三美不服气。

"别人是别人,可他们不是别人。"安娜这样回答,"他把我们的故事打断了。素心,你接着讲啊。"

素心听着三美和安娜的争论,始终,没有说话。她沉默得似乎太久了些。听到安娜叫她,素心说:

"我忘了,我讲到哪儿了?"

"哦,讲到——"三美想了想,"讲到安娜从莫斯科回彼得堡,风雪的夜里,她一个人走下了列车……"

素心怔了一怔,说:"真巧。"

"什么真巧?"三美问。

"她在风雪的站台上,看到了追随她而来的渥伦斯基。"素心这样回答。

二

素心的母亲，多年前，曾经和彭承畴的姑妈做过同事，她们在同一所医院任职，是年轻时的闺密。后来，素心一家从北京调到了黄土高原上这个干旱多风的城市，素心的母亲和这个闺密，在很长一段时间鱼雁传书，保持着通信联系。后来，1966年之后，这联系渐渐中止了。她们彼此没有音讯地过了一些年。70年代某个夏天，一个暴雨后的傍晚，这城市的天空出现了一道美丽的彩虹，闺密就是在这城市最诗意的时刻，敲开了素心家的房门。

素心的母亲又惊又喜。"彭姐姐！"她叫了一声，声音因为激动远比平时要尖利，"你怎么来了？我不是做梦吧？"

但是，一分钟的惊喜之后，素心母亲怔了一下，放低了声音："彭姐，出什么事了吗？"

那是一个总是"出事"的年代。熟人或不熟的人中，张三出事了，李四出事了。素心从长辈之间压低声音的交谈中，一听到这个不祥的字眼，她就忍不住用指甲去抠自己的手心，似乎，要把这个险恶的字眼从她的生活中抠出去。

"没有没有，"闺密，母亲的"彭姐姐"慌忙回答，"我是路过，想你了——"她说，"我去看我侄子了，他在离你们这里不远的太谷插队。"

"哦——"母亲松了一口长气,放下心来,顿时眉开眼笑,高兴地在厨房打转,想张罗出一桌不太难堪的"无米之炊"。那是这个城市最困窘、最贫乏的年月,物质奇缺,一切都要凭票供应,素心母亲搜罗遍了橱柜,找出一盒收藏了好久的午餐肉、几根腊肠,都是外地的亲友赠送的礼品。于是,她用午餐肉烧了水萝卜,用腊肠炒了青蒜苗,焖了一锅只有过年过节才舍得吃的大米饭。素心父亲开了一瓶"青梅酒",那是这个城市特有的一种露酒,价格低廉,但口感尚可,特别是它的颜色,碧绿如江南春水。素心父亲是江南人,所以,青梅酒是素心家餐桌上最常见的一种酒。

那一夜,酒足饭饱。父亲被母亲打发到了孩子们的房间里睡觉,母亲和她的彭姐,这一对闺密,占据了这间既是客厅、餐厅又是夫妻卧室的大房间。母亲泡了两杯绿茶,茶香和着酒香,氤氲缭绕,使这间杂乱、拥挤、灯光昏暗的屋子,难得地,有了一点静谧的温情,一点悠远的伤感。彭姐啜了一口清茶,感慨道:"能见到你,真好!"她说:"这些年,断了联系,也不知道你的地址变没变,心想,碰碰运气吧,还好,我运气不错。"

素心母亲默默地从桌上探出双手,握住了彭姐捧着茶杯的手。

"彭姐,"素心母亲慢慢开了口,"说吧,到底出什么事了?你一定有事,我知道。"

彭姐沉默了一会儿,笑了。

"真是想你了。就是想在死之前见你一面。"她淡淡地说,"我病了,肺癌,做了手术,做了化疗,以为好了,结果,还是转移了。"她又笑笑,"咱们都是资深的护士长,这辈子,见过太多的生生死死,我本来也不准备瞒你,只是,当着孩子们,不想说太多……"

"那,那你还喝那么多酒?"素心母亲心乱了,即使有准备,还是意外,还是惊心,她语无伦次,不知道该说些什么,只是更紧地,攥住了她的手。

她的彭姐姐,毕业于一所教会学校,早年间是教会医院的护士,受过洗,是天主教徒。一生未嫁,前半生许配给了上帝,后半生许配给了白衣天使这职业。攥在素心母亲手里的那双手,曾经,协助医生,不知把多少濒危的人从死神那里夺了回来,它灵动、纤巧、敏捷、自信、柔软而温暖,是天生的护士的手。可现在,这双手,皮包着骨头,它没有能力再去抢夺什么了。它束手待毙。

"姐——"素心母亲轻轻说,红了眼圈,"我能做点儿什么?"

她笑了。

"你当然能做点什么。我啊,托孤来了。我把我在这里插队的侄子托付给你了!他无父无母,只有我这个亲人,可是你看,现在,连我也背弃他了,抛下他了……"她的声音,微微地,有了一丝波动。

彭,就是这样猝不及防地出场了。这个孤儿,这个北插,以这种悲剧的姿态降临到了素心一家的生活中。他的姑妈,郑重地,把他介绍给了自己最信赖的女友,她说:"也不需要别的,他已经长大成人了,就是,他来来往往,回北京,路过这里,或者,来这城市办事,有个落脚之处,有碗热饭吃。"

"你放心吧。"素心母亲回答,"告诉我他的地址,我去看他——"

"不不不，不需要，他不需要这个，"彭姐打断了她，"这孩子，很有些怪脾气，我回头把你们的地址给他，他认为需要的时候，自己会来找你们。"

素心母亲默默地点点头。那一夜，她的心，其实并没能放到那个孤儿那个侄子的身上。它一直在痛，为她的彭姐姐。往事汹涌如潮，她想起从前那些温暖的时刻。素心母亲从小失恃，而比她大五六岁的彭姐姐，奇怪地总是给她一种母亲的感觉，宽厚、慈爱、包容。那时她经常会任性地耍一点小脾气，闹一点小别扭，似乎是在考验彭姐姐作为一个朋友的耐心。离京前，她哭了。她知道，从此，她不能再小任性、小放纵，因为，她的生活中，没有彭姐姐了。

而现在，世界上，将没有彭姐姐了。

她们同床而眠。关了灯，却难以入睡。久久地，说着别后的种种闲话。聊京城的旧人旧事，"吐槽"这客居之所的闭塞、灰暗、物质的匮乏和精神的压抑。当然，"吐槽"这个词汇，要在若干年之后才会出现，所以，素心母亲是在抱怨。彭姐姐想：她在抱怨生活。这样想着，她宽厚地微笑了。就像有感应一样，素心母亲突然住了口，她想起了，就是这种被她百般抱怨的东西，这一切，将和她的朋友永诀。

她沉默了一会儿，终于，这样问道："姐，你害怕吗？"

黑暗中，彭姐姐握住了她的手。"你忘了，"她回答，"我有信仰。"

她真的忘了。但，握住她的那双骨瘦如柴的手，被病痛伤害和折磨的手，仍旧，有着对生的缠绵和依恋。她懂这个。

第二天，一大早，彭姐姐就告辞了。她固执地不让素心母亲送她去火车站。她平静而坚决地说："方，就此别过——"她像从前那样，这样简洁地称呼着素心的母亲。方，那是素心母亲的姓氏，这世上，只有彭姐姐一个人这样称呼她，瞬间，素心母亲泪水溢满眼睛。

于是，就真的别过了。她再无音讯。素心母亲给她写信，没有回音。素心母亲懂了。

她常常想起她们最后见面那天，想起天空中那一道绚烂的彩虹。她记得上帝说过，彩虹是他和人类永恒的约定。她想，原来，上帝见证了她们的道别。

第二年，仍旧是夏天，某一个傍晚，有人敲开了素心家的房门。开门的是妹妹尘生，只见，门外站着的，是一个陌生的、戴着眼镜的年轻男子，穿一身洗得发白的蓝布学生装。"你找谁？"尘生问。他还没有回答，就听见身后传来了母亲的声音："承畴？承承——"

"是我，阿姨。"彭承畴笑了。

"叫我姑姑。"母亲说。走上来，抱住了这孩子，这个子比她高出一头的孤儿，泪水夺眶而出。"叫我姑姑。"她泪流满面地说。

三

那天，是在傍晚时分，素心才终于讲完了托翁的安娜。

落日把河谷平原染成了一片辉煌的金红。正在成长的庄稼，那些玉米和高粱、树、远处苍老的汾河、北方农舍、梁上归巢的燕子、田野里黑羽毛白胸脯的喜鹊，一切，都变得流光溢彩。但是，安娜死了。渥伦斯基也将要去战场上送死。她们很悲伤。

那时，她们总是为这些遥远的、另一个世界另一个时空中的人物悲伤着，或者欢喜着，那是她们的诗和远方，是她们精神的家乡。她们对那个世界的热爱，远胜过热爱她们自己真实暗淡的人生。

凌子美和安娜，十六岁那年，去了内蒙古建设兵团。五年后，安娜病退回城，而凌子美，则转插到了这个河谷平原上的村庄。

走时，她们意气风发，归来时，则是伤痕累累。

子美的同屋，是个天津知青，那几天，请了探亲假，回了天津。这样她们就拥有了一个自己的空间。那是一排红砖瓦房，盖在村边上，据说，是几年前特为下乡的知青盖起来的，它在青砖灰瓦的北方农舍中间显得另类，有一种掩盖不住的潦草和单薄。起初，天津来的学生们拆了火炕，搭了铺板。仅一个冬天下来，他们受了教训,又请队里找人重新盘了火炕。此刻,夏天,火炕自然不用烧,她们就在炕桌上包饺子。

没有肉,子美开了一瓶妹妹刚刚带来的红烧猪肉罐头,她用刀撬罐头时的动作野蛮而凶狠。她们把那肉罐头剁碎了,里面添加了胡萝卜和新割下来的韭菜。没想到味道居然出奇地好。她们还带来了酒,是素心买的青梅酒。村里人知道子美"锅舍"里来了客人,给她送来了几根黄瓜,刚摘下来的新黄瓜,顶花带刺,她们洗净了,一人一根,等不及开饭,迫不及待豪迈地咬着吃。安娜一边嚼一边举着黄瓜说:

"知道吗?我爸,就是让一根黄瓜送了命。"

子美知道,三美也知道,不知道的是素心。素心刚想问什么,还没开口,安娜又说话了。

"我们家里从来不吃黄瓜,我妈不让吃,那是我家的禁忌。我们只能在外面偷着吃。"她笑了笑,"好吃!"

饺子端上了桌。天也黑了下来。她们开了灯,一只十五烛光的灯泡,悬在头顶,灯光昏黄暗淡。没有酒杯,酒斟在了搪瓷缸和饭碗里,酒香绕梁。她们端碗的端碗,举缸的举缸,碰响了,几个人面面相觑,说:"为什么干杯啊?"

安娜想了想,说:"为我们和安娜相识。"

"好!"大家响应,"为安娜——"

她们各自喝了一大口。安娜喝得很猛,呛得咳起来。

子美说:"你少喝点,你不能喝酒。"

"能不能不提醒我这事儿?"安娜说,"我都快憋死了,在家里,我时时刻刻都被提醒,你有病,有病,有病!我好不容易跑出来,能正常地喘口气,你让我当两天健康人行不?"

子美沉默了。片刻,举起了搪瓷茶缸,说:"来,干杯!"

安娜说:"这一次,为爱情!"

"砰"一声,又碰响了。这是一个神圣的理由。

"安娜姐,"三美放下酒碗后问了一声,"你?是不是恋爱了?"

"我哪有?"安娜笑了,"我现在这个样子,用我妈的话说,剩半条命了,哪里能奢谈爱情?"

"可贾宝玉就是只爱病骨支离的林妹妹啊。"说这话的,是许久没开口的素心。

这一晚,素心在讲完安娜的故事之后,就陷入了沉默。这样一个故事讲下来,她一定是心力交瘁,大家都这么以为。素心是一个敏感的人,伤春悲秋那一类型的,无端的,眼里会突然涌出泪水,大家见怪不怪。但,这句话说出口,大家不知为什么觉得有些刺耳。这是一句正确的话,一个常识,没有任何不妥,可它在此时此刻,就是让人感到了突兀和……别扭。屋子里突然安静下来,一只蚊子嗡嗡嗡绕着她们飞舞,"啪"一声,三美伸出巴掌把它拍死了。

"姐,"三美开口转移了话题,"你要的东西爸妈让我带来了,两瓶汾酒,两条牡丹烟,罐头,还有老'资诚号'的点心,爸妈让问够不够?"

三美是使者。那些珍贵的东西,装在帆布旅行袋里,此刻,安静地堆在炕头。大家心知肚明,它们肩负着重任,它们和一个人的命运息息相关。

"这次招工,都有哪些单位啊?"安娜正色地问。

"还不知道呢。"凌子美回答,"不会有太好的地方,太好的地方也轮不到推荐我。我不奢求。"

"那,要是县城招工,比如,供销社之类的地方,你也去?"

"去!"子美毫不犹豫回答,"当然去啊!哪儿都去,我想念城市已经想疯了。现在要是能在县城'站栏柜'当售货员,哪怕只站一天,让我第二天死都行!"

安娜笑了,说:"别,你要这么说,那人家谁还敢招你?多不划算啊!才工作一天就得给你报丧葬费。"

凌子美也笑起来:"哪能啊,我瞎说,我要是回城一天就死了,对不起这些东西啊,对不对,三美?"

"你对不起爸妈。"三美静静回答。

谁都听出了,那是一句有弦外之音的话。

"吃饺子吃饺子,"安娜岔开了话题,"看,多香的饺子啊,都坨了!"

第二天早晨,天气晴朗,凌子美和三美,拎着帆布旅行袋去了村支书的家里。三美算是凌家的代表——代表了不便出头的父母。而安娜和素心,则在她们走后,沿着屋后一条小路,走到了一处土坡上,席地而坐,看风景。

清晨的阳光,洒在田野上,有一种湿润的明亮,从这里望出去,汾河看得很清楚,明亮而温婉的一条,几乎是静止不动的,如同一幅画。河岸边,横着一只老木船,也是静止不动。大地如画。素心温柔地想,心情变得好起来。她热爱田野,热爱草、树、正在拔节灌浆的庄稼,热爱奔涌的绿意和巨大的安静,热爱盘旋在河面上的水鸟和林间的鸟鸣。总之,她爱一个和人无关的自然。

她们看河,看了很久。

安娜静静地叹息一声。

"从前，我以为我爱这些，但后来，我才发现，我永远也不会成为一个自然之子。"她说，"我不愿意一辈子心甘情愿为它付出。"她顿了顿，又说，"我们都是。我和子美。"

"我听三美说，当初，她姐为了去建设兵团，还写了血书。"素心转过脸来，望着安娜问道，"是吗？"

"是。"安娜安静地回答，"我也写了。我俩都写了。"

"哦——"素心明白了。

"去兵团是要政审的，因为毕竟是边境，可我和子美，我俩出身都有问题，人家不批。我们就咬破手指写了血书，"安娜望着远处的河流，缓缓说，"我们用血写了，要坚决和家庭决裂，要扎根边疆一辈子。"她笑了，"可我们都没做到。"

素心不语。她们此刻都想起来，凌子美正在做什么。她在用从家里索取到的烟酒、糕点等东西，为自己重归城市铺路。

"生活，和我们想象的，永远不一样。"安娜说，"和十六岁时候想象的，尤其不一样。"

十六岁的时候，她们以为，未来的生活，就是一望无际的大草原，是屠格涅夫笔下《白净草原》那样的草原，辽阔、静谧、神秘；是春花烂漫，是骏马上放牧的姑娘和少年。苦难她们也不怕，她们预设的苦难，也是俄罗斯文学里的苦难，有西伯利亚的底色，比如，发配到那里的十二月党人以及追随他们而去的妻子，那苦难，浪漫而且有贵族气——精神贵族。安娜微笑了，十六岁时候的自己，多幼稚。

后来，多年后，素心读到北岛的诗句："如今我们深夜饮酒，杯子碰到一起，都是梦破碎的声音。"她脑海中想起的，首先，就是拎着一旅行袋烟酒为自己"走后门"的凌子美，那个在十六岁写血书的凌子美。

第二章

CHARPTER   2

一

　　安娜的病，起因是一场感冒。她跳到刚刚解冻的河水里去救一只落水的小猪仔——那是公共的财物。有一个叫金训华的青年，为了抢救落水的木材而英勇献身，这青年，是他们的榜样。她不知道刚解冻的春水的厉害，当然，就是知道她也会照样奋不顾身。结果，感冒迟迟不见好转，去了师部医院，验血，结论是残酷的：风湿性心脏病。

　　是因为感冒引起，还是感冒诱发，原因不明。

　　住院治疗期间，母亲赶来了。母亲根本来不及悲伤，她对病床上的安娜说，多好的机会！于是提出申请，当然费了一番周折，终于，她带着女儿回到了城市。在归家的火车上，母亲才想起来伤心，母亲对她说："走的时候活蹦乱跳，回来的时候，只剩半条命了！"安娜回答说："妈，你总是那么夸张。"其实，安娜自己也不甚清楚这病到底有多严重，但是，她并不很在意。她想，大不了是个死嘛！死，好像也没有那么可怕。

　　火车飞驰着。窗外是见惯的北方的田野、山脉和天空。可从疾驰的火车上看出去，它们似乎是不同的，有一种转瞬即逝的宿命感，一种近似于慈悲的凄伤，笼盖着河流山川。一晃，已经是初冬的季节，她病过了春天、一整个丰茂的夏季，还有斑斓的北方的秋天。地里的庄稼已收割净尽，空旷、辽远，偶尔，会看到一棵枣树，或者柿子树，叶子落光了，但有一些残留的果实，挂在枝头，红得分外招摇凄艳，如末世狂花，一闪而过，让安娜鼻子一酸。

　　回家后，母亲带她去了省城的大医院复查，结论和师部医院的结论一致，建议手术，把她闭锁不全的二尖瓣缝合。当然，也可以选择保守治疗。手术是有风险的，另外，花费颇大，她病退回城，一个无业的"社会青年"，没有地方给她报销医药费——她选择了后者。

　　她知道家里的状况。她们姊妹兄弟四人，她行二，上面一个姐姐底下还有一个弟弟和妹妹。弟弟去了铁路建设兵团，在深山里修京原线，姐姐在晋北插队，妹妹则还在念高中。他们四个，是没有父亲的孩子，他们的父亲在最小的妹妹刚满百天的时候，就出了事，死于一场中毒性痢疾。当时他在水库工地上修水库，没有特效药，耽搁了救治。据说起因是因为吃了一根没洗净的黄瓜：新鲜的黄瓜，顶花带刺，在刚摘下来不久前淋了粪水，那就是祸根了，沙门氏菌感染。他们姊妹四人，靠着母亲一个大学教师的工资养大，母亲的工资单，安娜见过，一百零元五角。在这个城市，一个六口之家（姥姥一直跟着她们），人均不到二十元，当然不算贫困，但也绝非宽裕。好在，母亲是那种"上得厅堂，下得厨房"的女人，很会持家，除了精打细算，还特别心灵手巧，善烹饪、会做菜，还会做衣服、织毛线。所以安娜他们姐弟，衣食无虞甚至可说是体面地长大，但，从小，安娜就知道，他们这个家，是经不起风吹草动的。那体面和光鲜很脆弱。

　　他们家承担不起一场心脏手术的巨额花费。

　　母亲坚持手术。她不干。

母亲说:"你不用担心钱。"

她说:"我不是担心钱。"

"那你是为什么?"

她回答:"我怕死在手术台上。"

她用这话阻击母亲。她让母亲无话可说。她知道必须给母亲一个台阶下,必须给她一个说服她自己的理由。她甚至看得出来当她说出拒绝手术的时候,母亲不由自主地悄悄松了口长气。可同时,母亲又为自己这如释重负感到深深的歉疚和痛苦。母亲失眠,一根接一根吸烟,黑暗中,看不到母亲的脸,只看见红红一点烟头,明明灭灭,好像把黑夜烫出了一点一点的伤疤,也把她自己心上烫出了伤疤。

姥姥安慰母亲,说:"你呀,想开点儿吧。我从前不就跟你说过?那孩子,过于单薄,太灵,太聪明了,人又好看,那不是好事,这样的孩子,人间留不住,她们都是下凡来历劫的仙童——"

"妈!"母亲厉声打断了姥姥,"您别再说这迷信的话好不好?"

母亲又说:"谁说留不住她?谁说不做手术就是等死?大夫明明说了,保守治疗也是治疗!"

母亲突然哭了。

许久,姥姥叹一口气:"四个孩子,都是我拉巴大的,你当我不疼?孩子她懂事,知道不能让自己一个人拖全家跳火坑,你得成全她。"

姥姥把一个肥皂泡,她和母亲合力吹出的一个肥皂泡,很轻易地戳破了。

但其实,安娜并没有能够真切地、刻骨地感受到死。所以,她不恐惧。倒不是说她怎样的心存侥幸，而是，她其实是用审美的态度来看待她的病。她记得鲁迅在哪篇文章中讥刺中国文人的病态美，大意是说，春日的午后，吐半口血，由侍儿扶着，恹恹地，到阶前看庭院的海棠。真是鲜明如画啊。她没有侍儿、没有庭院、没有海棠可看，可她还是觉得，那种人生态度，她喜欢。她一点儿不觉得这应该讥讽，尽管，她特别尊敬鲁迅。

她不怕死，她怕死得难看。

她觉得自己要学习那个吐半口血、恹恹地，在春日午后看海棠的前辈。吐血，想来他得的一定是肺病，肺结核，在那个时代这是不治的绝症，比她的"风心病"要凶险得多，可这仍然不能阻挡他对春光、对美的依恋，她觉得那里有种谦卑之美，在大千世界面前的谦卑。她在难过时会对自己说，安娜，你要努力啊，努力使自己，病成一幅画。

那是她卑微的人生理想。

安娜不算漂亮。这她从小就知道。

若说漂亮，她比不上姐姐。姐姐的漂亮是那种极鲜明光芒四射的漂亮，无论走到哪里，都会让人眼前一亮。"哟，多好看的小姑娘！"从小，姐姐就是被这样的赞美喂大的，这样的赞美，对姐姐来说，如同一日三餐佐餐的菜肴。而安娜，在姐姐的光芒下，永远是被忽略的那一个。

姐姐是爸妈的掌上明珠。

那时父亲还活着，父亲也在大学里教书，弟弟妹妹还没有出生，所以家里的经济状况要远比后来好。母亲当然可以随心所欲地打扮她的长女。母亲后来总爱说一件事，说姐姐刚出生三天，父亲就"烧包"地买回了三件跳舞衣，它们分别是白色、淡粉色和绿色的纱裙，很漂亮，也很昂贵，却大得足够三岁的孩子穿。初为人父的爸爸，一定是不知道怎样来表现他内心的喜悦。安娜从来也没有问过："我生下来的时候爸爸买过什么？"因为她知道答案：爸爸一定对她的到来很失望，他一定是盼望一个儿子的，盼望一个人生的圆满。

很小，安娜就知道了一个形容词：花团锦簇。她已经不记得自己是怎么知道这个词的，但这个词，是活的，活生生地在那里，在她眼前，是与生俱来的一个存在，而不是一个知识。她看到姐姐，就看到了这个词，花团锦簇。这个词就活在姐姐身上，或者说，就是姐姐本人。并不是说，姐姐总是穿红戴绿，相反，妈妈其实并不爱给姐姐穿色彩过于喧闹鲜艳的衣裳，妈妈常说，小姑娘穿蓝色、灰色、白色其实更漂亮。可是任何沉静、安谧的颜色，只要在姐姐身上，就变得明媚、嘹亮、蜂飞蝶舞和芳香，就像春天的花园。而安娜自己，则是一株无色无香的小草。

六一儿童节，妈妈给她们姐妹俩买了新裙子，姐姐的是素净的白色泡泡纱，而安娜的则是热烈的玫红底黄花图案连衣裙。安娜对妈妈说："我也想要白色。"妈妈回答她说："你穿白色不好看，你穿这个合适。"她不知道为什么她穿那些喧闹的颜色就"合适"，长大后，她才想明白，衣服对于当年的姐姐来说，相当于画框，而对于她来说，衣服是画作，而画框是她。

无论在幼儿园、在小学，姐姐都是最光彩夺目的那一个。她很小就被少年宫艺术团的舞蹈队选中，而且总是站在舞台的正中心，不是独舞就是领舞。她学跳崔美善的《长鼓舞》，跳陈爱莲的《蛇舞》《春江花月夜》，真是有模有样。那时，常常会有一些来自首都或是本地的艺术团体、院校，来少年宫艺术团挑小学员，姐姐就是那个总会被首先挑中的幸运儿。"条件真好啊！"

他们感慨，"真是好苗子啊！"可是，母亲坚决不允许她的长女做一个舞蹈演员，哪怕人家许诺说她的女儿一定会成为一个舞蹈家也无济于事。母亲问人家：

"她能成为乌兰诺娃吗？成为邓肯吗？"

人家没法回答。谁也无法回答。人家不负责回答上帝的问题。充其量，人家是会相马的伯乐，至于能不能成为千里马，最终还是上帝说了算。

姐姐叫丽莎，丽莎这名字，也是他们的父亲起的。丽莎、安娜、伊凡，他们姐弟三人的名字，都来自异域的俄罗斯。父亲是教苏俄文学的，他尤其喜欢屠格涅夫，两个女儿的名字，就都来自于这位文学巨匠的小说。丽莎取自《贵族之家》，而安娜，原意也并非是出自托翁而是取自《处女地》中的"玛丽安娜"。当他的儿子出生时，他甚至动议要给这孩子起名叫罗亭，被他妻子坚决制止——罗亭这名字符号性太强了！"我可不愿意让我的儿子做一个什么'多余的人'。"妻子说。其实，她更想说的是："我可不愿意他成为一个思想的巨人！"那，太危险了。

第四个孩子还在孕育的时候，中国发生了一件大事，那是1957年。丽莎和安娜的父亲，伊凡的父亲，受到了这事件的波及，被下放到水库工地上劳动就是这波及的结果。还好，他只是被划作"右倾"而没有戴上帽子。走时，最小的女儿还没出生，他自然也没有顾上取名字。后来，当这个小名被叫作"多多"的孩子刚满百天的时候，她从未谋面的父亲就在水库工地上死于一场中毒性痢疾——灾难就这样突如其来降临到了这个曾经安稳小康的家庭。于是，"多多"，余多多，也就成了这个家庭最小女儿的正式的学名。

后来，在丈夫的遗物中，安娜的母亲发现了一张纸，夹在一个笔记本里,上面写着:阿霞、阿霞、阿霞、阿霞……一连串的阿霞后面,是个惊叹号和一句话:谢公最小偏怜女。妻子当然看懂了那意思,那是他给小女儿起的名字,阿霞——仍然是屠氏小说中的人物。他真是执迷不悟啊!妻子这样想,泪流满面。只是,她这个未亡人,却没有成全逝者的遗愿。她把丈夫的书,那些小说、诗歌,统统卖给了废品收购站。然后,她发誓,她的孩子们,从今往后,远离这些虚幻的不祥的东西,她要她的儿女,这些没有了父亲的孩子,安全地长大。

只是,事与愿违。

首先,发难的是丽莎。

丽莎热爱舞蹈。丽莎的理想,是一辈子站在舞台的中央。至于能否成为中国的乌兰诺娃或是邓肯,她没有概念。但她想成为陈爱莲、崔美善,倒是真的。她学她们的舞蹈,从最初的片段,到整个独舞,后来,甚至是舞剧,比如,陈爱莲的《鱼美人》,里面重要的独舞、双人舞,她几乎都能跟着留声机唱片上的音乐,模仿着,跳下来。

我是为舞台而生。她骄傲地这么想。

但是她的妈妈,不喜欢,准确地说,是害怕这种幻觉般的人生,这种万众瞩目、需要迷离的灯光和璀璨的布景烘托的存在,那让她心里不踏实和恐慌。在丽莎小些的时候,她一次次拒绝了那些文艺团体和院校的招生,丽莎还有些懵懂,不是很清楚发生的事情。但,小学六年级时,有一个北京的中央级别的文艺团体来招学员,同样地,人家在少年宫艺术团很慎重、很严格地挑选出了进入初选的学员,其中当然有丽莎,而她的妈妈,也依然毫不迟疑地拒绝了对方。

这一次，丽莎反抗了。

丽莎问母亲："为什么？为什么不让我去？"

母亲说："你不可能一辈子跳舞。没有人能跳舞跳一辈子。"

"可我就要一辈子跳舞，"丽莎回答，"什么时候不能跳舞了，我就不活了。这难道不是一辈子吗？"

母亲说："胡说！你这叫走火入魔。你太小，一点不懂人生的漫长和艰难。妈妈是为你好！你跳舞，妈妈不反对，跳着玩儿，业余时间丰富你的生活，这多好？可是它不能作为你的职业，不能作为你一辈子的归宿！好好念书，做实际的工作，这才是踏踏实实的人生。"

可是十二岁的丽莎不要"踏踏实实的人生"。她说，除了跳舞，她不要别的生活。她和母亲大吵大闹，但母亲坚如磐石地保持着缄默。母亲想，由她去闹，去折腾，折腾到歌舞团的人走了，她也就消停了。果然，几天后，来人遗憾地坐上了返京的列车，呼啸而去。丽莎不吵了，不叫了，沉默了。第二天早晨，喊她起床吃早饭，上学，却怎么也叫不醒她。母亲这才惊恐地发现，十二岁的丽莎，十二岁的孩子决绝地吞吃了母亲床头柜里的安眠药。

好在，那瓶里的药不够多，送到医院，洗胃，灌肠，抢救了过来。

母亲抱着她的头生女，泪流满面，母亲说："丽莎，丽莎，我的宝贝，你要吓死妈妈吗？"

丽莎沉默不语。

母亲又说："好，妈妈不拦你了，你以后，想到哪里就到哪里，只要人家要你，妈妈不阻拦——"

"晚了,"丽莎回答,"没有以后了。"

"怎么会?你还小,机会还有的是呢!"

没人知道,丽莎仿佛一个先知一样,说出了一个箴言。她出了院,郁郁寡欢,某一天,放学时,在外面淋了雨,感冒了。本来,都以为是一场普通的感冒,没想到,高烧不退,等到退烧后,才发现,感冒诱发了急性肾炎。

又是住院。输液。抗生素以及中药。当然,最少不了的是激素。等到几个月后,病愈的丽莎走出家门,几乎没人能认出她,她变成了一个虚胖的、臃肿的、难看的姑娘——那是使用激素的必然结果。尽管,医生和母亲都向她保证,只要停药后,就可以慢慢恢复正常的体型,就能重新变成一个美丽而苗条的小姑娘,可是,丽莎不说信也不说不信,她只是从此不再去少年宫,不再去舞蹈团了。没人听得见她内心的声音,没人听得见这孩子在自己的心里,怎样悲伤地和她挚爱的舞蹈告别。

因为生病,她留了一级。三年后,一九六六年,当她成为一个初中二年级学生的时候,时代的大震荡到来了,生活被彻底颠覆。学校停课了,闹革命,各路宣传队风起云涌,从前少年宫和学校里的文艺人才纷纷成为各大宣传队扛鼎的人物。和三年前相比,丽莎长高了,一米六五的身高,体重恢复到了四十八公斤左右。果然,医生们没有欺骗她,她真的又拥有了一个正常的甚至可说是苗条的体型。可是,这个"正常"的身体,和一个真正的舞蹈演员相比,是有距离的。只有丽莎自己,知道这距离有多么遥远。三年来,她没有踏入过练功房一步,她的手,三年来,没有摸过一下把杆。她知道自己的身体早已不再是那个柔韧、羽毛般轻盈、可随心所欲出神入化的自由的身体,她对这个身体充满了厌弃和鄙视。可是,当各路宣传队来动员她加入的时候,邀她"入伙"的时候,她还是、还是忍不住动心了:她拒绝不了舞台。

那是一个几乎半专业性质的大型宣传队,有一个宏大的乐队,西洋乐器和民族乐器济济一堂。那时他们正排练着一个大型的歌舞剧,《红旗漫卷西风》,里面有歌有舞,内容更是宏大无比,歌颂井冈山、歌颂八角楼的灯光和毛委员、歌颂长征,总之是一个大型的歌舞史诗。她自然是跳女一号的,她跳,后台传来这样的伴唱:

>紧紧拉住亲人的手,亲人的手
>多少往事涌上心头
>受苦人,世世代代当马牛
>一年年,一月月
>愁和恨,压心头,压心头,哦哦哦哦哦哦哦,压心头
>两年前,湘江风雷骤
>毛委员,发动群众闹革命
>一轮红日照九州
>照亮了井冈山,人民翻身抬起了头
>成立农会掌大权,紧紧跟着毛委员走
>紧紧跟着毛委员走,紧紧跟着毛委员走——
>可恨那陈独秀,可恨那陈独秀
>叫咱解散农会把枪丢,哦哦哦哦哦哦,把枪丢
>乌云重来,水倒流
>白狗子似豺狼,还乡团像疯狗
>家家户户没有了亲骨肉——
>……

这一大段独舞,她自己编排,自编自导自演,把中国古典舞和芭蕾舞和谐地糅合在了一起,尽管,她的一身功夫丢失了大半,可在这样的群众舞台上,她仍然如同惊鸿一般艳光四射。她一舞成名,整个城市都知道了,某某某宣传队有个"抓天儿"。那是人们给她起的绰号,因为她的舞蹈中有个标志性的动作,两手悲愤地、绝望地或是激昂地伸向苍天,那两只手极其生动,极有表现力和魅力。因为她知道自己的腰和腿已经不能够达到她心中的完美,于是,她让自己的两只胳膊和两只手来代言,她把自己的呼啸的灵魂投入到了那两只手上。

抓天啊!

抓天啊!

庆幸的是,人们听见了她的嘶喊。

她觉得,自己从那个叫"丽莎"的躯体中,破壳而出。那个"丽莎",像蝉蜕一般,被她丢弃在了来路上。她喜欢"抓天儿"这名字,那是她的新生。

他们四处演出。去工厂、矿山、部队,还有村庄。所到之处,"抓天儿"都是最受瞩目的那一个。"看看看,抓天儿!抓天儿!"人们在她身前身后指指点点,有那些调皮的小孩儿,会冷不丁地在她背后,或是在她正化妆的时候,冲她大喊一声:"抓天儿——"然后格格笑着逃走。

她微笑。

他们这个宣传队,属于某个战斗组织,什么什么兵团。那时,任何组织必定有对立的一方,在他们的城市,那个对立的一方,叫作什么什么联络站。这个兵团和这个联络站,势同水火。演出其实是有风险的。各种骚扰,比如,观众席中突然响起的刺耳的口哨，比如，叫骂，再比如，强光柱手电筒的照射，等等，扔向舞台上的玻璃瓶砸伤演员的事也时有发生。但是这些骚扰只会激起大家更强的斗志和凝聚力，"为有牺牲多壮志"，这是他们认同的理想。

然后，就到了那个平常的一天。

那天，他们乘坐卡车去某个工厂演出。那个工厂，是家兵工厂，在这城市的郊外。那天的演出也并没有发生什么特殊的事情，只是演出后的招待夜宵非常隆重，这让大家印象深刻。那天的夜宵，是猪肉大葱的馄饨和炸油条。馄饨煮得恰到好处，汤里撒了香菜末和香油，最让大家欢喜和意外的，是刚刚出锅的热油条。时间已是夜半，可食堂里的炊事员，一直支着油锅等到这个钟点，这让他们感动。那油条，夺目的金黄，热气腾腾，炸得又蓬松又鲜亮，香气袭人。那是此生，丽莎吃过的最好吃的油条。

为了感谢这些热情的食堂"大师傅"，他们现场表演了几个小节目。

师傅们说："谁是'抓天儿'？"

丽莎就站了出来，说："我，是我。"

大家就冲着她鼓掌。

丽莎擦了擦嘴，说："我给师傅们跳一小段。"

于是，伴唱的女声唱起来：

紧紧拉住亲人的手，亲人的手——

丽莎就在食堂昏黄的灯光下，在有些油腻的水磨石地上，在杯盘狼藉之中，翩翩起舞。窗户敞开着，是初秋的季节，凉风习习。窗外的夜空，一轮皓月，照耀着宁静的大地，宁静的城郊。

有隐约的香气,是北方少见的桂花香,幽魂一般,时隐时现。就在他们要上车而去的时候,丽莎想:哪里来的桂花树啊?好香啊!她朝四周张望,没有看见树的影子。就在这时,"轰——"的一声响,一个土造的手榴弹,在离卡车不远的地方,爆炸了。安静的夜晚,美好的夜晚,被炸出了一个小小的伤口。

一个人被炸死了。一个人受了伤。

炸死的是个乐队的男青年。

受伤的是丽莎,闻名遐迩的"抓天儿"。

二

再次见到那个叫彭的青年，是两三个月之后了。

那天，是周日，三美去素心家玩儿，恰巧，彭来了。彭说他进城办事，顺道来看看姑姑。素心的妈妈忙着张罗午饭，追着他一声一声叫"承承"。三美也被邀请留下来吃饭。素心妈妈的厨艺比三美的妈妈高明许多，素心经常留三美吃饭，所以，三美也就不客气。那顿午饭，素心妈妈做了炸酱面，酱炸得香极了，没有肉，一点点鸡蛋，满满一大碗酱，却炸得活色生香，三美忍不住夸赞道：

"方阿姨，都说巧妇难为无米之炊，可您怎么就能把素酱炸出肉酱的味道，甚至比肉酱还香呢？"

素心母亲笑了："我借了油渣的味儿啊，我用了一点炼猪油剩下的油渣。"她说。

"我妈也常用油渣给我们包包子，可她做得一点也不好吃。"三美说。

彭也笑着说道："油渣要是这个味儿，我以后也不用吃肉，只吃油渣就好了。"

"你也打趣姑姑，"素心母亲笑着说道，"不过这话我爱听，谁不爱听奉承啊？"

"不新鲜,这是刘姥姥的话,"素心不紧不慢地说,"可她说的是贾府的茄鲞,配料远比主料珍贵。油渣不一样,油渣本来就是好东西,刚出锅的油渣,加点白糖,或者加点盐,夹馒头,夹窝头,好吃得不得了,可哪有那么多油渣?油渣也很珍贵啊!"

她说的是实情。可她这么一说,大家就不知道该怎么回答了。

"就你看过书,就你是学究!"母亲只好这么圆场。

"素心说得不错,我从小也爱吃油渣夹馒头,"彭笑着望着素心,"刚出锅的热油渣,刚出笼的馒头,香得让人灵魂出窍。"

"下次来,姑姑给你们蒸馒头,让你们夹油渣吃。"素心母亲说。

饭后,三美告辞。三美说:"我先走一步了,好容易休息一天,家里还有一堆活儿要干呢!"彭说:"我也走了。"

三美愣了一愣。

三美是个有眼色的孩子,她看出了素心的不快乐,她好像也能隐约知道素心在期待什么。她本能地觉得自己应该退场,给素心和彭一点独处的时间。但是彭却也说要走,这叫三美一时有些不知所措。

"承承,你怎么也走得这么急?"素心母亲挽留道,"这么多日子不见了,话还没来得及说几句呢。今天别走了,就住下吧。"

"不了,姑姑,今天我还真的有事要办,下次吧。下次来,我再好好陪您聊天。"彭笑着回答。

素心母亲还想说什么,素心在一旁阻止了她。

"妈,你烦不烦啊!人家和你有什么可聊的?"说完,她看了彭一眼,"快走吧,别耽误你的宝贵时间!"

彭安静地、宽容地笑了。

"我真有事——"

"那就快去办事,"素心母亲似乎生怕那不省心的女儿再说出什么不妥当的话来,"姑姑不留你了。你只要记住,这里是你的家就行了。你随时回家来,姑姑给你做好吃的。"素心母亲说。

两人告辞出来。下楼。不知不觉都松了一口气。他们同时意识到了这点,两人不由得相视一笑。

三美说:"素心这个人啊,就这样。我都习惯了。你别介意。"

"我不介意,"彭回答,"我当她是妹妹。"

彭步行,而三美则推着一辆自行车。彭看着自行车说道:

"你有车啊?我来带你吧!"他迟疑一下,说,"哎,对了,你,认识安娜家吗?"

三美点头。"认识。"她说。

"那,你能带我去她们家吗?正好有车,"彭说,"你指路,我骑车带你。"

原来,他跟着三美告辞而出,是有预谋的。三美这样想。自行车只是一个借口。他迫切想去一个地方。三美觉得有些为难,她觉得此刻的自己有些像被敌人胁迫的王二小。

"你不是还有事吗?你不去办事了?"三美说。

彭想了想,一本正经回答说:"这就是我要办的事。"

三美很惊讶,惊讶他的厚脸皮或者说,是坦诚。她看见了面前一双坦诚的、渴望的眼睛。那眼睛,在午后的阳光下,有种金波翻涌的错觉。这样的眼睛,是没有办法拒绝的。三美在心里叹口气,默默地说了一声:"对不起了,素心。"

他们都没有发现,三楼的某扇窗户里,那个叫素心的阴郁的姑娘,一直目送着他们,同骑一辆自行车,在这城市七十年代初叶的马路上,一条洒满荒凉阳光的马路上,渐渐远去。

后来,安娜问彭说:

"要是那天,你没有碰巧在素心家碰到三美,你还能找到我吗?"

彭回答说:"能。当然能。"

"你怎么找啊?你又不知道我家在哪儿?"

"总会有办法。"彭说。

"什么办法?"

"很简单啊,我可以问素心啊。"彭回答得很坦诚。

"要是素心不告诉你呢?"

"怎么会?"彭一脸无辜的惊讶,"她怎么会不告诉我?她是我妹妹。"

安娜笑了。好吧好吧。山和山不会相逢,人和人总会相见。这是哪个国家的谚语?

彭喜欢这样微笑的安娜。非常喜欢。

"安娜,你想过我会来找你吗?"彭这样问安娜。

"我不知道。"安娜回答,"我不知道我想过还是没想过,我只是觉得,你敲门进来的时候,我并不怎么意外。"

彭笑了。他想起那天她一脸惊讶的样子,连声说:"呀,你怎么来了?真没想到!"原来那都不是真的。

安娜也笑了,说:"不许笑!"

"原来你知道我笑什么啊！"彭回答，"真会演。"

安娜其实没有说谎。此前，这个叫"彭"的青年，似乎并没有怎么让安娜在意。他惊鸿一现，出现在安娜们的列车上，搅起些小小波澜，然后便消失得无影无踪，这一切，安娜似乎都不陌生。这些落魄却骄傲的"北漂"，他们似乎理所当然地以为自己永远生活在世界的中心，或者，他们自己就是世界的中心。他那么轻易地让素心和三美这些小姑娘倾倒，说他"才华盖世"，这让她从心里感到了她和她们——这些小姑娘的差别：她们真是年轻啊！真是鲜嫩啊！生活还没有来得及让她们见识什么是风霜，也没来得及让她们见识更多的人……三美的雀跃，素心表面冷漠内心的紧张，让安娜心里涌起怜惜，也让她对这个卖弄的人，至少，有卖弄嫌疑的人，或多或少反感。

可是，奇怪的就是这个"可是"，当那天下午，她去开门，看到门外站在三美旁边的那个人时，她竟有种如释重负的欢喜：他终于来了。她想。那一刻她知道了，原来，她一直在等着他呢。她知道他会来，果然。

可她嘴里说的却是："呀，你怎么来了？真没想到！"

安娜的家，在大学校园里。校园在郊外，她家住的楼房，是五十年代兴建的三层旧楼，灰砖红瓦，苏式风格，陈旧，却有种敦实的尊严，像一个过时的学究。安娜家住二楼，一个两居的单元，旧时的房间，开间都不小，厨房和卫生间也都足够宽敞。从前，父亲活着时，小妹还没出生，朝南向阳的房间就是爸妈的卧室兼客厅和书房，他们姐弟三人和姥姥，住朝北的一间。两张上下床，分别摆在窗户两侧，中央，支了一只圆形的大桌子，居然，还不显得局促。那圆形的大桌子，就是他们一家人的餐桌。

父亲去世后，随着小妹妹的到来，向阳的那个大房间，自然而然成了母亲和小妹妹的屋子。父亲去世不久,母亲得了乳腺炎,炎症使乳房化脓,每天,要到医院去换药排脓,用消毒的纱布条在伤口里拽来扯去,痛得人死去活来。姥姥为了照顾母亲,也搬进了大房间里。那朝北的房间,就成了他们姐弟的天下。后来,弟弟渐渐长大了,和姐姐们同住变得不那么方便,于是,他自作主张,在厨房的中央,打了一堵墙,为自己辟出了一个独立的小空间。再后来,他们姐弟,插队的插队,去兵团的去兵团,都离开了家,等到安娜病退回城的时候,那间朝北的房间里,就只有她一个人奢侈地独占了。

多年来,母亲、姥姥、小妹妹,习惯了挤在一起。挤在一起,母亲才觉得安全。

安娜把那个目前由自己独享的房间,布置得很有情调。她珍惜日子。

她用一道布帘,分割出了房间不同的区域。布帘后面,是那两张如同学生宿舍的上下铺,布帘另一面,则是那张圆形的大桌子,木椅,以及靠墙立着的两只书架。布帘来之不易,因为家家都没有多余的布票,所以,那布帘,是用破床单、他们小时候的旧衣服,以及零零碎碎的布头,一块块,如同拼百衲被一般,用心拼接而成。那是心血的产物。那一块块布料,怎么裁剪,怎么拼色,怎么搭配图案,安娜很用了一番心思。效果出奇地好。挂起来,那百衲的布帘,竟有了一种异域的风情,热烈、奇妙、神秘。

真是化腐朽为神奇啊。彭忍不住赞叹。

那张圆形的大桌子,一直,都是安娜家的餐桌,那是父亲家的旧物件,据说是父母结婚时爷爷奶奶送给他们的礼物。安娜不知道它的出处,只知道那是一件舶来品,是欧洲十八世纪的老物件。它的木头,是胡桃木,越旧颜色越沉稳漂亮。四个桌腿有雕花,是精致的卷草、玫瑰花饰和丝带的图案。安娜同样不知道它是什么风格什么样式,就连母亲也不知道,甚至不能断定它究竟是不是一张餐桌,但作为一张中国家庭的餐桌它的形状真是太合适了。它千山万水渡海而来,在这异邦,在这简陋的房间里,在这简陋潦草的时代,看上去,有种生不逢时奢华的落魄与哀伤。彭不禁这样想。

就像坐在它旁边的姑娘。彭又想。

没有与它配套的椅子,簇拥着它的,是普通的木椅,单位配发的那种,在这个城市,几乎,家家都有这种朴素至极的椅子,但显然,为了使它看上去和那张桌子搭调,这个心灵手巧的主人,为它缝制了和布帘同样风格的椅套,还是百衲的垫子,只不过,那一块块的碎布料,无论颜色还是质地,都更趋于华美和古典。午后的阳光,斑斓地,洒在上面,彭忽然觉得有点恍惚,不知身在何处。

"我好像来到了一个小说的场景里。"彭感慨地说。

安娜笑了。

"夸张了吧?"她说。

这个屋里,确实,没有一点真实的时代特征和气息。比如,没有一张领袖像,没有印成年画的样板戏剧照。墙壁上,悬挂着一幅油画风景,安娜出去给暖水瓶灌水的时候,彭起身走到画前,细细端详。三美在一旁告诉他:"这是安娜自己画的。"他微笑了。

"临摹的。"安娜刚好进来,接口说。

"也不算完全临摹。"彭望着画面,这样说。

"那是因为临摹得不好。"安娜回答。

彭回头，望着安娜："你喜欢柯罗？"他说。

"你看出来了？"安娜一边倒茶一边问。

"这是柯罗的《摩特枫丹的回忆》，"彭回答，"只是，原来画面上的人物，被改动了。"

安娜笑了，说："不改，我妈不会让我挂出来的，她害怕人家说'封资修'啊。"

彭也笑了。

这幅柯罗的名画，一棵舞蹈般的小树下，穿红裙的女子是这幅画最诗意的地方。此时，站在这小树下面的，是一个穿着红上衣梳一根独辫的中国姑娘，和两个中国乡村模样的孩子。居然，也有一种浑然天成的和谐。

"我妈问我，这是画的什么，我说，是喜儿的杨各庄。"安娜说。

这一下，连三美也笑了。

那是宁静的一个下午，他们三人，围桌而坐，一壶清茶，一盘南瓜子。话题就从墙上的油画说起。彭说他也有一本柯罗的画册，是他父亲留学时从法国带回来的。这很奇怪，父亲学的是物理，生性严谨，他的书柜里几乎都是中外文的专业书籍，鲜有文学之类的杂书，但，却一直珍惜地保留着这样一本画册。只不过，'破四旧'时，被抄家的人抄走了。

"也许，这里面有故事，"安娜笑着说，"也许，这是一个特别的人送给他的礼物，比如，异国的恋人。"

"写小说吧？"彭也笑了，"《第二次握手》。"

其实，彭也不是没有这样想过。只是，他不忍心再这样想下去。

"我父亲，和我母亲，感情极深。"彭突然这样说，"我从来没有见过,像他们那样相亲相爱的夫妻。"他变得严肃。

"哦,我是信口胡说,"安娜收敛了笑容,"开玩笑。别介意啊。"

"我父亲,是一九六六年自杀的。"彭望着安娜的眼睛,奇怪,他那么自然就说出了这些埋在他心里,平时,很难说出口的往事,"他在夜里吃了安眠药,早晨,我妈叫不醒他,看到了空药瓶,心里明白了,然后,就在他旁边的暖气管上,上了吊……我那时候住校,不在家。我姑姑那天早上,不知为什么心神不宁,就跑到了我家里,姑姑有我家的钥匙,开了门,看到了他们俩,一个挂着,一个倒着……我妈那时候已经不行了,可我父亲,大概是药量不够吧,被我姑姑救过来了。你们可能不知道,我姑姑是资深的护士长,老协和的,有很多年,一直在ICU,就是重症监护室工作,技艺超群,一生,救活了不知道多少人。她救活了她弟弟,我父亲,但我父亲看到了再也醒不过来的我妈,对我姑说了一句:'你好残忍!'那是我姑姑这辈子,第一次,被人质疑和谴责她的天职。三天后,我父亲料理了我妈的后事,当晚,也在那个暖气管上,上吊了……"

他平静地诉说。就像在说一件与己无关的陈年旧事。但是安娜的心里,却刮起了风暴。她突然觉得那么怜惜他。在经历了那样惨烈的悲剧之后,从他身上,居然一点也没有看出那些伤痛的痕迹。她知道自己小觑了他了。她尊敬这些不露痕迹的受难者。她也因此知道了他的心很深。她像看一个新人一样凝视着这个……俊美的青年。他原来是俊美的,她想。他原来拥有一个那么英挺的鼻梁,希腊人一般的鼻梁。她不露声色地听他诉说,但身边的三美,开始啜泣了。

他们俩,安娜和彭,对视一眼。他们从彼此眼中看到了想看到的东西。他们无言对望着,然后,他们一起望向三美,望向那个善良的、没有经过人世磨难的小姑娘。安娜默默地起身,走上去,轻轻地,搂了一下三美的肩膀,温柔、怜惜,就像,一个慈悲的小母亲,然后,她说:"你看你,把我们三美都说哭了。"

彭回答:"对不起啊,我话太多了。"他抱歉地笑笑,"都是酒闹的。"

安娜顺势转移了话题,说:"是中午在素心家喝的?"

"是,"彭回答,"青梅酒,喝的时候不觉得,有后劲儿。"

"我也爱喝青梅酒。"安娜说,"我喜欢青梅酒的颜色。"

彭笑了。这是这个姑娘第一次,在他面前流露出了天真气,那么流光溢彩的一瞬,让他激荡。他喜欢她这个不靠谱的爱酒的理由,他说:"好啊,哪天,我置酒邀约,其实我更喜欢葡萄酒,能饮一杯无?"

安娜轻轻摇摇头。"不能。"她说。

"为什么?"彭有些意外。

"我有病啊,"安娜笑笑,"医生不许我喝酒。"

彭望着她。眼睛瞪大了。多么好看多么幽深的一双眼睛,深得发蓝,他身上有异族的血统吗?安娜这样想。有一瞬她几乎没有勇气说出实情。但,只是一瞬。

"风心,"她望着那双幽深的眼睛这样说,"医生们喜欢这样简称,就是风湿性心脏病。我有这病,听说过吗?"

彭点点头。"听说过。"他回答。

"所以我不能喝酒。"安娜安静地说。

"那我们喝茶。"彭更安静、更笃定地回答。

三美突然插话了。"安娜姐的病,已经治好了。"她说,

"她本来也不严重啊。安娜姐,你那天在洪善我姐那里,不是喝了好多酒吗?"

三美自己也不知道,她为什么要这么说。话一出口,她又自责和内疚,觉得这样说话是对好友素心的背叛。可是,在这样的下午,在这"酒后"的迷幻的下午(她庆幸可以找到这样一个现成的替罪羊),坐在这样一间不真实的舞台化的房间,听着他们之间的交谈,她明白了一个词,天造地设。这房间的主人,布置了这一切,调度了这一切,这百衲的布帘、这油画、这椅垫,以及,这满室的阳光和窗外传来的阵阵鸟鸣,似乎,都是为了这一刻,为了他的到来,为了他们在这里,相逢。这是他们的舞台。他是维特,她就是夏绿蒂;他是贾宝玉,她就是林妹妹;他是渥伦斯基,她就是他的安娜……

安娜正要说话,门被推开了,安娜的母亲走了进来。

"安娜,我去买菜,你留三美和这位同学吃晚饭。"母亲说。

"不了阿姨,"彭急忙回答,"我们这就告辞,我还有事呢,谢谢您了!"

彭不清楚,安娜母亲是真心挽留还是在下逐客令,他这样回答了,心里却又突然涌起不舍,下次见面,谁知道又是什么时候?

"别跟我客气!"安娜母亲的口气不容商量,"谁家没有插队的孩子?我家丽莎,要是进县城办事,看朋友,有人留她吃顿饭,我心里该多高兴?家家都一样,三美也在,咱们包饺子吃!你们俩,谁也不许走!家里正好还有点儿肉,我去买点韭菜。不许走啊!"

说完,她出去了。

彭心里一热。

"留下来吧，"安娜说，"我妈做饭，手艺不比素心妈妈差，你比比看？"

安娜又说："我姐是我妈的心病。你留下来吃饭，就当是给我妈治病了。"

彭笑了。话说到这份上，彭当然没有理由不留下来吃饺子了。他一阵欢愉。他又多了几个小时，可以和这个奇妙的姑娘在一起，可以望着她美得如此神秘的眼睛，猜测她的故事——他已经猜测了几个月。他自己也奇怪，火车上匆匆一面，他为什么就再也放不下她。她美，可他认识比她更美的；她聪慧，他见过比她更聪明的。他想不明白，他一根一根抽烟，劣质的烟草有时会突然熏出他的泪水。于是，他想起了一个词：命运。也许，这就是他的命运：被一个幻影似的人魅惑。

而此刻，这个幻影，在一点一点变得真实，变得鲜明，变得生动，变得血肉丰盈。

那天晚餐的饺子，鲜美异常。他真心觉得那是人间至味。他们围坐在那张漂亮的圆桌旁，他忍不住夸赞，说："这是我吃过的最好吃的饺子。"三美突然说了一句：

"比方阿姨做的还好吃吗？"

那天，回家的路上，三美一直沉默不语。她沉默了一路。她坐在自行车的后座上，坐在他的身后，心里一阵一阵难过。她不知道自己为什么难过，也许，是为这一切，为他的身世，为他惨烈的父母，为安娜的美和病，为他们悲哀的相遇，为素心没有希望的一厢情愿，为他的魅惑……他送她到家门口，她从他手里接过了自行车，他说："再见！"她没回答，掉头而去。走了几步，她突然站住了。

"你真坏。"她说。

然后,她转过身,走进了黑暗的楼道。

是,他真坏。她想。可是她哭了。

三

那天,告辞时,趁着三美去上卫生间的空暇,彭从他那个永不离身的帆布书包里,拿出了一个笔记本。黑色的羊皮封面,旧旧的,厚厚的一本,轻轻放在了那个古董的圆桌上。

"我有时候会瞎写几句,都在这里了,"他这么说,"你,愿不愿意随便翻翻?"

安娜惊讶地点点头。

安娜明白这是什么样的信赖和托付。

那不仅是他的秘密,他的隐私,那,是他的身家性命。

屋里只剩她一人时,她捧着那笔记本,手心冒汗,头皮发紧,她打量着房间,不知道该把它藏在什么地方才安全。

没有一个安全的地方。

无论藏在哪里,好像,都有可能被母亲发现。

母亲畏惧一切文字。自从父亲出事后,母亲把父亲的藏书,统统送到了废品收购站。1966年"破四旧"到来时,那些偶尔的漏网之鱼,也被母亲搜索来付之一炬。父亲去世时,安娜还小,只有五岁,那个天塌地陷的事情,淹没了她的整个生活,那种暗黑的恐惧使一个孩子无暇他顾。但,1966年到来时,十二岁的安娜,看到那些在炉火中扭曲挣扎,一点点化为灰烬的书籍,心痛难抑。那几本书,至今,她记得它们的名字,《欧根·奥涅金》《上尉的女儿》《悬崖》《怎么办》,还有《村居一月》《龙须沟》《牛虻》……都是一些老版本,字是繁体,有些还是竖排。像《村居一月》这本书,封面上的字,要从右往左读,她不知道,所以,直到那本书毁灭,她一直把它读作《月一居村》。

其实,这些书,这些漏网之鱼,都是安娜不知从什么地方翻检出来的。他们姐弟四人中,最热爱阅读的就是安娜。那是一种与生俱来的热爱,是母亲所无法控制无法扑灭的本能和渴望。小学二年级时,寒假,她到邻居一个同学家玩,那个同学读初中的姐姐,倚窗而坐,手捧一本厚厚的小说,读得泪流满面。她很惊讶,小声问同学说:"你姐姐怎么了?"那个同学回答道:"准是书里有什么人死了呗。"那个情景,就像刻在了她的心里,让她感动。后来,她鼓起勇气对同学的姐姐说:

"你这本书,能借我看一看吗?"

那个读初中的女孩儿,很惊奇。她打量着小小的安娜,说:"可以,不过,你,认识这么多字吗?"

她点点头。

女孩儿把书本一合,亮出封面,说:"你念给我听听,这本书的名字?"

她郑重地、一字一顿地念道:

"晋、阳、秋——"

于是,这本书,《晋阳秋》,描写抗战时期山西牺盟会故事的长篇小说,就到了这个八岁女孩儿的手里。那是她人生阅读的第一本长篇故事。整整一个寒假,她足不出户,母亲上班一走,她就搬个小板凳,坐在床前,把书放在床上,读得无限痴迷。任何孩子们的游戏、召唤、诱惑,都无法把她从这痴迷的阅读中吸引。这是一个开始,从此,她频频地,从邻居姐姐那里,借书回家,那些在青年学生中流行的红色书目,她一一读遍。《红岩》《林海雪原》《青春之歌》《苦菜花》《朝阳花》《迎春花》《红旗谱》,等等,等等。阅读,使她觉得活着很幸福。她开始在家里的书架上、柜子里翻腾,书架上、柜子里的书,大多是母亲的专业书,中文的、俄文的,都是关于化学方面的著作。但她不死心,果然,有耕耘就有收获,在这些面无表情沉默不语的大部头中,居然让她翻检出了那一本本的漏网之鱼。她开心极了,想,原来它们一直躲在深海之中,等待着,和她这个勇敢的潜水者相遇。

她翻检出的第一本书,是《牛虻》。

小心翼翼翻开封面,扉页上,有钢笔的字迹,上面写着:知北购于北京,某年某月某日。她心里一阵激荡。"知北",是爸爸的名字。也是家里的禁忌。她轻轻用手指抚摸那两个亲爱的字,知北,就像,触摸着父亲,以及,触摸着深邃而神秘的、她不知道的过往。

那是她读过的第一本外国小说。

牛虻的故事,让她震撼,让她战栗。她和千千万万个社会主义联盟中的青少年一样,迷恋和崇拜上了这个脸上有刀疤、身体畸形、受尽生活磨难的革命者,这个曾经俊美天真的青年。他的一切,他的坚韧和深情、他的辛辣和决绝、他冷酷的外表与炽热的情怀,甚至,他的结巴,都让他们狂热地爱恋。她是这狂热中的一员。一度,她甚至学他的结巴说话,被母亲和老师严厉制止。他在她心中的神圣,犹如上帝。她是在他身上感知到了信仰的魅力。这其实是荒谬的,因为,这原本是一个信仰被摧毁的故事。"我相信你,就像相信上帝一样,上帝是一个泥塑木雕的东西，我一锤子就可以把它敲得粉碎，可是你，却一直用谎言欺骗我。"这是书中的亚瑟在得知他最信赖、崇拜的神父竟然是自己的生身父亲时，写给他的留言。他从此放弃宗教信仰而成为一个无所畏惧的革命者。但，吊诡的是，小小的安娜，十几岁的小少女，却正是从牛虻这里，学会了一往情深、永恒的崇拜：对那些美好的事物。

她不知道，在静谧的阅读中，她开始悄悄蜕变。她变得美丽。当然，比起丽莎，她没有她当初那么明艳，那么光彩夺目。她的美是沉静而深邃的，有如一条深河。她从曾经的平凡中脱颖而出，让人惊讶。仔细看，她的五官，其实并没有多大改变，但，它们突然之间呈现出了一种难以言喻的魅力和美，变得神秘、动人。对于这种改变，安娜并不自知，也因此，这美中有一种难得的谦卑的姿态。连姥姥都常对安娜的母亲说：

"安娜这丫头，巧长了，好看了。好看得一点儿也不咋呼，受端详。"

母亲喜欢这结论：受端详。

母亲其实知道安娜违背她的禁令在偷偷看那些"闲书"。她是矛盾的。起初，当她有一天偶然发现，小小的女儿，坐在小板凳上，抱着厚厚一本大部头，读得那么痴迷的时候，她瞬间竟有一种莫名的感动和感伤：她真像她的父亲，她想。她静悄悄默不作声看了她很久，硬不下心肠去阻止。后来，她从她的枕头下面翻出了那本书，看了看名字，松了一口气。她安慰地想，这些红色的读物，应该无害吧？她也就睁一只眼闭一只眼。不久，丽莎的吞药自戕，让她惊惧万分。随后那孩子的巨变，抑郁和突如其来的重病，以及，激素带来的恶果，让她心痛欲碎。看着那个肥胖的，笨拙的，终日把自己关在房间里，足不出户，一说话就恶声恶气的大女儿,她的明珠和珍宝,她后悔得恨不能咬舌自尽。多希望这是一场梦。她常常这样想。多希望一睁开眼睛又回到了不算久远的"从前",阳光明亮,天清气爽,京城来的老师们对她说:"我们要带走丽莎。"她一定、一定极其爽快地说:

"好吧,丽莎就交给你们了。"

如果是这样,如果是这样,一切,该多么好。

可是,没有如果。

她全部的心血,几乎,都放在了这个病痛的孩子身上,无暇他顾。即使后来,她发现了安娜在读那些危险的东西时,在读丈夫遗留下来的那些让她痛恨的东西时,她想干涉却顾忌了。丽莎的前车之鉴,让她不敢轻举妄动。有一度,她甚至无奈地想,由她们去吧,去吧……

可是,1966年到来了。红八月到来了。

危险扑面而至。那是更凶猛的、前所未有的危险,地动山摇。刚刚建立不久的、蜗居一隅的小小平静日子,被狂飙巨浪顷刻颠覆。她惊出一身的冷汗。想,范佩兰你真是好了伤疤忘了痛啊!整个家属院,今天这家,明天那家,被抄家,被批斗,被勒令逐出城市……校园里,铺天盖地,整个城市,铺天盖地,刷着这样的标语:红色恐怖万岁!她恐怖了。她不等抄家的上门,自己把家里,翻了个底朝天,那些犯忌的东西,旧照片、亲朋之间来往的信件,以及,安娜的日记本,甚至,记录家用的旧账簿,总之,一切有文字的纸张,记录了这一家人生活轨迹和来历的东西,统统被她扔进了火炉里。当然,还有那些书,丈夫最后的、最后的遗物。她知道安娜把它们藏在什么地方,她亲手打开安娜的小木箱,从不多的衣物下面,俘获了它们,然后,当着安娜的面,把它们一本、一本,投进了炉火中。

安娜默不作声。

她默不作声，看着它们在烈焰中毁灭。塔基亚娜、玛丽亚、薇拉、娜塔莉亚……这一个个遥远却亲爱的人们，忍受着烈焰的焚烧，在剧痛中抽搐着，化为灰烬。最后，是她的亚瑟，她的列瓦雷士，她至爱的牛虻，他在烈焰中又一次被背叛、被摧残、被折磨，又一次粉身碎骨。她紧咬嘴唇，看他受难，不让自己发出廉价的哭泣。她不知道自己的嘴唇被咬破了，流着鲜血。这鲜红的血，让母亲这个刽子手惊心。

母亲说："安娜，我宁愿让你恨我，也不能让这个家再遭遇不幸。"母亲望着她被血染红的嘴唇："我得保护这个家，保护你们！"

安娜转身而去。

她不恨妈妈。因为，她有着和妈妈一样的恐惧，恐惧而困惑，巨大的困惑。她不知道为什么生活会变成这样。只是，她还太小，十二岁的她，还不懂得质疑。所以，她又为自己的恐惧和困惑感到可耻。她渴望自己也能像别人一样，豪情万丈加入到狂欢的行列，加入到革命者的行列，可是，不光她做不到，人家也不要她。她没有纯粹的革命者的血统。

庆幸的是，她们家，躲过了红八月的风暴，度过了1966年，平安无事。

校园里，零零星星，有几张父亲的大字报，但，很快，就被别的大字报淹没了。大概是，父亲已经去世多年，就算是牛鬼蛇神，也仅只剩下一张皮了。第一次，安娜的母亲，范佩兰老师，为丈夫的早逝感到了庆幸。但是，范老师从此提高了警觉，她给这个家里所有的成员制定了几条铁律：

一、任何时候，都不许写日记；

二、任何时候，都不乱说话；

三、严禁借阅毒草书籍。

这第三条，不用说，是针对了安娜一个人。

当恐惧渐渐变得遥远一些的时候，安娜故态复萌。她就像一个吸毒的人戒不掉毒瘾一样，永远戒不掉对于阅读的热爱。

奇怪的是，那些毒草，那些似乎被红色的风暴铲除净尽的毒草，在被荡涤过的空旷如荒漠的土地上，不知何时，像雨后的蘑菇一样，眨眼之间，破土而出。

它们诱惑着如安娜一样的少男少女。

它们潜伏着。在城市，在人间，在各个隐秘的角落，这里那里，东西南北，散发出独特的气味，等待着发现它们的鼻子和眼睛。

这样的鼻子和眼睛，潜伏在人群里，却能够毫不费力气地彼此识别。就像革命者凭借着《国际歌》，就可以在世界各处在天涯海角找到自己的同志。

禁忌永远充满魅力。用这样隐秘的方式寻找到的书籍，格外让人珍惜。而一个能够交换禁书、交流读后观感的人，不用说，一定是可以彼此信赖的朋友了。凌子美无疑是这样的朋友，三美、素心也是，如今，现在，此刻，又多了一个人。

夜深人静，安娜偷偷从枕头下面抽出了笔记本，黑色羊皮封面的本子，显然，不属于当下的时代。那一定是个老东西，是长辈们的遗留，就像，安娜曾经拥有过的父亲的书籍。她轻轻抚摸封面，小心翼翼，就像触摸神秘的时光。她翻开笔记本之前，在心里猜测，猜测他的扉页上会写些什么，是普希金的诗吧？"假如生活欺骗了你——"她想，微笑了。但是不是。

她猜错了。

扉页上，写着这样几个字：天国的葡萄园——献给小薇。

蓝黑色的墨水，字迹端方、清晰、力透纸背。她望着这一行字迹，莫名地感到了冷。

原来这是一部小说手稿。

那一夜，她彻夜未眠，一直读到黎明，泪流满面。为这个叫作"小薇"的姑娘，为她悲剧的初恋，为爱情，为人世的残忍，为善和暴虐，为生活的无奈……她流着眼泪，一边却甜蜜地想：她们说的是对的，三美和素心说的是对的，这个人，他才华横溢。

天亮时，她把这个珍贵的笔记本，藏进了她的枕头套里。

⋮

第三章

CHARPTER 3

一

其实，那天，三美看到了那一幕，看到了彭从书包里掏出笔记本交到了安娜的手里。她从卫生间推门出来，刚好看到了他们慌乱的交接。显然，他是有意要背着她做这件事。这让她受伤，她想，他怎么能这样？"这样"是什么样，她说不清楚，但，在回家的一路上，她都为他的"这样"，为他的这样一个举动，一个不信任的举动，耿耿于怀。

为什么不能当着我的面给她呢？她问。

那是一个天问。

这一年，三美高中毕业刚刚参加工作。曾经，这个城市的小学毕业生，66届、67届、68届这三届的孩子，一直没有中学可上。这城市每一所中学，在那三年的时间里，都在闹革命，一律停止了招生这件事。这三届的孩子，简直玩疯了。起初，没有学上这件事，让他们欣喜若狂，他们终于可以名正言顺地成为野孩子了。于是，这城市，就成了他们的乐园，和啸聚的山林：夏天游泳、冬天滑冰、养热带鱼、养鸟、养鸽子、偷鸡摸狗、混"姐妹"、结"弟兄"、打群架、拍婆子、用气枪打鸟、偷手榴弹炸鱼……可玩的花样真是层出不穷。但是，疯过了头，总还是有些人，总还是有那样突然空虚和茫然的时刻，让他们怀念起有学上的旧日时光。

一直到一九六九年十月,国庆之后,这城市的中学,复课了。一夜之间,积攒了三届的小学毕业生,同时拥进了中学的大门,成为初中一年级学生,而69届应届的学生,则实行了在小学继续"戴帽",史称"戴帽中学"。但,仅仅一年,又一届新的小学生毕业了,长江后浪推前浪,怎么办?中学装不下,小学也装不下,没办法,那就只能牺牲掉已经被耽搁的人了,总是要顾全大局啊。于是,66届、67届、68届这"小三届"的孩子们,仅仅读了一年初中之后,大部分人,在一九七〇年的年末,结尾,在最严寒的日子,领到了一张"初中结业证",然后,就永远地告别了学校。

只有小部分幸运者,留了下来,读了高中。

比如三美。

而素心,则没有三美幸运,她和大多数同龄人一样,拿到了那张潦草到如同玩笑的"初中结业证"书,成为一个隶属于街道"居委会"管辖的、待业的"社会青年"。在待业了一年多后,作为一名合同工,被一家小集体所有制的工厂录用。

其实,按照三美家的出身条件来说,她本来也是没有资格做任何选择的。幸运的是,三美会唱歌,有一副好歌喉,初中时,就是他们学校宣传队的独唱演员。她唱毛主席诗词《沁园春·雪》,唱《红灯记》里李铁梅的唱腔,《打不尽豺狼决不下战场》《提起敌寇心肺炸》,等等,也可以唱《沙家浜》里阿庆嫂的《智斗》选段。总之,是他们学校明星式的人物。临结业时,他们校宣传队正在排练交响音乐《沙家浜》选场,三美自然是阿庆嫂的不二人选,为了保证学校宣传队的正常演出,三美被允许就读高中。三年的高中生活,与其说是读书上学,不如说是巡回演出更合适。他们这支宣传队，乐队超强大，也因此，他们后来甚至排练出了交响乐《沙家浜》的全场，一时间，轰动全城。到处是请他们演出的邀请，工厂、学校、矿山、部队，等等。也因此，吸引了不少部队文工团来这里挑选人才。作为主演，三美也经常会被人家挑中，只是，总是在最后一个环节中败下阵来，那个环节叫作——政审。

三美总是政审不合格。

三美的家，出身不好。

三美有自知之明。她不奢求奇迹。她知道只有奇迹可以给她一个完美的前程，但生活是没有奇迹的。比起姐姐子美，三美倒更像是一个姐姐，她比姐姐现实和认命。像姐姐那样，为了某个目标，为了一个遥远的"边疆"（她知道诱惑姐姐们的其实是'边疆'这个浪漫的字眼），写血书发誓和家庭决裂，这样的壮举，她就做不出来。不是别的，是她本能地觉得，那没有用。也许，骨子里，她比姐姐悲观，只是她不知道这点。她不自恋，她很少去分析自己是个什么样的人，她觉得自己很普通，没什么可剖析的，就是一个平凡的、会唱歌并且还算好看的姑娘，仅此而已。不像安娜、不像姐姐子美她们，总是觉得自己很独特，很特别，觉得自己所经历的一切，都是与众不同的，都是别人所没有经历过的，都是开天辟地的。她觉得她们幼稚。

比起好友素心，能够在学校里多待三年，三美已经很知足了。尽管没有正规地上过几天课，可她迷恋学校。乱世中的学校，也仍然是学校啊。何况，这所学校，大名鼎鼎，从前，是这城市最优秀的孩子才能进来的地方。当年，她的姐姐考中这所学校的时候，父母的那份喜悦和骄傲，她一直忘不了。三美的学习，一向不如姐姐，假如，一切都按部就班的话，她是几乎不可能走进这所历史悠久的名校的。但，乱世来了。考试废除了。大家不是凭借成绩而是凭借地理位置，就近入学，于是，她幸运地走进了姐姐当年的母校。为此，姐姐子美愤愤不平，说："什么一群乌合之众，也敢到我们学校？"那时姐姐还在内蒙古建设兵团，她给姐姐寄去一张她站在校门口的小照，照片后面写着："姐，咱们的学校。"姐姐马上给她回了信，说：

"那是你的学校，不再是我的。"

但姐姐的刻薄，并没有让三美扫兴。三美温柔地想，好吧，是我的学校。我爱它。

她爱它。

高中临毕业前，大家得知了分配方案，这届毕业生全体去城市近郊插队。与此同时，更多的单位、部队，频繁地来宣传队招兵、招工，机会毕竟有限，稍纵即逝，宣传队暗流涌动，竞争激烈。三美自知这些都与自己无关，她很淡定。她想，插队就插队吧，姐姐已经插了那么多年，她怎么就不能插队呢？她甚至为自己选好了插队的去处，她选择了出产水稻和莲藕的南郊。

就在这时，这个城市的一项计划，改变了三美的人生轨迹。

这个城市突然决定，成立一个青年歌舞剧团："红星"剧团。

而三美学校的宣传队，那些还没有参军、入职的队员，全体，都被这个新生的红星歌舞剧团收编。

于是，原本是业余爱好的凌三美，居然，成了一名专业演员。

当姐姐得知这一消息时，这样说道："上帝偏爱头脑简单的人。"

后来发生的事情，证实了一件事，她确如姐姐所言，头脑简单。但是，上帝并没有偏爱她，从来都没有偏爱过。她将永远铭记这个。

第二天，晚饭后，素心突然来到了三美的家里。

她们两家，住得不远，从前，你来我往，十分频繁。这两个孩子，小学同班，初中又同校，没学上的那几年，也总在一起玩儿，不是你在我家，就是我在你家。比起三美，素心更热爱阅读，也读得更多更广阔一些。三美最喜欢的事情，就是听素心给她讲故事，讲她读过的某本小说。那样的时刻，总是又感伤又甜蜜。但自从素心两年前在那个简陋的小工厂上班后，她们彼此的来往明显少了许多。素心常常要加班，而三美，宣传队繁忙的排练演出，也经常没有休息日。但，无论是三美还是素心，都知道没有什么人能取代彼此在对方心目中的位置。不能经常见面，她们就写信。她们各自的信笺，从同一个街区的这头，被同一个邮递员，传递到那头，信封上，郑重地，贴一张四分钱的邮票。她们喜欢这样的感觉，喜欢相互的倾诉，这让她们，特别是素心，觉得枯燥的生活变得不那么难以忍受。

在这个不是周末周日的夜晚，素心的突然造访，让三美的母亲感到惊讶。

"素心来了？出什么事了吗？"三美母亲脱口这么问。

"没有，刘阿姨，"素心笑着回答，"从这儿路过，进来看看。"

三美母亲也笑了。"你看我这话问的，"她说，"你可有日子没来了，成稀客了。"

三美一掀她们姐妹房间的门帘，说："进来吧。"

素心走进去，三美关上了房门。不等素心开口，三美率先说道:"今天一天,我都心神不安,不知道该不该去找你。现在好了,你来了,我也不用纠结了。"她望着素心的眼睛,定了一定:"素心,对不起了。"

"对不起我什么?"素心安静地问。

"昨天,我们去安娜家了。"三美这么说。

素心望着她,没有说话。

"我和彭,从你家出来,彭说,想去安娜家,我,就领他去了。"三美这样补充,"抱歉,素心。"

素心笑笑,说:"你们去安娜家,这有什么可对我抱歉的?"

"反正对不起。"三美生闷气似的说。

素心不笑了,说:"三美,你的话,我怎么听不懂?"

这下三美笑了,是冷笑:"听不懂吗?听不懂你跑来干什么?"

素心咬住了嘴唇。

"我还不懂你吗素心?你以为我眼睛瞎了?看不出来?"三美质问着,怒气冲冲,她也不知道自己在和谁生气,为什么生气。反正,生活就是让人生气啊。

素心转身就走。

三美一步跨过去,从身后,一把抱住了素心。素心瘦弱的身体,让她惊悚。她知道素心是纤瘦的,但,身体和身体的触碰才更清晰地感觉到了那瘦的实质,那似乎是一具没有血肉的骇人的骨架。她紧紧抱住她,她的密友,那比骨肉手足还要亲的亲人,一阵悲悯。

"别回头,听我说。"三美把脸贴在素心柔软的头发上,背对着她,似乎,这样,才更有勇气一些,"素心,我不想让你受伤,让你难过,所以,所以——"

"所以什么?"素心忽然这么问,声音发抖。

"所以,彭,他就是你妈妈的侄子,你的哥哥,我们的普通朋友,而已。"

"还有呢?"

"没有了。"

"那,他是,安娜的什么?"素心问,嗓子发干,舌头仿佛和上颌粘在了一起。

"不知道,"三美回答,"这是上帝才能回答的问题。"

素心突然转身,推开了三美。

"是上帝告诉你的,他,只能是我的哥哥?"

"上帝没有告诉我这个,可我有眼睛,我看得很清楚,"三美回答,"你们认识多久了?他认识安娜才多久?他让你看过他的笔记本吗?"

"笔记本?"素心茫然。

"没看过吧?不知道吧?"三美悲哀地笑笑,"他一共才认识安娜几个小时,就把那本子交给她了!而且,还是偷偷地,背着我!"她愤愤不平地说。

素心愣在了那里。

那一晚,三美送沉默的素心回家,她不放心,她一直把素心送到了楼门口,看着她摸黑上楼。这城市,几乎所有的楼道,都没有了照明的灯,灯泡是紧俏商品,常常脱销,这当然是原因之一,但更重要的,是这城里的人,都已经习惯了潦草地活着,粗糙地活着,精致地生存是件可耻的事。似乎,只有她们,她们这些不甘心的孩子,在和生活做着螳臂挡车般的抵抗。

那时,三美不知道,她要为这个晚上,付出什么样的代价。

二

那是一个什么样的笔记本呢?

那一夜,素心彻夜不眠。她大睁着眼睛,凝望着天花板,似乎,想从天花板上窥探到那个秘密。

素心是个任性的姑娘。她们家孩子少,一共姊妹两人,只有素心和她的妹妹。妹妹比素心小八岁,是他们一家从北京迁居到黄土高原上这座风沙肆虐的城市后,才出生的。所以,妹妹的名字就叫作"尘生",而小名,就叫"意外"。所以,有很长一段时间,素心是家里的独生女。其实,素心之前,母亲曾经有过两个男孩子,但他们都是在不满周岁时就夭折了。这让素心的母亲方蔼如悲痛欲绝。她这个护士长,竟然,一连失去两个幼子,且都是死于奇怪的疾病:脑血管畸形,事先,似乎没有一点预兆,可突然之间,就发作了:大出血、脑疝、头颅肿胀畸形,她眼睁睁看着他们在极端的痛苦中死去……这让她不仅质疑自己的职业,更质疑自己的人生。最痛苦的日子里,某一天,她一个人不知不觉爬到了医院的楼顶,站在那里,看到城市就在她的脚下,一个伟大的都城在她的脚下,她想,眼睛一闭,头朝下一栽,轻盈地飞,痛苦,就结束了……就在这时,身旁响起一个声音,那声音说:"爱,就是恒久的忍受。"她四周一望,楼顶上,空空荡荡，没有一个人影，甚至，连鸟都没有一只。她惊出一身冷汗，想，是神的昭示吗？

当避孕失败，她又一次怀孕时，这个年轻母亲，她的恐惧远远大过了喜悦。她不想要这个孩子，想做掉她。她实在太害怕，害怕再经历一次那种地狱般的可怖情景，那种椎心泣血的悲恸。她甚至已经走进了妇科的门诊手术室，但，她的彭姐姐，跑进来拽走了她。彭姐姐对她说：

"不要做后悔的事。"

她哭了。她说："我害怕。"

彭姐姐说："生有时，死有时，栽种有时，拔出栽种的也有时。"她握住了这个小母亲的手："神从始至终的作为，人不能参透……神这样行，是要人在他面前存敬畏的心……方，这是《圣经》上的话，我们只能做人做的事，代替不了神啊。"

方蔼如泪眼迷蒙地望着这个身穿白衣的姐姐，骤然想起那一幕，想起楼顶上那个空茫中传来的神秘声音："爱，就是恒久的忍受。"她想，彭是天使吗？后来，当新生的小女儿，终于平安地度过了一岁、两岁的生日后，她知道了，她的彭姐姐，真是一个天使般的存在。

这个被抢救下的孩子，出生后，一直没有起大名，她和丈夫姚明远，战战兢兢，小心翼翼地把她叫作了"咩咩"。那是羊的叫声，是一个谦卑的谦逊的声音。两岁生日过后，方蔼如对她的彭姐姐说："以前我不敢说，现在说也许没有妨碍了吧，让咩咩做你的教女吧，你愿意吗？"

彭姐姐笑了，说："我一直在等这一天呢。"

"那，你给你的小教女起个名字吧，她还没有学名呢。"

彭姐姐说："学名还是你和姚工起吧，按你们的心意起。既然是我的教女,我就给她起个教名吧。"

于是,咩咩,这个两岁的小姑娘,终于有了一个学名:姚素心,同时,也有了一个教名:玛娜。

长大后的素心,知道了自己名字的意思,父亲告诉她,"素心"是一种中国的兰花。可是"玛娜"是什么意思,她不知道。

甚至,她早已不记得自己还有这样一个教名。

素心的父亲,是工程师,原先在国家的几机部工作,素心五岁那年,1959年,父亲被下放到了这个北方的重工业城市,下放到了一家大型国企。于是,他们举家搬迁,来到了这个陌生的地方。从此,无论在家里还是在幼儿园、学校,再也没有人,叫过她"玛娜"。她不知道,很小很小时,父亲就对母亲说过,不要叫她玛娜了,更不要跟她说什么"教名"的事。他们只让素心,称呼彭姐姐"干妈"。彭姐姐自然也心领神会,几乎从没有当过别人的面,叫过素心那个神秘的名字。渐渐地,这个名字,在素心的生活中,消失得如同没有存在过一样。

水过无痕。

"素心",据说是一种很珍贵的兰花,是兰花中的极品。而素心的父母,也确是像呵护一株仙草那样,呵护着这个来之不易的女儿。也可能是过于珍惜的缘故,素心始终是瘦弱的,纤细的,苍白的。她的容貌,既不很像父亲,也不很像母亲,而是集中了他们两人的短处。她长了母亲的淡眉毛和小眼睛,长了父亲的厚嘴唇和大嘴巴。只有小小的瓜子脸盘和细腻的肤色算是随了妈妈。可是,这样一张脸盘上,那张厚厚的大嘴就尤其显得触目惊心。而且,这个瘦弱纤细的孩子,脾气却大得和她的体态丝毫不相称。从小,任何一件事情,只要她自己做得有一点不满意,比如,画一张画,有一笔没有画好,她会立即愤怒地把整张画撕掉;搭积木,有一块掉了下来,她会一挥手把所有的积木推翻:她宁愿毁灭也不要一个不完美。如果,她知道一件事情自己做不到最好,那她就绝不染指这件事。父亲为她的这种性格,深深担忧。父亲常常对母亲说:

"这孩子,将来会遭多大的罪啊!"

母亲安慰父亲也是安慰自己说:"大一点自然就好了。她比别的孩子发育晚,前额叶大概还没长好。"

父亲说:"别骗自己了,什么前额叶!将来,让生活教育她吧。"

父亲这么说的时候,满腹辛酸。是啊,当生活教育她的时候,就晚了。

素心八岁时,她有了一个妹妹。妹妹"意外"地到来,让素心极其愤怒。她愤怒父母齐心协力背叛了她。而"意外"的不期而至,自然给了父母惊喜。父母想,或许,妹妹的出现,能够平衡和缓解一些这孩子的偏激和偏执。月子里,"意外"非常安静,吃了睡,睡了吃,很少哭闹,似乎,是知道自己有个不好惹的姐姐。妈妈把妹妹抱到了大女儿面前,说:"来,咱们认识认识姐姐,宝贝儿,这就是姐姐哦,将来长大了,你要照顾姐姐啊!"

父亲在一旁说:"要互相照顾。"

而素心,低头看书,别说抬头,连眼皮也没有眨一下,冷冷地说:

"抱出去!"

"意外"两个月的时候,某天夜里,不明原因地,突然大哭不止,怎么也哄她不住。哭声吵醒了素心,她爬起来闯进父母的房间里,冲着哭叫的小婴儿恶狠狠怒吼一声:

"闭嘴！"

居然，真的，哭声戛然而止。当然，只是片刻，片刻的寂静之后，是更加暴烈的大哭。素心望着手忙脚乱的父母，望着妈妈怀中大哭不止的那只"动物"，渐渐地，眼睛里溢满泪水。然后，她转身走出了父母的房门。

第二天一早，素心像往常一样背着书包出了家门。中午，老师来家访，问素心为什么没去上学。父母这下慌了神，冲进素心房中，发现平时装她的压岁钱零用钱之类的扑满不见了，几件常穿的换洗衣服也不见了。母亲一下子瘫倒在了地上，晕了过去，父亲则冷汗淋漓，嘴里喃喃自语："去哪儿了？去哪儿了？"老师见状，在掐人中救过来女主人之后，只好去派出所报了失踪。

当晚，八点左右，宿舍大院传达室师傅站在楼下大声喊叫，喊姚工去接电话。电话是保定的妻妹打过来的，说，素心在她们家里，刚到。

"姐夫，出什么事了？我什么话也问不出来，她不说。只说，想转学，想到我这里来念书。"妻妹，也就是素心的小姨焦灼地说："一千里地啊，她一个人就来了呀！这孩子真吓人——"

第二天清晨，父亲和母亲，把婴儿托付给了一个朋友，夫妻二人乘坐开往北京的列车，黄昏时分才来到这座平原上的古城。当年，他们还在北京居住的时候，曾经有几次带着素心来古城看小姨，看古莲池和直隶总督府，吃驴肉火烧和著名的"白运章包子"。小姨是小学老师，姨父是工人，他们一共有三个孩子，在旧街区四合院里住两间小平房，外带一间姨父自己加盖的小厨房。显然，这个家里是住不下第四个孩子的，小姨很发愁。

父母走进房间时，晚饭刚刚吃过，一桌子的碗筷，素心正在帮着表姐一起收拾残局。太阳落山了，可房间里仍然有着落日的余晖。阳历七月，正是华北平原最热的时节，小小的、拥挤不堪的房间，尽管门窗大敞，仍然是一屋子的暑热。母亲一进屋，看到汗流满面收拾饭桌的女儿，眼泪唰地就下来了。

她冲上去，伸手一巴掌，啪地打在素心脸颊，然后一把把她搂进怀里，搂得紧紧的，生怕一松手，她就又一次消失不见。她泪流满面，哽咽着，说："你真狠，真狠！真狠！真狠！你不要爸爸妈妈了？你连妈妈都不要了？你不要我了？你个坏东西啊！……"

说着，她放声大哭。

那一晚，姨父带着姚明远去外面借宿，小姨和孩子们挤在一起，把他们自己的床铺让给了素心母女。母亲搂着她的大女儿，就像，她还是一个小小的婴儿。她轻声细语给她讲她小时候的故事，讲她还是一个妹妹这样的小"北鼻"时的故事。讲她是怎样的不安静，夜夜哭闹，人家让他们写下那个古老的咒语："天皇皇，地皇皇，我家有个夜哭郎，行路君子念三遍，一觉睡到大天光。"让好面子的爸爸不管不顾贴到了院子里的大槐树上。讲她不肯在床上睡觉，一定要在妈妈或是爸爸的怀里，才能睡得香甜，只要往小床上一放，立刻，就睁开了眼睛。于是，爸爸和妈妈的怀抱，就是她的床，她的摇篮……妈妈问她："你还记得你的小床吗？好漂亮的一只小床啊，是你的教母，哦，你干妈在你两岁时送给你的，她说：'我找遍了北京城，就这个床，好像还配得上我的玛娜……'"

一直、一直沉默不语的素心，其实，句句都听进了心里，她的头，缠绵地，贴着妈妈的胸口。妈妈的乳房，胀鼓鼓的，整整一天，没有哺乳，内衣上留下的乳渍，是那么熟悉又遥远的味道。她吸吮着那味道，眼睛一阵一阵湿热，心里原谅了妈妈的背叛。妈妈的话，让她感到了有些不好意思，原来，她是那么不好通融的一个小婴儿啊，好像，比"意外"糟糕多了……听到妈妈说出一个陌生的名字，她开了口，这是在见到了父母之后，她第一次开口说话。

"玛娜是谁？谁是玛娜？"她疑惑地抬眼看妈妈，这样问道。

"哦——"听到这个倔强的孩子，终于、终于开口说话，母亲欣喜万分，她总算松出一口气，也忘了禁忌，说道："就是你呀！那是你教母，哦，你干妈给你起的教名，玛娜……你看，宝贝，有多少人爱你啊！"

"玛娜，为什么叫玛娜？是什么意思？"显然，这个名字，这个"教名"，吸引了素心。

"玛娜嘛，我也不很清楚。将来，你可以去问你干妈。"母亲回答。那时，她并不认为自己是在敷衍这个孩子。

当然，素心不可能有机会去问给她起名字的长辈。因为她再也没有见到过她。而且，这个名字，在黑暗中，如同一朵奇异的烛光照亮了这个特别的长夜之后，瞬间，就熄灭了。从此，这个名字，就像从前一样，再没有人提起。那个清晨，一觉醒来的素心，似乎，把有关教名、教母这一类她不该记住的事，忘记得干干净净，她再也没有问起过一句和它们有关的事。母亲深深庆幸。关于那一夜她和素心的某些对话，她没有和任何人提及，包括丈夫。不知为什么，她觉得这里面似乎有一些隐秘的东西，有一些神奇。她更庆幸的是，回到家里的素心，对于妹妹，似乎，没有了那么大的敌意和排斥。几个月后，当"意外"会爬行时，某一天，她爬到了正在吃饭的姐姐脚边，她用小手揪姐姐的裤脚,姐姐低下了头,默不作声看了她一会儿,忽然静静地笑了。母亲目睹了这一幕,眼睛湿了。千山万水,铁树开花了呀,她想。

"意外"四岁时,乱世来了。某一天,素心回到家里,在饭桌上,她说:"红卫兵在天主堂里搜出电台了,明天开全市的批斗大会,原来那些神父修女都是美帝派来的特务。"饭后,姚明远在厨房洗碗时悄悄对妻子说:"你没跟彭姐再联系吧?"方蔼如摇摇头。姚明远说:"千万别再联系了啊!"

从此,母亲绝口不提彭姐。

直到几年后,某一个黄昏,彭姐突然敲开了姚家的房门。

三

第一眼，素心就喜欢上了这个女人。她觉得她身上有一种不同寻常的东西。安静、内敛、智慧，并不漂亮，却被内心的光辉照亮。就像……简·爱。

一个正在老去的简·爱。

母亲说："这是……彭姨。"

她明显觉察到母亲在说出这个称呼时迟疑了一下。

"这是素心啊？"彭姨微笑着，"是咩咩啊？长这么大了！走在路上，都认不出来了。"

素心也笑了："您还记得我的小名啊？我爸我妈早就不这么叫我了。"

"我记得呀，"彭姨说，"我怎么会忘？"

彭姨的眼睛，在素心身上、脸上，爱抚地游走着，素心没来由地，有一点自惭形秽，她笑着对彭姨说道：

"我没有我妈妈好看，也没有我妹妹好看。"

彭姨笑了："你比你妈妈有特点，她漂亮，你独特。"

素心从心里喜欢这说法。因为，她能感到她是真诚的，并非一个大人对孩子客套的敷衍。

"是吗？您是第一个这么说的。彭姨，您独具慧眼。"她像对一个故友、一个亲人一样,亲昵地开着玩笑。奇怪,这不是她的风格。

彭姨仰天大笑。那坦荡的、开朗的笑声,让素心内心激荡。她想,能这样大笑的人,一定有一个特别光明干净的心。

第二天,中午,素心放学回家,却发现,彭姨已经走了,而母亲,哭肿了眼睛。在饭桌上,当着爸爸和妹妹,素心什么都没有说,也没有问。忍了一个下午,到晚上,晚饭后,收拾完厨房的妈妈走进素心的房间,关上门,走过来,坐在了床边,搂住了女儿的肩膀。

"怎么了?妈?"素心轻轻问。

"她要死了,"母亲说,"她来和我们告别——"

"彭姨吗?"素心问。

"素心,"母亲扳过了她的脸,望着她,"你要记在心里一件事,彭姨,她是你的恩人,没有她,也许就没有你——她是你的干妈,是你的……教母。你要记住。"

素心感到了震撼。

"教母?"她重复着,"我的教母?"

"你还有一个名字,是她给你起的,叫——玛娜。"

"玛娜?"恍惚中,素心心里像显影一样慢慢浮起一点模糊的记忆,"你好像跟我说起过,玛娜这名字,是吧?"

母亲点点头。

"玛娜,这是什么意思?"

"我也不知道,"母亲轻轻回答,"别问了,素心,别问那么多,妈妈只是要你记住,记住她……等有一天,妈妈也不在了,就由你来记住这些,这一切……"母亲哭了。

"妈——"素心搂住了妈妈,"我好羡慕你们!你们真是——生死之交!"素心这么说。

"是,"妈妈含着眼泪回答,"她把她的侄子,她在这世上仅存的亲人,托付给我了,"母亲说道,"现在,素心,你有一个哥哥了。"

哥哥!素心感动地想。这个哥哥还没有登场,素心对他,已经满怀爱意。

一年多后,那时,素心已经领到了那张无比潦草的"初中结业证",成为一个街道上的"待业青年",某一天,某一个黄昏,就像他姑姑突然出现那样,这个哥哥,敲开了姚家的房门。

"阿姨——"他风尘仆仆,衣装朴素,站在门厅里,夕阳的余晖,洒在他身上,素心觉得整个房间都亮了。

"承畴?承承?"母亲打断了他的自我介绍。

"是我,阿姨。"

"叫我姑姑。"母亲说,忽然泪流满面,走上去,抱住了这个比她高出一头的孩子,这个孤儿。

"素心,这是哥哥。"母亲含泪叫过了素心。素心含笑不语。妹妹在一旁开了口,妹妹说:"好高的哥哥呀!"

素心叫不出那个"哥哥",这个称呼,只能在心里叫。她也不喜欢叫他的名字,因为,她知道历史上有个洪承畴,是最早降清的汉人。她就叫他"彭"。他们的相处,很自然。那天,母亲在厨房赶着加菜做饭,就让彭坐在素心的房间里,素心的床头,摊着正在读的书,彭看了一眼,有些惊讶。

"《欧根·奥涅金》,你在看?"他问。

素心点点头。

"你喜欢普希金?"

"我不知道,"素心这么回答,"我没读过他别的诗,这本,是我刚刚借到的,才读了一个开头。"她说,"不过,好像大家都喜欢他,谁敢说自己不喜欢普希金呢?"

彭笑了。觉得她回答得很老实。

"这里也能借到这种书啊?"彭问道。

这里,自然是指这个城市,这个远比北京闭塞的地方。这个总是黄沙蔽日,没有春天,出产煤炭、钢铁和化工原料的工业之城,他是看不起这个地方的,素心想,尽管他的语气中没有一点鄙夷。可是她,她们,就生活在"这里"啊。

素心说:"是在这里借到的。这里也有好多爱看书的人。我的朋友,都喜欢看书。"

"是吗?"彭说,"下次,我给你带几本书来。"

素心笑了:"那太好了。"

"《欧根·奥涅金》,我不知道读了多少遍,有些地方,都会背了。"彭说,"背给你听听?"

素心望着他,只是笑,不说话。

他也笑了:"对不起,我卖弄了。"

"没有,"素心笑着说,"我在想,你是不是只会背开头的'献辞'?"她故意这么说,算是对他的小小报复。对他对"这里"的轻视。"不能背开头啊。"她说。

"好。"他回答。低头想了想,然后,推推眼镜,背诵起来:

> 常常,在安静的夏夜
> 当涅瓦河的天空
> 柔和而透明,清光如泻
> 而愉快的水面的明镜

还没有映出狄安娜的面影
我们一面以默默地呼吸
把夏夜的幽香恣意啜饮
一面想起了往日的艳绩
那遥远的恋情又兜上心头
令人既伤感而又忘忧
仿佛一个梦中的囚徒
越出监牢,踱入绿色的森林
我们随着幻想的飘浮
游进了年轻的生命的早晨
……

他背了一段,又一段。他的声音,低沉,舒缓,有着平静的一点哀伤,是素心想象中的他应该有的声音。真好啊,她想,她不知道自己赞美的是写诗的人还是背诗的人,或者是诗中的主人公。在素心这个年纪,十七岁的年纪,她常常容易混淆这一点。她望着他镜片后面的眼睛,心里想,现在,我可以告诉你,我喜欢普希金,我爱他。

而她不知道,他这样背诵,可能,只是为了掩盖没有太多话题的尴尬。

那天,也巧,素心的父亲不在家,去江南老家探望生病的祖母。母亲留他住宿。母亲把自己的薄被搬到了女儿们的房里,让他睡他们夫妻的大床。但是他不。他执意不从。他说:"姑姑,我不能没规矩。不能睡主人床。"没办法,母亲和素心只能给他支起一张行军床,支在父母卧室的中央。母亲给他垫上厚厚的褥子,怕他硌。又怕他热,褥子上又铺了窄窄的凉席。他看着素心母亲弯腰打理这一切,汗流浃背,眼睛一阵潮热。

那一夜,睡在别人家的卧房,他想念母亲。他一直以为自己恨她,恨父亲,恨他们如此残忍地对待他。他们真狠!他们你追我赶地走了,生同床,死同穴了,难道,就没有一点点的愧疚?就没有想过,他们把什么东西丢下了?丢在了这个叫他们如此绝望和憎恨的世界?就没有想过,他们留下的、丢弃的那东西,那叫作"儿子"的东西,该怎么去过他剧痛和漫长的余生?姑姑临终前,对他说:"我就要去见你的爸妈了,你能托我告诉他们,你不恨他们了吗?"他断然说:"不能。"斩钉截铁。他又说:"姑姑,你怎么会见到他们?你去的地方,是天国,是长满仙草的天国,而他们,不会在那里。你的上帝,假如真有上帝的话,不会让他们在那里,他们不配。"他知道,姑姑是带着深深的遗憾和不安走的,因为他不原谅。

但是这个夜晚,这个异乡和陌生的城市,陌生的房间,突然之间,让他不能自持。他想起往事,想起旧日生活的种种。想起母亲喊他:"承,吃饭了——"想起母亲做的炸酱面。母亲不是一个善于烹饪的人,但是炸酱面却做得非常地道:各种菜码,大碟小碟,摆一桌子。父亲总是调侃母亲,说:"这架势,还以为你给我们吃什么大餐呢!"想起夏天,他踢球踢出一头的汗,母亲总是把他的头按在水盆里,给他洗头。父亲见了,就说:"他都多大了,你还这么伺候他?他没手啊?"母亲笑着回答说:"怎么了?我就是喜欢闻我儿子头上的汗味儿!你嫉妒了?"原来,是他们两个男人,是他们父子俩,在争夺母亲,而最终的胜利者,不是他。

他热泪盈眶。

妈,他在心里说,我跟姑姑说的,不是真心话。我希望你在天国，在一个比你舍弃的世界更美好的地方，你是在那里吧？

而那一夜，方蔼如和大女儿，挤在一张单人床上，方蔼如不住口地说："多懂事的孩子，家教真好！"

"我家教也好啊。"素心这么说。

"你？"母亲用指头戳一下她的额头，"你跟人家比起来，就是个草莽。"

"你怎么总是长别人志气灭自己威风？"素心笑了。

母亲也笑，说："你两个哥哥要是还活着，也有这么大了，你大哥，比你大四岁……我今天，不知道怎么回事，总想起你两个哥哥。"

"妈，"素心伸出胳膊轻轻搂住了母亲，"你这辈子，是不是很遗憾自己没有儿子？"

"不遗憾，"母亲说，"但是我有梦想。"

"什么梦想？"

"梦想我能有个好女婿，"母亲笑着，这么回答，"像他一样——"

素心一下子捂住了母亲的嘴，说："你让人家听见！"黑暗中，母亲看不到女儿涨红的脸庞。"我说的是真的。"她认真地说。

"不和你说了！"素心回答，闭上了眼睛，"我告诉你，妈，我可是独身主义者。"

"好好好，那我只能指望尘生了。"母亲笑着说，当然不会当真。

那一夜，母亲睡着了，轻声打着鼾。而素心，却怎么也难以入睡。逼仄的走道对面，另一间房间里，睡着一个陌生的青年。

一个陌生的……亲人。他们之间,有那么多隐秘而曲折的联系。他睡得真安静,毫无动静,可他的气息,却充斥在他们这间两居室的单元房中,辛辣、清凉、强烈而新鲜。她不知道那是什么气味,却足够使她眩晕,她如同躺在波涛之上颠簸着,起伏着,漂流着。这个奇妙的夜晚,足够漫长,却又似乎只是一瞬,眼见着,窗外的天空,亮起来,亮起来,鸡叫了。鸡又叫了。那边房间里,有了动静。然后,骤然之间,太阳跳出来了。

　　素心迫不及待地要见三美,她要和三美分享她的秘密。但真的见到三美的时候,她想起了母亲的嘱托,还是保留了一些重要的隐情。比如,关于教母,关于那个神秘的教名,玛娜。她只说了彭姨是母亲的密友,说了彭姨临终对母亲的托付。然后,就开始了。她描述了他的到来,就像,描述一个神话,一个奇迹。她在那一刻是漂亮的。她沉浸在对某种事物的描述中时,常常,让三美想到"光彩照人"这一类成语。你会非常痴迷地被她吸引,你也不能确定,她的描述是纯粹基于事实还是,有巨大幻想的成分。她眼睛如同珍奇的猫眼,熠熠发光,周身似乎都散发着某种光芒,或者,她被某种光晕笼罩,就像现在,此刻。要到很多年后,当三美在国外旅行时,站在欧洲那些教堂和博物馆,看到中世纪壁画或画作时,她竟想起了当年的素心,觉得她在某种特殊的时刻,真像某个中世纪圣像中的人物。那时,她们已经绝交多年,可这发现,还是让三美眼睛一热。或许,在她们小时候,尚还年轻的时候,三美对素心,对沉浸在描述中的素心,是膜拜的。因为,那个描述者,有把平凡的东西神圣化的才能。

　　就像,她对彭的神化。

　　她讲他的背诵。讲他声音的魔力。她说他背诵的那一段段,恰恰都是她也喜欢的。她说她在他的背诵中,甚至能听到涅瓦河的水声。星月笼罩下的涅瓦河啊，真是让人魂牵梦绕，夏夜的幽香，在河面上飘荡，那是素心梦中的河流。她说，流淌在河面上的，还有，他，一个孤儿的忧伤啊。她毫不费力就用"他"替代了普希金的奥涅金，甚至，是普希金本人。三美一点也没有觉得荒唐。三美只是想，有什么事情发生了。是什么事情？

终于，素心余兴未尽地住了口，望着三美，说："怎么了？"

三美突然说道："素心，你爱上他了！"

是，就是这件事，三美豁然开朗，爱情来了，爱情降临了。素心恋爱了。

"瞎说！"素心吓一跳，"你瞎说八道！"她是真的、真的没有想过"爱"这回事，"我昨天才认识他，我怎么会爱上一个陌生人？你荒唐不荒唐？花痴啊？"

三美回答："我们都学过一个成语吧？一、见、钟、情！什么叫一见钟情，你说说看？"

"这种事，才不会发生在我身上。"素心认了真，"我再重申一遍，我是独身主义者。"

三美笑了。"好吧。"她当然不会相信这种幼稚的誓言，"独身主义者，也可以有爱情啊！除非，你出家，做尼姑，或者，修女。"

"我当然有爱，我爱这世界上一切美好的东西，河流山川，草木万物，还有，那叫作'才华'的东西。可是，我不占有它们。因为，'爱'不是'爱情'。"

三美叹口气。她知道自己说不过素心。可是她比素心本人，更了解这个叫作"素心"的人。三美不再争辩，有什么可争辩的？让事实说话吧，让时间来告诉她吧。她笑了，她甚至想跟她打个赌,赌——他们最终会不会成为一对恋人。

现在,三美想,幸亏,幸亏当初,两年前,没打这个赌。要赌,她就输定了。

两年中,彭并不那么经常进省城来,而来素心家的时候,就更是有限。他留宿姚家的次数,也就那么不多的几回。姚家的房子,不宽敞。话说回来,他们这些人家,谁家的屋子宽敞呢?所以,他们这些知青,进城来,常常留宿在最便宜的澡堂子里。这城中大大小小的澡堂,白天,供人洗浴,夜晚,就成了便宜的旅社。比起来,姚家孩子少,姚明远偶尔还要出差,所以还算有余裕。每次,他的方姑姑都是再三挽留,但,他懂事,不好意思经常打扰。虽然来往不算频繁,可只要来姚家,彭总是会守信用地给素心带书来。有时好几本,有时则只有一本。那些书,都是素心没有读过的,也是,在他们"这里",这个封闭的城中,很难借阅到的。比如,有陀思妥耶夫斯基的《穷人》《白痴》《罪与罚》,有《契诃夫戏剧选》,里面收录了《海鸥》《樱桃园》和《三姊妹》,有雨果的《悲惨世界》和《笑面人》,等等。也有一些新出版的"内部读物",史称"白皮书"抑或是"灰皮书"的,那就是些更难到手的东西,比如,苏联小说《多雪的冬天》《你到底要什么》,比如,非小说类的书籍《出类拔萃之辈》《第三帝国的兴亡》之类。这些书,他留给素心,慢慢看,下次来,再带回去还给书的主人。只有一次,人家要得急,只给了他两天的时间,刨去来往路程,也就是一天半的工夫,而那本书,又是十足的大部头,上下两册。于是,素心跟她的那间小工厂请了两天事假(请事假是扣工资的),躲在家里,没日没夜,甚至顾不上吃饭,终于在规定的一天半期限内,看完了那部大部头。那大部头的名字叫《卡拉马助夫兄弟们》,耿济之译,出版时间是一九四七年。

他就像是她的导师，在精神上，引领着她，引领她走出小城的格局。

方蔼如，素心的母亲，欣慰地看着这两个孩子的交往。她听他们在房间里谈论那些遥远而虚无的东西，谈论诗，谈论波光闪耀的涅瓦河和塞纳河，谈论普希金和雨果，她在心里对天国的那个人说："彭姐，你看到了吧？他们俩，是一对多么纯真干净的孩子！"她还说："你心里，其实也和我想的一样吧？所以你才把他托付给我，我说的没错吧？"

那是一个可以实现的梦想。方蔼如微笑地想。

但是，但是，有一个安娜呀。谁知道会有一个安娜。安娜遇见了彭，事情就这样发生了。

附录：《天国的葡萄园》节选

最初，一株绿色的幼苗，被贩茶叶的驼队从万里之外的西边带回。传说带它回来的人姓王，是个年轻人。一路上，年轻人呵护它，像呵护婴儿。穿越沙漠时，酷热难耐，王省下自己喝的水来灌溉它。它亦很讲一个"义"字，千难万难，支撑着，努力地，不让自己枯萎。

这一来，他们就有了过命的交情。

王新婚燕尔。带它回家，是为了给新婚的娇妻，一份心意。

王对妻说，这是蒲陶，又叫草龙珠。它结水灵的果实，极甜。你一定喜爱。

王又说，传说，它的根、藤和叶子，有奇异的效用呢。妻问，什么效用？他笑了，说，附耳上来。妻把脸贴过去，他凑在她耳边，说，安胎，止呕。

妻红了脸。他们新婚不久，他就随驼队远行，一走，就是一年。她当然没有动静。

这株幼苗，长途迁徙跋涉，看上去风尘仆仆，伶仃而孱弱。妻满心疑惑，怕它不服梗阳本地水土，难以成活。王就把它捧在手心，对它说道，蒲陶君，你万里随我而来，吃尽辛苦，所为何来？既然没有弃我于半途，想来是有心成全于我。从今日起，这梗阳，就是你的另一个家了，望你生根散叶，开花结实，子子孙孙，生息繁衍，也不枉我们生死相随一场。

万物有灵。

王和妻，郑重地，将这株幼苗，种在了自家庭院。照西边人教授的方法，浇水、施肥、架篱、绑蔓、夏剪、冬埋……蒲陶君果真是重义气的，在这异乡异地，活得生机勃勃。只是，还不待它结果，转年，王就又随驼队上路了。这一次，他留在家里的妻子，坐了胎。王临行前，和蒲陶君告别，在蒲陶架下长揖说，兄弟，嫂嫂托付给你了。

这一去，王再也没有回来。

照以往行程，王应该在妻子临盆前归来。可是没有。孩子生下来，是个粉妆玉琢的女儿，她给女儿起了个乳名就叫蒲陶。蒲陶满月了，百天了，周岁了，王仍旧没有消息。整个驼队，都没有了音讯。渐渐地，辗转有了传闻，说，他们的驼队，在沙漠中，遇到了风暴，迷了路，被沙尘暴埋了。又有传闻说，是遇上了剪径劫路的大盗。但，这些传闻，王的妻子，一概不信。她只信一条，生要见人，死要见尸。只要没有尸首，那，她的人，就还在世上。

三年后，蒲陶结果了。虽然还不到盛果期，但，一串串，晶莹剔透，紫如宝石，挂在藤上，阳光一照，如梦如幻。那滋味，更是美不胜收，沁甜而清凉，咬一口，汁液四溢，满口生津。王的妻，闺名叫作郑锦屏，小名屏儿。那郑锦屏平生第一次，尝到了遥远的蒲陶的味道，当她的牙齿咬破蒲陶皮的刹那，她的眼泪，潸然而下。三年的苦苦等待，她没掉泪。她告诫自己，人没死，哭什么？眼泪是不吉利的。但，当蒲陶的汁液溢在她口中时，她哭了。想，真是仙品！又想，郑锦屏，你何德何能啊！

也懂了丈夫的心意：走高脚的人，朝不保夕。若有不测，此生，留一个他们相恋过的凭证，留一个可与她长相随的念想。

郑锦屏把这珍稀的果实，分赠给了左邻右舍，她想分赠给全村老幼，可惜远不够分的。她摸索育秧，无师自通。到来年，就有新的秧苗被栽种到了庭园里。又一年，再一年，再一年，庭院再也栽不下，秧苗从庭院移栽到了向阳面川的坡地上。左邻右舍，家家都分到了秧苗。后来，整个村庄，家家都分到了秧苗。于是，汾河谷地，这一片日照充沛、黄土松软、山多涌泉、平川与山地相衔接的地方，就变成了华夏内陆最早的蒲陶园。若站在高处俯瞰，绿色的葡萄树，连绵起伏，无边无涯，是绿色的海。

蒲陶君果然，不负知遇之恩。更不负"兄弟"临行之托。这一诺，便是永远。它把他乡当故乡，扎下深深的根，一生二，二生三，三生无穷无尽，这梗阳遍地，从河谷到山坡，从平川到丘陵，到处，满眼，都是它的后代子孙。

它口不能言，却有满腹的话，想告诉那个不归的人。它等啊等。这世上，大概，只有它，还有她，那个未亡人（除了她自己，人家都称她未亡人了），还在执着地、执拗地、万死不辞地，等待着一个人的归来。眼见着，她从一个少妇，变成了一个老妪，从孩子的娘，变成了一群孩子的外婆。她的满头青丝，落满了霜雪。她对它说，老兄弟啊，咱们俩，总有一个，得活着等着他回来吧？我呀，怕是要先走一步了。

她走了。

她走的那年，六十六岁。女儿蒲陶，早已出嫁，年初也做了祖母。北地风俗，六十六岁，生日这天，要吃女儿给割的六两六钱肉。她吃完了用这肉包的饺子，第二天，溘然长逝。

只剩了它一个，独自一个，在等。它五十几岁，还在盛年。

其时，它的浓荫，早已遮满了整个庭院。它的果实，密密匝匝，是梗阳地界上最甜美多汁的蒲陶。不知从何时起，这里的人，把它以及它繁衍的后代们结的果实，起了个名字，就叫作"屏儿"，以纪念那个培育者，那个先驱，那个掘井人。看吧，每年，夏秋之际，梗阳的大地上，到处都是"屏儿"啊，千串万串，千颗万颗，悬挂着，沉实、端庄、明艳，美得让人忧愁。风穿林而过，千片万片树叶，如同起舞。每当这样的时刻，它都想落泪，为这土地上人的恩义。

又过了五十年。又一个五十年。它还在等。作为一棵藤本的蒲陶树，它早已活过了它的极限。这个百年前就没了人迹的家，渐成废墟，坍塌了。只有它，仍旧，挺立着，根深叶茂，藤缠着藤。现在，它的浓荫，舒展开来，天啊天，竟可以遮蔽方圆一里地！不知何时何日起，人们叫它神树。它的藤和叶，被用来治病，给妇人安胎、止呕，它的果实，被用来酿成了酒，传说，喝了，可延年益寿。因为等，它活成了奇迹。

活成了神。

以上，是小薇讲的故事。小薇是我的女友。她有个愿望，想为此乡的葡萄作传。她热爱草木自然，是我们之中最接近自然之子的一个。可她没能做到。她只身前往天国的葡萄园去了。她没完成的事，我，试着替她去完成。

第四章

CHARPTER 4

素心上班的工厂，是小集体。从前，叫"水电安装队"，后来更名为"金属结构厂"。一百多号人，大多是电焊工和油漆工。而素心，则被分配到了机房开刨床，是学徒工。

机房里，有一台牛头刨，一台铣床，一台打眼的钻床，两台齿轮机床，还有三台称得上古董级别的皮带车床。当所有的机器开动时，机房地动山摇，让素心感到惊悚。

素心不爱机器。

她的师傅，是个温和的中年人，温和而木讷。他教素心看图纸，素心看不懂，就说："师傅，您别白费力气了，我就干点儿粗活好了。"

师傅很惊诧。哪里见过这样的徒弟？师傅说："不会看图纸，你将来怎么刨零件？"

素心说："不是还有师傅您吗？"

师傅愣了半晌，倒被她气笑了："请问，那你什么时候才能出徒？"

素心想说："到死呗。你以为我想出啊？"可她总不能把这话说出口。她只好叹口气，回答说："您要想教就教吧，反正我学不会，您可别嫌我笨啊。"

她果然是言而有信，笨得不同凡响。教她磨刀，砂轮火星四溅，她吓得松手，刀打飞了，险些出大事。从此，磨刀就成了她的噩梦。可是作为一个机床工人，怎么能不会磨刀？可她就是死也不再往砂轮前面站。她师傅毫无办法，只好去替她磨。她频频打刀，因为总也掌握不好进刀的深度。她师傅就频频地磨。好端端一把刀，用不多久就让给磨没了。她师傅忍不住叹气，有一天，对她说道：

"隔壁一机床厂，来了学工的中学生，人家那些学生，老师带着，采用'优选法'试验翻砂呢！听说就是你们学校的学生啊。"

言外之意，你和人家，怎么差别会这么大？

她回答说："师傅，您别用激将法，这招儿对我不灵。我这人，不上进，朽木不可雕！您认命吧。"

"你？"师傅笑了，"你是朽木？"

"那你说我是什么？"

"你是——生不逢时，是不甘心。"

素心收敛了笑容。她没想到，木讷的、不苟言笑、处处对她不满却又无可奈何的这个人，竟然，是了然她的。她想起了师傅对她的种种迁就，原来他是包容她的，她想，包容她对生活的怨气。明白自己是遇上了一个——好人。

素心开始上心。每天下班，总是把机床擦拭得特别干净，清理铁屑，把各种堆积的零件，分门别类，整理归纳得有条有理。早晨，她赶在师傅到来之前，做好该做的准备，工具放在顺手的地方，打好师傅泡茶的开水，等等。她学习看图纸，慢慢也就上了手，可以独自应付那些常做的简单的零部件。只有磨刀这一项，她仍然视作是畏途。

她的师傅，姓封，家乡是河南林县，就是那个著名的红旗渠所在地。小时候逃荒出来，没上过几年学，可是人很聪敏，这车间里所有的机床，没有他不会摆布的。所以，人家给他起了个外号，叫作"封万能"。一车间的人都拿封师傅开玩笑，说：

"封万能啊封万能，把你能的！你碰上这么个徒弟，不能了吧？"

封师傅就笑笑，也不答话。想，你们不懂她啊。

那厂，真是小。除了机房勉强可算作真正的厂房外，另外那两排L形的瓦房，就是普通居家民房。空地倒有一块，小有规模，上面矗立着、倒卧着需要焊接、油漆，和正在焊接、油漆的各种物件：小化肥罐、配电柜以及各种规格的钢管。沿墙根，杂草丛生。奇怪的是，空地上，有一片野生苜蓿，春天，开一片梦幻般的紫花，像是城市意外泄露的一点柔情。可偏偏就在它前面，人们极潦草地盖了间公共厕所。

人人都在苜蓿花前排泄。

素心觉得那是对苜蓿花的羞辱。

这地方，这气息，这一切，都让她苦闷。

这里的人，将已婚的中年妇女，油漆工也罢，电焊工也罢，统称为"老板子"。要到很久之后，素心才能明白这称呼中猥亵的意味。

而那些"老板子"们，也真是没有羞耻心的。光天化日，一群"老板子"，就把一个撩拨她们，或是她们想撩拨的人，掀翻在地，欢呼着，叫嚣着，扯下他的裤子。那是她们喜欢和热衷的游戏。

一群人，骑车结伴回家。骑到分岔的路口，素心向大家告别，一不小心，忘了说"走了啊！"，而是随口说了句"再见！",人们一愣,然后哄堂大笑。第二天,这笑话,就传遍了全厂,大家见了她,模仿着她的语气,说:"再——见！"仿佛那是来自外星球的语言。

封师傅说:"你要和大家打成一片。"她就问:"怎么就算打成一片了?变粗俗吗?"师傅无法回答,这是显而易见的啊。她又说:"三十岁以后,混在人堆里,扯男人的裤子?"

师傅望了她一会儿,回答说:

"不是,是让你不要总是把'燕雀安知鸿鹄之志'这样的表情,写在脸上。"

她一凛。知道自己又小看了师傅。

"可我并没有鸿鹄之志啊。"她忽然悲从中来。

"那就换种说法,不要把'我干净'这三个字,写在脸上。"

她真的惊愕了,下意识摸摸脸颊。

师傅又说:"你记住,一个人,只有活到尽头,活到死,才能知道自己是干净还是脏。"

她永远记住了这话。

她曾经和彭,讲过她的师傅,关于他的身世,他的为人,他的脾气秉性,还有他说过的那些话。彭听了,沉吟一会儿,说:"这是个智慧的人。"

有几次,好几次,她很想和这个"智慧的人",谈谈彭。可她张不开口,说不出那个名字。她觉得那名字很重,一出口,砸下来,就能把她的生活砸出一个深坑。他的"智慧",是填不满这深坑的。

再次见到安娜,已经是近两个月之后了。

素心压抑着自己，不让自己贸然跑去找安娜，不让自己总是去想那个该死的笔记本。她一遍一遍对自己说，姚素心，说到底，这件事和你有什么关系？那笔记本和你有什么关系？就算那本子上，写满献给某人的情诗，和你，又有什么关系？你是谁？你是姚素心啊，一个独身主义者啊！一个独身主义者为什么要介意别人的恋情呢？

可是，她介意。特别、特别介意。这种介意，让她痛苦。不是剧痛，却痛得隐秘、幽深、尖锐、绵长，仿佛，她的心，是一颗蛀牙，那些看不见的小虫子，一点一点，钻着、啃着、噬咬着，让她吃不下饭，睡不着觉。不知不觉，所有的衣服，穿在身上，变得宽袍大袖。有一天，午饭时间，她坐着发呆，师傅忽然对她说：

"是碰到不顺心的事了？"

她一愣，摇摇头，说："没有。"

师傅没有再问。他知道她是嘴硬。不过猜也猜得出来，年轻人的那点事，无非，也就一个"情"字吧？以为那就是世界的全部。也对，年轻就是和世界较劲的大胆时光呀！他默默打开带来的饭盒，放到这个和世界闹别扭的徒弟面前，里面，是一饭盒煎饺，说道：

"胡萝卜大葱猪肉馅儿，你尝尝？"

师傅茹素，不沾荤腥。不是因为信仰，而是因为从小贫穷生活养就的口味。她看看煎得黄澄澄的饺子，明白了，那是师傅特别带来给她吃的。

她默默吃饺子。一个，一个，慢慢地，眼泪就掉了下来，一滴、一滴，很重，滴到了饭盒里。饺子都打湿了。师傅看在眼里，也不说话。心想，能哭出来，总归是好的。

那天，是周六。没想到，第二天，安娜自己竟然找上门来了。

安娜的姐姐丽莎，突然从插队的雁北山区回家了。她不是一个人回来的，还带回一个壮年男人。进门后，丽莎对全家人宣布说："妈，我们结婚了。安娜，多多，这是姐夫。"

妈的嘴，张开来，再不知道该怎么合上。

安娜一家人，早已习惯了丽莎的种种乖张。几年前的那个手榴弹，炸伤了她的右臂，也炸毁了她的人生。胳膊伤得不算重，做了手术，没有落下大残疾，但，它却再不是往昔那只自如地、自由地、精魂出窍一样的肢体了——它永不可能再成为一个舞蹈演员飞翔的翅膀。

她悲愤。

于是，追本溯源，找到了她一生不幸的那个源头：母亲，母亲的干涉和阻拦。十二岁那一年，一个那么辉煌绚丽的未来，召唤她，向一个美如朝露的女孩儿微笑。但是母亲断送了这一切。

如果，十二岁那一年，那个小少女踏上了开往北京的列车，后来的那一切，就都不会发生了。不会有"抓天儿"，也不会有手榴弹和爆炸。不会有一个行尸走肉般的丽莎。

不能再跳舞的丽莎，就是一具行尸走肉。她厌恶这个人，于是，就以折磨她、伤害她、作践她为一生的乐事与目标。这一次，没有激素，也不需要激素。她暴饮暴食。伤愈后不久，体重暴长几十斤，从此就变成了一个臃肿的女人。宣传队的同学，后来，大多都有了不错的归处，有人参军，有人进了专业剧团，有人被大企业半专业性质的宣传队收入麾下。她当然不属于这所有的幸运者。街道倒是照顾她，分配她去民政系统的小福利工厂。

她拒绝了。接下来就是全社会插队动员。她爽快地报名,半天之内就去派出所下了户口,去了一个最苦焦的地方,雁北某个严寒的村庄,落户去了。临行,母亲哭肿了眼睛,她摊开手臂向母亲展示自己肥硕的体态,对母亲说:

"你的目的不是达到了吗?你把我塑造成了你想要的样子,怎么样,满意了吧?"

母亲哭着说:"你好恶毒啊丽莎,你好恶毒!"

她就是要恶毒。对自己,也是对母亲。

插队几年,她不回家。尤其是逢年过节。她知道母亲想念她,她就是不让她如愿。雁北的冬天,漫长得像是没有尽头。农闲时节,却不能闲着,人人都要去参加农田水利建设。修水坝、打地棱、上山炸石头。原本,放炮炸石都是青壮男人的事,她偏偏去干。用受过伤的胳膊,砸炮眼、填炸药、放雷管、点炮,就像样板戏里唱的那样:越是艰险越向前。雷管点燃,她远远躲在一块巨石后面,一声巨响之后,看着石头的流星雨从天而降,心里就有一种报复的快感。报复谁呢?她说不上来。就算是报复生活吧。

旧历春节,知青们都忙忙地回家了,整个知青点,一排窑洞里,只剩下了一个她。她学村里人,在窑洞前垒起了旺火,除夕那晚,点燃了。旺火哔啵哔啵烧着,映照着她的脸。她没想到旺火是那么美丽,这里一堆,那里一堆,高高低低,红得那么通透,有种泼命的放纵,整个村庄,都变得妖娆而神秘。她的心软了一下,想,这是生活偶尔露出的一点真相还是骗人的幻觉?忽然之间,她想家了。

那是一个不大的村子,叫杨家窑,几十户人家,穷,可除夕夜,家家都来唤她去吃年夜饭。人家都觉得这闺女恓惶呀。她谢辞了,谁家也没有去。除夕那顿饭,是家家户户团圆的时刻,是一年中最要紧的一顿饭,她一个外人,怎好去打扰?丽莎的不讲理和蛮横,只针对亲人、家人,对外人,她知道分寸。她一个人,烧火做饭,锅里添了水,却不知道要做什么。就在这时,有人叫门,进来的人,端一个大海碗,里面是满满一碗饺子。来人说:

"我妈让给送来的,家里没白面,是莜面包下的,我妈说别嫌弃。"

那一碗莜面饺子,丽莎吃了。这送饺子的人,后来,就成了丽莎的男人。他大丽莎八岁,是村里的羊倌,也是家里的独子,上面有两个姐姐,早年死了爹,寡母抚孤,竟然还供他读了初中。丽莎和他,去公社扯了结婚证,也没办酒席,把被子搬到了他家窑洞里,就成了杨家窑的媳妇。

自始至终,这婚事,丽莎没跟家里人透露一个字。

丽莎的男人,叫成贵。成贵放羊,一个人,在野地里,整日和一群不会说话的羊厮混,总想弄出点响动。于是就学会了唱酸曲,他对着天,对着云,对着旷野,对着河滩和风,使劲儿地吼唱:

"对坂坂那圪梁梁上那是一个谁?

"那就是那要命的二小妹妹——"

可是,旷野里,山圪梁梁上,天底下,哪里有个人影?没人也要唱。心里难活呀。唱呀唱,没想到,还真把人唱回窑里了——丽莎喜欢听他唱歌。他唱酸曲,把丽莎唱得眼泪汪汪。丽莎想,就这么听他唱一辈子吧,怎么不是过一辈子?

丽莎领成贵回家,已经是他们结婚一年后。她有了身孕。成贵说:"你可以不认妈,可孩子不能不认姥姥呀!"丽莎知道他的心病,她想,也是该让这个女婿见见丈母娘了。

于是,夫妻双双,回家了。

母亲蒙了。一家人都蒙了。尽管,一家人对丽莎的蛮横、任性,有足够的精神准备,可突然之间带回一个已经结婚一年的丈夫,这样的事,还是挑战了亲人们的承受力。母亲昏头昏脑,手忙脚乱,给女婿沏茶,失手砸了茶杯,做饭,丢三落四,锅里红了油,却走了神,油着了火,险些酿成大祸。总算吃了晚饭,渐渐地,有了一点真实感,知道了这是生米煮成了熟饭的事情,她的丽莎,已经是杨家窑的一个媳妇了。

安顿他们住下。母亲腾出自己的卧室和床,给他们换了床单被子。她和多多还有姥姥都挤到了安娜的房间。两张上下铺,原本,安娜睡下铺,此刻,自然是要给姥姥腾出来搬到上铺去。她抱被子,母亲要插手,去抱她的枕头,她去夺,一拉扯,一个东西就从枕套里掉了出来,是那个笔记本。

她慌忙捡了起来。

母亲问:"那是什么?"

"什么也不是。"她回答。

好在,母亲心慌意乱,心被丽莎的事填得没有了一点空隙,无暇他顾,这事也就这么搪塞了过去。这个夜晚,一家人,除了那两个当事人,谁也没有睡好。姥姥、妈妈,就连多多,也是难以入眠。安娜更是多了一重心事,她的头枕着那个笔记本,知道那就像是一颗炸弹——母亲迟早会醒悟过来的,她太了解母亲对"这种事"的敏感度,母亲的追问,她可以抵挡,可她抵挡不住母亲无孔不入的侦缉和扫荡。她找不到一个安全的地方来藏匿它。她也太知道,假如它不幸落在母亲手里,必将被烈焰焚毁,那这个悲伤和美好的故事,这一片浪漫的葡萄园,还有那个叫作小薇的姑娘，将尸骨无存，那，她可怎么面对那个信赖她、信任她的托付者？

一夜无眠。到早晨，她决定了一件事。

她坦率地向素心讲了一切。彭的来访、笔记本、丽莎的归来和母亲的发现，等等，很详尽。她说："素心，我能拜托你吗？"

素心问："拜托我什么？"

她从书包里掏出了它，那个托付，说："就是它。让它先藏你家里，行吗？"

素心说："行。"

素心又说："听你的口气，好像是藏匿一个活人，八路军伤病员似的。"

她笑笑，说："不错，我那里暴露了，我得先把它转移到安全的地方。"

素心伸出手去接，她却没有松开。

"这对他很重要，"她说，"我没有经过他的同意，就转移了它，我失信了。"

素心收回了伸出去的手，说："那你就先征求他的同意吧，看能不能把它交给我这个外人。"

安娜知道是自己的话让素心多心了。

"如果你是外人，我就不来找你了，"安娜这样回答，"我有那么傻吗？敢把这样的东西托付给一个外人？"

"那里面究竟写了什么？让你说的，像是他的身家性命似的？"素心终于把这句话，这句耿耿于心的话，说出了口。

"你看了就知道了，"安娜这样回答，"至少，是不安全的，会给他带来麻烦的。"

"哦——懂了，"素心说，"交给我吧。"

假如，事情就到这里，也许，就不会发生后来发生的那一切了。但是安娜在把笔记本交到素心手里之后，画蛇添足地，郑重地，说了这样一段话，她说：

"我想来想去，只有放到你家里才能放心。他对我说，方阿姨就像他的亲姑姑，你就像他的亲妹妹，你们就是他的家人——"她一双黑得发蓝的眼睛，秋水长天似的眼睛，落在素心的脸上，"交给家人，应该不会有闪失的……"

素心咬住了嘴唇。她想起了那一个夜晚，从身后突然抱住了她的三美，三美说："所以，彭，他就是你妈妈的侄子，你的哥哥，我们的普通朋友，而已。"所有人，全世界，联合起来，强加给了她一个不能拒绝的哥哥！而已……她悲凉地笑了一笑，说：

"是，放心，不会闪失——"

安娜走了。

很久，她才坐下来。现在，这个笔记本，在她手里了，她心心念念、如同巨石一般坠在她心里的东西，在她手里了。可她突然之间，没有了勇气翻阅。她将看到什么呢？她不知道。她努力让自己平静，站起身，泡了一壶茶，用父亲的紫砂壶。然后，她就把自己的房门反锁了，为的是不让妹妹"意外"还有妈妈闯进来。房间里，很静，只有一只马蹄表的嘀嗒声，她想起一句话：雪夜闭门读禁书。只是，此刻，外面没有雪。

她读了。

一口气读完。

一个别人的故事。那里面的每一个字，都和她毫无一点瓜葛。和她的痛楚、她的伤心、她的一切,毫无瓜葛,那里藏匿着一个与她无关的世界。原来,这么久,她从来,从来都没有走进过他的世界里一尺一寸。他秘密世界的大门,对她,关闭着。原来那些背诵、欧根·奥涅金、涅瓦河、塔基亚娜、夏夜的迷人幽香,以及,那一本本的大部头,那些亲密的促膝长谈,那让她脸红心热的时光,都不是钥匙,打不开他世界的大门。

那它们是什么?她悲愤地问。

而今,她就像一个偷窥者。一个偶然的意外,恩赐了她偷窥的机会。

安娜说,你可以看。那仿佛是从天空传来的声音。她就低头看了。

安娜是上帝吗?

她讨厌这样的自己。她憎恨。

这是一个初冬的月夜。月光洒下来,城市的路面,就像被霜染白了。以前,她总以为,月光是浪漫的,就算是再枯燥冷酷的城市,也会因为月光而柔软下来。原来那是错觉。月光其实无情无义。它让你以为霜洒的路面上,永远也踩不出哪怕半个脚印。

她大睁着眼睛,到天亮。

附录：《天国的葡萄园》节选

小薇是我的女朋友。

我们认识，是在开往太原的列车上。就是那辆著名的"四点零八分"始发于北京的列车。

那是我插队的第二年，春节过后不久，返程的途中。她坐我对面，我们聊了一路。仅此而已。没有任何戏剧性的情节，只是巧。或者，是天意。

她不是标准的漂亮，但，非常醒目。就是那种在人群中，你首先第一眼就能看到的那种。一百个人里，一千个人里，她总是能第一个跳进你的眼里，让你从心里"嚄"地喊一声。我承认我好色。那天，看到一个如此醒目的女孩儿坐我对面，我很高兴，离家的惆怅一下子冲淡不少。车开动后，我说，知青？插队的？她点头，反问我，你也是？我说，对。她问，在哪儿？我说了。她也说了。

原来我们插队的地方，相隔不远。

彼此甚至还有一些共同认识的熟人。

自然，话题就从这些共同的熟人开始。起初，我没在意，但，渐渐地，我发现一件事，那就是，在她那里，没有一个坏人，没有一个不好的人。无论提到谁，她都是真心赞美，无论是谁，她都能寻找到一个恰切的赞美的角度。比如，她真聪明！他在学校的时候是个数学奇才！她这人特别心软！你听过他拉手风琴吗？他的琴声一响，让人热泪涟涟……这让我感到好奇。她是真的这样以为还是城府太深呢？我开始试探，我说起一个公认的葛朗台式的人物，我说，丫真是自私、贪心、吝啬透了！她望着我，说，可我还从来没有见过比他更爱干净的人呢，而且，他并不吝啬力气。一想，还真是。我笑了，说，问你个问题，这世界上有坏人吗？她也笑了，回答说，当然有了。我问，谁？她说，希特勒啊！

懂了。在她的世界里，坏人都在遥远的地方，永远不会出现在她的生活中。

她真是与众不同。

她不抱怨。她是我见过的知青中，唯一一个对生活没有怨气的人。这是她和我们这些人最大的不同之处。我后来有些明白了，为什么我会觉得她那么醒目，因为她清新独特的气质，仿佛，她是一个来自别的时代的访客。她不是一个热情激昂的革命者，抱着为理想献身的热忱，也不是一个消极灰色的看客，更不是一个对生活和时代满腹怨气的颓唐者。她对生活抱有一种纯真的、纯粹的、超越性的热爱。那种热爱，是动人的。

她插队的地方，出产葡萄。那里拥有汾河河谷最大的葡萄园。就在我们初识的那个旅途中，我们彼此描述落户的村庄。我说的都是它的不好：穷、脏、封闭、保守，茅坑里的蛆虫、案板上乌压压的苍蝇，等等。她听了，问我，它没有自己的特点吗？就像一个人，它长什么样子？它是什么性情？它有什么来历？你一点也没有告诉我啊？我愣了一愣，从来，没有人这样追问过我，我反问，说，那你呢，你的村庄是什么样的？她温柔地一笑，说，我们那里，有汾河河谷最大的葡萄园，也是中国最古老的葡萄园——哦，之一！她语气里透着真实的骄傲。我想，这有什么可骄傲的？中国到处不是都有"最古老"的遗存？中国不就是个"最古老"的遗存？

她说，你知道吗？我们那里，种植葡萄的历史，始于汉代呢。传说啊——我笑了，打断了她，传说哪里靠得住？她很认真地望着我，回答道，你不信传说？我信，我觉得传说有时候比正史还靠得住。好好好，你讲，我不说。我不再争辩，我心里也好奇，好奇她怎么去讲这个故事。她说，你可以不信，那是你的自由，不过，信，会给人带来不同。怎么不同？我问。她沉吟一下，回答说，不自大。

我暗自惊讶。

没想到会听到这样的回答。

我诚恳地说，好，你讲。

她开始娓娓道来。她说，传说啊，在汉代的时候，有个商人，带着自己的驼队去往西域。在那里，他第一次看到了葡萄。这个商人，新婚燕尔，和妻子一别数月，一心想着，要给她带回一样中原没有的东西。正是夏秋之交，葡萄熟了，成千上万串葡萄，挂在枝头，那景象，迷住了他，葡萄的滋味，更是让他惊艳。于是，他的驼队启程返回中原故土时，他的行囊中，就多了几株花大价钱买来的葡萄的秧苗。

人们劝他说，这一路，沙漠戈壁，千山万水，这么娇弱的东西，哪里能够存活？何况，就算活着带回去，咱们那里的水土，能让它生根发芽？他但笑不语。他和他们不同，他相信奇迹。

他真的创造了奇迹。他，和他新婚的妻子。以及，一株有情有义的葡萄秧苗。她讲得真生动啊，就像……一篇赞美诗。最后,那繁衍、孕育了汾河河谷成千上万子孙后代的那棵葡萄老藤,那活成了化石仍屹立不倒、等待着一个归来者的中原葡萄的始祖,让我有几分动容。尽管,至今,我其实也不能区分,在这个故事中,哪些是传说,哪些是这个叫作小薇的姑娘的想象,或许,让我动容的,并不是这个故事本身,而是,讲故事的人,她的态度。我终于问出了我的疑问,我说,你怎么会这么热爱这里?这土地?

她奇怪地看着我,说,怎么,这很自然啊!爱这里的土地,很奇怪吗?

我想了想,说,你上辈子,是不是一个传教士啊?

她笑了,说,你怎么会这么想?太奇怪了。

我只能这么想,好像,才合理。

我们就这样聊了一路,一夜无眠。车到太原时,是凌晨五点,但冬天的黎明还没有到来。车站广场上,路灯全瞎了一般黑着。但却有一盏一盏的电石灯,这里那里,昏黄地亮着。每一盏灯下,是一张小木桌,桌上摆着茶壶和粗瓷大碗,以及,盖着毛巾保温的茶叶蛋。四周是几只小板凳,地上戳着几只暖水瓶,以及,搪瓷脸盆和毛巾、肥皂——那是用来供过往旅人洗脸的设施。

一盆水,一角钱。

以前,和以后,在任何地方的车站,都没有见过卖洗脸水的。那是太原这城市留给我的独特记忆。当然,它留给我的最深刻的印记,是它的气味,弥漫在整个车站广场上的那股煤烟的味道,它扑面而来,灌进鼻子里,喉咙里,辣、呛人,让你瞬间就用身体懂了,什么叫作"陌生"和、背井离乡。

我们俩,选了一个茶水摊坐下。时间还早,去往我们各自目的地的长途汽车还有几小时才发车。我们喝大碗茶,两分钱一碗,就着茶水吃我们自己带来的面包。茶叶蛋一角钱一个,我买了两个,请她吃。她立即掏出一角钱给我。我说,怎么这么见外?她不好意思地一笑,说,我们不是还不太熟吗?

那,能留个地址吗?联系方式?我趁机这么说。

在渐渐到来的黎明中,我们彼此交流了地址。我让她把地址写在了我的笔记本上:就是这个羊皮面的本子。我让她把地址写在了洁白的扉页上。那是我插队离家时姑姑送我的礼物,但我知道它的来历——它是父亲的遗物。姑姑没有说破,她怕说了出处我会拒绝。我也装糊涂。我明知它的来历可我还是收下了它,一直,一直,带在身上,却没有用。现在,这空白的笔记本上留下了第一行字迹,她的笔迹,列车上萍水相逢的陌生人的笔迹,我却说不出地快乐。我原来也是可以快乐的啊。这笔记本,原来,也可以记录快乐的时刻,这陌生的城市,原来,也可以发生快乐的事情。从此,这个地方,对我而言,不再是一个无关痛痒的地方:它见证了一件事情的发生——我爱上了这个特别的姑娘,我的小薇。

我想念她。写信。也写诗。

信寄给她,诗留下,安慰自己。

忙春耕,播种。等闲下来时,已是两个月后。去看她。那时我们已经通了七八封信,我几乎天天都在信纸上跟她说话,信写得密密麻麻,却平均一周发出一封:为了节省邮票钱,也因为没有时间去寄信。我在信里,袒露自己,我的身世、我的父母、我的过往、我的一切。那是我第一次,和一个人,谈论这不能触碰的生活的伤口。每一封信,我都在结尾问她:我们现在熟悉一点了吗?

她没有回答过这个问题,在她的回信里,对我的称呼,永远都是:旅途中的朋友。只是,她的信,则越写越长,且写得很有趣,平实、朴素、自然、有故事,一点也不装。有时,她会在信里不厌其烦地描述一件特别具体的事情,比如,看人家怎么给葡萄人工授粉、怎样疏花疏果、怎样抹芽绑梢,这样一些辛苦而枯燥的劳作让她写得趣味盎然。读她的信,我常常微笑。我想,她可真是与众不同。我们这些人,有谁,会这样真心地、真诚地,热爱农业的劳作?热爱土地上的劳作?就连今天的农民,有谁是因为"爱"而选择了土地并为之厮守一生一世?而她,则让我想起从前的农人,在自己的土地上耕耘播种时,那种诚意和喜悦。太奇怪了,莫非,她前世是个农夫吗?

那天,我借了一辆自行车,骑了六十多里,以突然袭击的方式,来到了她面前。她惊讶,可也欢喜。我说,我来看看你的葡萄园。她回答说,哎呀,你怎么不提前打招呼?我好给你割肉啊!这话,让我快乐极了——原来,她也愿意见到我,就像,我心心念念,想见到她一样。那时,他们知青点的伙房,已经因为种种原因散了摊场,她自己开火做饭。我说,不用割肉,太破费了。她看了我一眼,那双清澈的、波光粼粼的眼睛,静静地,落在我脸上,说,那怎么行?你看你瘦了。

一句话,几乎让我落泪。

她向人介绍我,说,我朋友。我想,什么朋友呢?当然,我已经很知足,人,不能太贪心啊。可是,可是人类,本就是永不满足、贪得无厌的动物啊,我怎能例外?

那天,没有割到肉,可她从老乡家里,偷偷买了一只鸡,让人家帮忙宰了,收拾干净,浓油赤酱地,炖出来,里面,还顺便炖了几只鸡蛋。还不到麦收时节，白面早断顿了，她从家里带来的挂面还有存货，于是，就煮了挂面，捞出来，用浓油赤酱的鸡汤一拌，好香！我说，如此好菜好面，焉能无酒？她笑了，变戏法似的，一转身，拿出一个玻璃瓶，戳在了我面前。

朋友来了有好酒。她说了一句歌词。

喝过没？我们县里产的葡萄酒。她问。

当然喝过。我回答。但是今天喝肯定和往日喝的味道不一样。

没有酒杯，就用搪瓷大缸，很是豪迈。但事实上，那种红葡萄酒，没有脱糖，味道偏甜，喝着确实给人喝果汁的错觉。但它其实是有内功的，只不过毫不张扬。当然，对我这酒场上的老江湖而言，它是小菜一碟。但是小薇也如我一样，喝得那么粗放和不设防，让我意外。我问，你很有酒量吗？她回答，没有。我说，那，你喝慢点，这酒，有后劲的。你要是喝醉了，我，我——我想说，我不知道自己会干出什么混蛋事来。但我咽了回去。我不能毁掉这一切啊。

她忽然伸出手来，抚摸我的脸。说，你好让我心疼。

她醉了。双颊如花。一双梦境般的眼睛里，渐渐溢出眼泪。从来没有人，给我写过那样的信，她柔声说，也从来没有人，让我这么心疼。她借着酒的魔力，这样说。

我把我的手，盖在她的手上。她的手，那么小，却那么粗糙，那么瘦硬。我说，小薇，我想亲你。她说，可以，还没有男生亲过我呢，你轻一点。我亲了。在她湿润、鲜艳的嘴唇上，轻轻地，蜻蜓点水一般，亲了一下。她有如触电，说，啊——闭上了眼睛。眼泪涌出来，流了一脸。她说，我醉了，撑不住了，但是你不能乱来，我要把我完好地交给你，在我们新婚的初夜——

你要向我保证!

我说,我保证。我向毛主席保证。

她睡着了。睡得那么放心、踏实、安稳。我守在她身边。就像……一头兽守护一株仙草。我轻轻地,怜惜地,吻着她脸上的泪痕。我忽然觉得她其实更让人心疼:那么无邪,那么单纯,那么……傻。我正襟危坐。像一个真正的君子。那天我知道了一件事,就是,此生,守护她,是我的宿命。我的劫。我的原罪。

但是,仅仅过了一个月,就传来噩耗。小薇自杀了。

她被人玷污了。

被公社分管知青工作的一个什么主任。

天真的小薇,曾经写过一份,关于改良葡萄品种的建议。于是,他约她谈话。

她赴约。

我的小薇,她意气风发、满怀抱负地,一步一步,走向了毁灭和死。

第五章

CHAPTER 5

一

整整一个星期，安娜过得胆战心惊。

她失眠。很久，没有和母亲在一个房里睡过了。下铺的母亲，另一张下铺上的姥姥，睡沉了，鼾声此起彼伏。她就像是躺在鼾声的波涛之上，颠簸着，漂浮着，不知所往。这让她想起一幅画《梅杜萨之筏》，一只岌岌可危的木筏，那么绝望、无助地漂泊在没有尽头的大海里，漂向——黑暗和死。她一凛。想，为什么会想起这样的事情？不吉利。

她小心翼翼。尽量不去招惹丽莎。大家都小心翼翼，不去惹那个瘟神。但是丽莎要招惹她们。一个桌上吃饭，她丈夫成贵很响亮地咀嚼，很响亮地吧唧嘴，多多忍不住看了他几眼，丽莎啪地一摔筷子，说："看什么？没见过人吃饭？"多多垂下了头，那一边，成贵的咀嚼声也戛然而止。丽莎就吼成贵："放心大胆吃你的！想咋吃就咋吃！你是这家的东床娇客，我看谁敢看不起你？"

于是，在饭桌上，没人再敢抬头，人人低头看自己的饭碗，沉默不语，像一群囚犯。

成贵其实也过得不自在。他克制着自己，努力使自己融入城市的生活。但总有不留神的地方。一天他随口朝地上吐了一口痰，然后又慌忙用鞋底擦掉了。安娜见了，就去卫生间拿来了拖把，拖去了痰渍。她刚转身，只听"咳——呸"一声，一口痰砸到了她脚边，回头一看，是丽莎。丽莎挑衅地看着她，说："活得真讲究。"她冷笑一声："活那么讲究就别得病啊！别吃白饭，拖累一家人啊！"

安娜咬住了嘴唇，她好容易才克制住了把拖把扔到那个挑衅者身上的冲动。她挪开脚，默不作声拖去了痰渍，来到卫生间水池边洗拖把。水龙头哗哗响，冷水溅到她脚面。她的眼泪突然奔涌而出。不是因为丽莎，不是因为她恶毒的伤害，她只是拥有了一个哭的机会。她不知道自己为什么如此不安，如此难过，甚至，恐惧。她在恐惧一件事，害怕一件事：她担忧着"它"的安危。她一万遍地告诉自己，"它"很安全。"它"在一个绝对可以信赖的地方。可是，可是，她为什么还是觉得自己哪里做错了呢？

她哭了许久。

一转身，才看见，成贵站在她身后。她吓一跳。

成贵说："你姐她，她不是有意的——我，我们，对不住了——"他说得结结巴巴，语无伦次。

"姐夫，"安娜第一次，诚心诚意地喊出了这个称呼，"你没有一点儿对不住我们的地方，是我姐过分，你千万别多心——"她诚恳地说。

"你姐她，她是个可怜人，"成贵说，"她活得憋屈，所以就总是跳着脚活——"

安娜望着成贵，就像，重新认识一样。他有一张端正的脸，晒得很黑，显得老面，可是鼻梁高挺，浓眉深目，是个英俊的男人。安娜望着他说：

"姐夫,我姐真是幸运,能遇见你,"她笑笑,"可是这世界上,有几个人活得不憋屈的?有几个人敢跳着脚活?跳给谁看?"

母亲联系了医院,想带丽莎去做产检。丽莎说:"我不去你联系的医院,谁知道你安的什么心?谁知道你是不是和医生谋划好了要害我的孩子?你不想让我嫁农民,什么招数使不出来?"

母亲忍气吞声,只好随她去。

她自己找了同学的关系,去了一家小医院做了检查。一切正常。胎儿,还有她。她一点也没有那些孕期不好的反应,除了馋,除了比平日变得更能吃以外,没什么不适的地方。姥姥和母亲,把家里一个月的肉票、鸡蛋票以及油票,还有供应的细粮,统统用光了,又去买了高价粮和油,不遗余力地,去填她那张没有穷尽的嘴。她在饭桌上,吃相凶猛而贪婪,母亲背过身去,就总是想掉眼泪。

他们住了七天,走了。临行前一晚,姥姥和母亲包了饺子。送行饺子接风面,是他们家也是本城的习俗。肉是最后的一点肉,剁了拳头大的一团,掺了大量的白菜以及提味的虾皮和韭黄。没人数得清她那晚到底吃了多少个水饺,她吃得心满意足,吃到最后,她眼圈红了。

早晨,成贵拎着大包小包的行李出了家门。姥姥和母亲送他们下楼。母亲要送他们去火车站,丽莎不许。多多去上学了,只有安娜,躲在房里没有出来。忽然门一响,有人走进来,安娜没有想到,进来的会是丽莎。自从那一天她们争执后,两个人,互不理睬,就像两个陌生人一样。此刻,丽莎进来,也没有说话,走过来,把手里攥着的东西往桌子上一放,掉头就走。

是——揉得皱巴巴的二十块钱。

她走到门口，站住了，回头，说了一句："好好看病，快点儿好。"就开门而去。

半晌，安娜回过神来，追出去，看见丽莎正要下楼，她大喊了一声："姐——"就哭了。

丽莎没有回头。她知道安娜在哭。她不回头，是不想让安娜看见，她满脸的泪水。

中午，多多放学回到家，一进门，就问："走了？"听到回答，多多"噢——"地欢呼一声，大声唱起歌来：

绿水青山枉自多
华佗无奈小虫何——

她唱的是毛主席诗词《送瘟神》。

借问瘟君欲何往
纸船明烛照天烧——

她唱得兴高采烈，手舞足蹈。安娜终于忍不住从房间里走出来。"多多！"她大喊一声，"那是你姐姐呀！那是大——姐呀！你没有心肝吗？"

这一个星期，注定，是不太平的，注定，要发生一些事情。安娜家鸡飞狗跳的时候，素心也意外地遇到了麻烦。

她遇上了传说中的抢劫。

那天，她加班，赶一批活儿。厂里搞"大会战"，突击完成一批小化肥设备，整整一周，天天加班赶工，声明星期天也不休息。这天已是周六,晚上九点多了,当天的任务还没有完成,封师傅就对素心说:"你先走吧,干完怎么也十一点多了,太晚了,家里人担心。"

也许,那天,要是真加班到十一点钟,师傅是一定会送她回家的。那样的话,也许,后来的一切,都不会发生……可没有"也许",她早已熬不住,于是,十分听话地,洗了手,换了衣服,一个人,回去了。

她骑一辆"二六"的坤车,是红色凤凰大链盒。那车,平时就很扎眼、招摇。她本来是不喜欢招摇的,但,那是父母送她的礼物。她小小年纪,失学,没有读高中,父母明了那原因,对这女儿心存歉疚,所以,在她上班后,就送了她一辆最好的自行车。

从他们厂,到素心家,没有太僻静的小路,都是较宽敞的大路。只是,他们这座城,无论大街还是小巷,一律,都没有路灯。没有人知道,路灯为什么不亮,是灯泡在武斗时被敲掉了,还是,压根就没有供电。总之,这是一座失去了眼睛的城市,一座盲城。好在,这城中的人,习惯了黑暗,就像在旷野中一样,他们习惯了靠天上的星光和月光走夜路。这天,素心运气不错,一轮银盘般的满月,彻照着。城市的大街小巷,都袒露在月光中。素心的车轮,碾过月光下寂静无人的马路,发出某种"噌噌"的响动,强化着马路的空旷。

没有行人。极稀少的汽车和自行车,偶尔擦肩或是对面驰过。九点的城市,就像一座空城。素心越骑越快,心里无端地发慌。夜路,不是没有走过,但也许是月光太清澈了,太清晰了,使她的惶恐,恣意流淌,没有一个阻拦和躲避之处。这城市,有太多不太平的传闻,此时,就像无数只蝙蝠一样在这无遮挡的月夜里无声滑翔。当她拐向另一条略窄一些的巷子时,水洗般的路面上,有一个黑影,从她身后,移过来。她想,原来有人同路。刚要松一口气,不对,黑影迅速贴近,如一头巨大的黑鹰,压上她的头顶,她一惊,猛回头,看见一张白的脸,没有表情,如同一张面具,她还没有来得及做任何抵抗或反应,一只手臂伸过来,扯住她的书包带,凶猛地一扯,"哐当"一声,她和她的车,摔倒在地上,而斜挎在肩头的帆布书包,则瞬间到了那白脸人的手上。

她在下,他在上,惊恐之中,她看不清那是一张人脸还是鬼脸。

那脸,竟冲她一笑,扬长而去。

她也不知道自己哪来的勇气,扑上去,拽住了他的自行车后座,用完全不像自己的声音嘶哑地大叫:

"还给我——"

一只脚朝后狠狠一踹,把她重新踹倒在地上。

那一晚,她回到家里,满脸泪痕,浑身颤抖。父亲出差不在家,为她等门的母亲吓坏了,一个劲儿追问:"怎么了?素心?出什么事了?"她牙齿打战,嘚嘚嘚响,说:"书包——让人抢了。"

母亲一把抱住了她,说:"谢天谢地,上帝保佑!菩萨保佑!人没事!——一个书包,抢就抢了吧——"

她在母亲怀里,一个劲发抖,母亲紧紧搂着她,拍她的后背,抚摸她,说:"不怕了,不怕了,到家了,妈在这儿,不怕了——"

"妈妈,妈妈,妈妈——"她呢喃般地、不住口地喊着母亲,越缩越紧,似乎,想把自己缩成一个胎儿,重新回到妈妈的肚子里,回到那个最初的老家。她用手按着胸口,说:"这儿疼,这儿疼,他踹了我这儿……"母亲哭了。母亲说:"造孽啊!造孽啊——"

那一夜,母亲要来陪她睡觉,她坚决不让。她把母亲推出房门,上了锁。她隔着房门说:"没事了,妈。"但是凌晨五点,她发起了高烧,高烧使她昏睡不醒。到早晨,母亲来喊她,喊不应,推门,门不开。慌乱中找房门钥匙,怎么也找不到,匆忙中,母亲跑到厨房,拎了一把砸炭的斧子,把门砸开了。

她烧得像一块火炭,昏昏沉沉。跟在母亲身后进来的妹妹"意外"吓得哭起来,十二岁的妹妹哭着说:"怎么办怎么办妈妈?要送医院吗?"母亲说:"不用,有妈妈呢!"母亲让小女儿帮忙,先灌下去退烧药,又把冷毛巾敷在了她的额头,然后,打来一盆温水,替她擦拭脖子和四肢。退烧药起了作用,她开始出汗,母亲就不停手地为她擦汗。体温下来了,她的呼吸变得均匀而平缓,母亲知道她睡着了。

她一直睡到傍晚,睁开了眼睛。看到了坐在床边的妈妈,开口问道:"几点了,怎么不叫我,我还要去上班呢。"

母亲说:"你发烧了。"又说:"中午的时候,你师傅来家了,我已经让他给你请了假。"

"封师傅?"她问。

"是。他看你没去加班,不放心,抽午休时间过来看看,"母亲回答,"他后悔得什么似的,说昨晚上不该让你一个人回家……"

她沉默了。想起了发生过的一切……原来,那不是一场噩梦,不是一睁开眼睛就会消散的噩梦,不是高烧的幻觉,那是真实的，焚烧着的疼痛是真实的，确凿的。她侧过头去，望着墙壁。母亲小心翼翼地说：

"素心，除了书包被抢，别的，没有什么吧？"

她一下子转过头来，恶狠狠望着母亲：

"除了书包被抢？书包被抢难道是小事一桩吗？"她凶狠地说，"你知道这书包对我有多重要吗？别的？你还要别的？你还要我再发生什么？"

她瞪着母亲。一夜之间，她的眼睛突然变大了，黑如深渊。母亲默不作声望了她一会儿，俯下身去，抱住了她。母亲在心里说：

"我可怜的孩子啊——"

丽莎走后的第二天，安娜就去了素心家，想把笔记本要回来。

安娜想，要回来，放在哪里安全呢？枕头套已经暴露了，还有什么地方可以躲过母亲的眼睛？安娜了解母亲，这一程，是因为姐姐的缘故，乱了母亲的阵脚，如今，送走了姐姐，回到生活常态的妈妈，也许就会想起那个可疑的事情，想起枕套里抖出的东西。一旦想起，她一定会用她的方式来寻找和毁灭它。

安娜想不出一个安全的地方。但，即便如此，她也还是觉得，"它"该回来了。她原来不知道，它离开的每一天，她都过得心惊肉跳。为什么呢？它不是在一个安全的地方吗？安娜一遍遍告诫自己，或者说，安慰自己，却仍旧牵挂它，担心它，为它失眠。

她想，也许可以先把它藏在姐姐丽莎的衣箱里。估计母亲一时不会去翻姐姐的衣箱。然后，她会给它的主人写信，让他快来把它带走。其实,这两个多月中,他来过一次省城,事先在信中,他们约了见面的时间和地点。他们约在了离广场不远的公园会面,那一次,她没有把它交还给它的主人,是因为,那天,她的自行车坏了,没法骑车,带着它要挤公交车,中途还要倒电车,她觉得不安全。还有,还有就是,她有些不舍、有些留恋,那是他的历史,他的过往,他的珍藏,他的气息、热血和心跳,她想拥有这些,这一切……

她喜欢这个人。

也许,爱他?

傍晚时分她骑车来到了素心家楼下,真巧,看到三美也刚好从那边骑过来。她等她来到身边,说:"你今天怎么有空?"三美跳下车,回答说:"请假了。"

三美是这个城市某个歌舞团的独唱演员。这些日子,他们在赶排一幕歌剧,她是女主的B角。这个歌剧,是从一出新编晋剧移植过来的,他们日夜赶排,是要参加省里的调演。已经有一些日子,三美没有回家了。

"你呢?"三美问,"你也听说了?"

"听说什么?"安娜莫名其妙,她什么也没有听说。

"素心遭抢劫了,"三美这么回答,"还让打了——"

安娜头"嗡"地一响。"她什么让抢了?"她问。

"书包,"三美回答,"她也是的,一个书包,抢就抢了吧,她那个帆布包又不是真正的军用挎包,还非要去夺——"

安娜已经冲进楼门。她一口气爬上三层楼梯,到了素心家门口,她跑不动了,脸色煞白。三美在后面喊:"你的心脏!"她总算来到安娜身边,扶住了她。安娜突然恐惧了,说:"等等,等等再敲门——"

但是门开了。

安娜就这样看到了门里的素心。素心也看着安娜。她们两人的脸，都白得异样。素心安静地说："安娜，我在等你，进来吧——三美，你能改天再来吗？"

安娜说："不进去了，你把它给我，我就回去了。"

素心说："没有了，安娜。"

"没有了？"安娜一阵摇晃，眼前一黑，几乎栽倒，"没有了？"

"是，没有了，让抢走了，"素心悲伤地笑笑，"要不是因为它，我会去拼死夺吗？我会成这个样子吗——"素心的笑，变得诡异，"我书包里，只有五块钱！"她说，"你想看看我身上的伤吗？"

安娜一个劲地摇头。"你，你，你，素心，为什么你要把它装到书包里？为什么要带在身上？"安娜问。

"为什么要带在身上？"素心不笑了，神情变得冷峻，"因为，你知道，我和你一样，懂得它珍贵！和你一样——"她顿了一下，"想拥有它，不想让它离开自己片刻！所以，你才会像上帝施恩一样，把它交给我，不过是向我炫耀你的胜利——不对吗？"

"不对！"安娜想这样喊，还想告诉她，"你知道这有可能给他带来多大的麻烦和危险吗？"但她什么都没有说出来，眼睛一黑，就失去了知觉。

那天，她醒来时，是在医院急诊科的病床上。她们都在。素心母亲、三美、"意外"，还有，还有素心。她们围在她的床边，就像，守灵。

"安娜姐！"看到她睁开了眼睛，三美叫出了声，"你吓死我了——"

"我怎么了?"她问。

素心母亲俯下身来。"不怕,安娜,你是虚脱了,不是大问题,不是你的心脏,"她轻声说,"刚才你血压、血糖都很低,电解质有些紊乱,看来你最近营养状况比较差,给你补了液体。"她抬头看看输液的吊瓶,"这瓶输完,就可以回家了。要我找人去把你妈叫来吗?"

"别——"安娜说,"别吓唬她。"

她寻找那双眼睛,那双能拯救她也能使她陷入最黑暗绝境的眼睛。她找到了。此刻,那双眼睛藏了很复杂的话,她听不懂。她的眼睛急切地问:"不是真的吧?我不相信啊,生活中怎么会有这样戏剧性的事情?怎么会有这样可怕的巧合?"那双眼睛沉默着,那是双不妥协的眼睛。她懂了。

"素心啊……"她轻轻叫了一声,凄凉地笑了。好可怜啊,咱们俩。她在心里这么说。

那天,三美用自行车载她回家。一路上,她不说话,三美也不说。三美已经从她们的对话和情景中明白了真相,这真相也吓住了她。她知道文字会给人带来什么样的麻烦,她也知道各地正在追查那些流传在知青中的"手抄本"……现在,她终于明白为什么素心会去和抢劫者拼命了。

她一直把安娜送到她家楼门口,扶她下车。她要送她上楼,安娜不让,安娜说:"我没事了。你送我上去,我妈和我姥姥会害怕。"

三美担忧地看着她。

安娜笑笑,说:"三美,再见——"转身,走进了没有照明黑如洞窟的楼道。

那是三美最后一次看见安娜的背影。她的安娜姐姐。

母亲在等安娜。母亲唠叨说："怎么这么晚？碰上坏人怎么办？这都几点了？真是的，没一个让人省心！"她望着妈妈，好像，第一次发现，母亲老了。母亲的头上，已经有了那么多的白发，她原来饱满、丰盈而漂亮的脸上，皮肤变得松弛、懈怠，眼睛和嘴唇四周，都有了细密而深刻的皱纹。这是一张不再好看的脸了，安娜想。可是母亲不过才四十几岁啊！怎么会这么苍老？母亲四十几？安娜竟然一下子想不起来。她真不算是一个好女儿啊。

她突然走上去，用手指，轻轻抚了抚妈妈鼻梁上方深深的"川"字纹，母亲躲避着，说："你干什么？"她回答说："妈，你以后，不要总是皱眉头，你看这皱纹，多深啊！"妈妈说："我一个老太婆了，有皱纹还不是天经地义？还能倒着活啊？"她回答："我不想让你老，我想让你倒着活。"母亲推开了她，说："净说疯话！哎你今天怎么了？"她望着母亲，笑笑，说："没什么，就是，想抒下情……"

她走进了自己的房间里。关上门。

她静静地坐了许久。在那张古董欧式圆桌旁。她用手抚摸桌子的雕花，那精致的卷草和玫瑰。它们真好。活着真好。她想。眼泪夺眶而出。她用朦胧的泪眼默默打量这生活了二十二年的地方，她看见了墙上的油画，《摩特枫丹的回忆》，她听见自己快乐的声音，说："我妈问我这画的是什么？我说是喜儿的杨各庄。"她看到了他明朗的笑脸，午后的阳光洒在那上面，多好的一张脸！但是她把这一切毁了。

她擦去眼泪，拿出了笔和纸，开始写信。

"彭："，她这样写，看看，又划掉了，她深吸一口气，终于，在纸上，写下了这样的字迹：

"亲爱的彭——"这几个字，一落在纸上，她又一次泪如泉涌。此刻，她确信自己是爱他的了。她在心里一遍一遍喊着："亲爱的、亲爱的、亲爱的……"刀割般的剧痛使她抽搐。她咬紧嘴唇，不让自己哭出声。

"亲爱的彭——"最终，她写成了这样一封信：

我不知道该怎样告诉你发生了什么，万分、万分抱歉，我把你最珍贵的笔记本，弄丢了！

此生，我第一次失信于人。第一次，做了伤害别人的事。但这失信和伤害的，竟是你，我爱的人，我想以我重病之躯，竭尽全力，好好地，去爱的那个人。

它的遗失，我怕，会给你带来麻烦和危险，这是我写这封信最要紧的目的。记得你说过，你有同学，就遇到过类似的情形，他选择的方法，应该也适合你。你懂我的意思吧？我不能说得太明白，对吧？

你比我有经验。我只能这样安慰自己……

上次见面，在公园里，在湖边，我们又一次说起我的病，我说，我目前的理想，就是，努力使自己病成一幅画。你说，这是一句诗。然后你随口念道："努力使自己，病成一幅画，病成永恒之美，就像，老人类的哀伤以及，花朵的奥秘。"你说："不好，做作了。"可我喜欢。多么美啊！多么美的境界！那是你送我的最好的礼物。你懂我。你懂我，彭。我就是这样一个不遗余力做作的唯美主义者。所以，我不能再面对你，不能羞愧地站在你面前，羞愧地站在这个尽管那么糟糕但我却一直、一直爱着的世界和生活面前：这是我能为我自己所做的最后一件事，为我微不足道的理想去死。

你说，自从小薇死后，你以为自己再也不会有爱情。但是在初夏的那列绿皮火车上遇到了我，你的心苏醒了。你一遍一遍问自己，是那个人，对吧？是命运赐给我的那个新人，对吧？显然，不对！我不是"那个人"，不是那个能使你重生，能给你救赎，带给你阳光、春草、花香和希望的那个人。彭，抱歉，抱歉我们相遇，抱歉我们相识，抱歉我们彼此的吸引，抱歉我带给你的一切美好幻象，最最抱歉，我给予你的不可挽回的致命伤害！……可是，可是多么奇怪，直到此时、此刻，直到这最后的夜晚，我才确凿地、千真万确锥心刺骨地证实了一件事：我爱你！……爱你这件事，我不道歉，可以吗？

永别了！我的爱！

安娜

她俯下脸，亲着信纸，亲着"我的爱"这字迹，向他告别。泪水濡湿了它们。这短短的一封信，写不下她的不舍、她的依恋、她的心疼、她的歉疚。她在心里一千遍地喊着，对不起，对不起，对不起……她还想提醒他，让他做好应对不测的准备。但许多话，是不能在信里写得太明白，她怕这信万一到不了他手里，万一遗失。生活中原来真是有"万一"的呀！这"万一"的事，就让她和素心，碰上了。

就是在公园见面的那次，彭说起他的一个插队同学，比他高一届，老高三的，这同学有一个经常通信的好朋友，有一天，这好朋友不知因为什么出了事，从他那里，抄出了他们的通信。于是这同学也被牵扯了进来。据说警车已经到了公社，那天，他刚好到公社办事，还没走到地方，有知情人悄悄给他通风报信，说："快跑，别回村儿！"他扭头就走，从此不见踪影。据说，有人曾在东北大兴安岭一带见过他，他背着一套木匠工具，走村串乡，给人做家具，成了一个乡村木匠。

安娜想，假如，彭也需要这样出逃的话，他靠什么谋生？他有这样谋生的一技之长吗？仅仅这样一想，她的心就又开始抽搐。

另一封信，则是写给妈妈。只有更短的几行——

妈妈：

　　原谅我先走了。还要请你原谅我不能告诉你原因。我做了一件不能让我自己面对的事。我知道你和姥姥，还有姐妹兄弟会难过。好在，妈妈，你和我都明白，我的病，是治不好的，我不过是早走了几天而已。我希望我能留给亲人们一个完好的印象，我不想在病骨支离受尽摧残之后和你们告别，所以，妈妈，别难过得太久，请您多想想就要出生的那个小生命吧！

　　妈，从来，也没有对你说过"爱"字，不习惯。现在不说，就没机会了。就小声地说一句吧：妈妈，我爱你——
　　　　　　　　　　　　　　　　　　不孝女　安娜

黎明到来前，她做好了该做的一切。她静静地等待天亮。她在晨曦中背着一只帆布书包走出家门，把写给彭的信投到了邮筒里。空旷的马路上，渺无人迹，一抬头，看见了远处东山顶上半天的霞光，真美，整座城市都被染成了血红。太阳就要出来了。她眼睛一热，想，上天对她不薄，用这样壮阔的清晨为她送行。

然后，她坐上了早班的电车，去往这城市的中心广场。在那里下车，走到了他们约会过的公园，在他们那天坐过的长椅上，坐下了。

湖水金波荡漾。

她从随身的书包里，掏出大半瓶红葡萄酒，这酒，是他们本地的特产，没有脱糖，甜，但很好喝。她想，这是小薇的酒。她凄凉地笑笑，在心里说，彭，你可真不幸。她用这甜葡萄酒，一口一口，吞服下了一大把药片：家里能收集到的所有药品，安眠药，镇静药，以及，其他的药片，都在这里了。她吞下它们，喝光了酒瓶里的酒，把空酒瓶朝湖水里奋力一抛，抛出一个漂亮的抛物线，瓶子落入水中，荡起温柔的涟漪。然后，她郑重地、依恋地道谢，说：

"谢谢你们——"

向一切。向万物和世界。

二

　　傍晚时分,一个传闻,在这城中流传开来。说是有个姑娘,从早晨开始,就坐在公园湖边的长椅上,坐了一上午,一中午,一动不动。公园里,除了早晨,有人晨练之外,其他的时间,游人寥寥无几,很是清冷。到下午,有个人觉到了不对劲,他是个过路人,抄近路穿公园去办事,早晨经过时,看见了她独自坐在湖边,心想,够胆大的,也不怕坏人。到下午,原路返回时,看见她还坐在那里,知道不对了,犹豫片刻,终于走了过去,看见她,声息皆无,已经没救了。
　　这一类传闻、消息,在这个不算大的内陆城市,总是传得风一样快。
　　三美也听到这传闻了。调演的日期日益临近,排练自然愈益紧张。可还在排练厅就听到有人议论这事。她没往心里去。这年头,死人的事是经常发生的,不算奇闻。那天他们加班排练到夜里十一点,她就没有回家,在集体宿舍住了一晚。但第二天一早,她刚要去食堂吃早饭,传达室就有人吆喝她去接电话。她很惊讶,跑去门房拎起话筒,就听到那边姐姐凌子美焦急的声音,劈头就问:
　　"怎么回事?"

"什么怎么回事？"她莫名其妙。

"你问我？我问你呢！"姐姐声音完全变了调，"安娜的事情，是真的假的？"

"安娜？安娜什么事情？"她一头雾水，反问。但是话音落地，她的头嗡地一响，像被砸了一棒似的，冷汗就下来了："你是说，那个在湖边自杀的人，是安娜？"她声音颤抖起来。

"真的是安娜吗？为什么呀？安娜为什么突然这样——？"子美在电话那头哭起来。

"我也不知道。"慌乱中三美这样回答。但她其实是知道的。她想，安娜，安娜，安娜，你做错了什么？你怎么能这样不留一点余地地惩罚自己啊！

走出传达室，清晨的阳光，那么明亮，她慌不择路地闭了下眼睛，再睁开，已是满眼的泪。

她冲到车棚去推自行车，对碰到的第一个人说："帮我请下假——"然后飞身而去。后面那人"哎哎——"地喊她，她不回头。她发疯一般，横冲直撞，穿街过巷，一口气，骑到素心家楼下。她扔下自行车就往楼上冲，刚要敲门，门开了，素心的妹妹"意外"背着书包走出来，"意外"看到她，很是意外，说："三美姐姐？你怎么这么早——"她话还没说完，她的三美姐姐就从她身边冲了进去。"素心！"三美喊。

素心在她自己的房间里。

三美闯进去。

素心坐在床边，不动，不说话。身体紧紧绷着，不能触碰，一碰，就是山崩地裂。

"素心——"三美哑着声音叫她。

"你是来怪我的吧？"素心面无表情地说，眼睛并不看三美,她似乎在看着一个遥远而虚幻的地方,"怪我害死了安娜?"

三美拼命摇头。也许,在飞驰而来的路上,她是有些怪素心的,虽然她并不太清楚事情的来龙去脉。可此刻,她明白了,她最担忧的事情是什么,她走上去,抱住了她最好的朋友,她发现原来她的身子绷那么紧是在抑制颤抖:"素心,素心,没有人怪你,你也不想发生这样的事情啊!你千万不要自责,尤其,尤其,不能像安娜一样!懂了吗?答应我——"

素心不说话。

"答应我,答应我!你个坏东西!答应我——"三美哭着喊,"已经失去一个安娜了呀!"

"我不答应,"素心开口这么说,"我没想和她——"她像吞咽受阻似的,卡了一下,"没想和她一样,那么傻——"她声音干涩、颤抖、发冷。

她眼睛血红,像着了火,没有一滴泪水。自始至终,她不流泪。火把她的泪水烧干了,把她的眼睛烧成了血海。她的凛然,让三美心惊,让所有人心惊。她没有去为安娜送葬,她对三美说:"我恨她。"

安娜的母亲,口口声声,也只重复这同一句话:"我恨她,我恨她——"

没有葬礼。送葬的人寥寥无几。姥姥和母亲,都倒下了,就是没有病倒也不能让白发人送黑发人进火葬场,那太残忍。而母亲,执意不许通知丽莎和安娜的弟弟,母亲说,丽莎有孕,不能受刺激,而弟弟那边,则是:"这么不光彩的死法,别影响她弟弟的名声和前程。"她母亲这么吩咐。所以,那天,在送葬的队伍里,只有小妹多多一人是死者的血亲。三美的姐姐凌子美,赶回来，主持了一切。诸如到派出所申报死因，开具死亡证明，联系火葬场，办理火化的一切手续，等等。忙乱使她顾不上悲伤，她蓬头垢面，哑着腥甜的嗓子，为她的好友，她的姐妹，做最后的事情。

送安娜去火葬场的，就只有这几个人：子美、三美、多多和"意外"。"意外"坚持要来为安娜姐姐送行。灵车出门时，才发现，有一个人等在家属院大门外面，是……彭。一看到彭，三美就哭了。三美哭着喊："停车！"车没有停，只是减慢了速度，让他能够上来。此地风俗，灵车一旦开动是不能够停的。

彭上来，跪下，就把脸，埋在了盖着被子的安娜身上。

一路，就这样。

一路，三美望着他，在心里说，都是因为你，都是因为你，都是因为你——

三美终于找到一个可以发泄恨意的罪魁祸首。

火葬场设在郊外，一个叫乱石滩的地方。听名字，以为是遍地乱石，却原来是一片林场的苗圃。深秋季节，所有的树木都黄了叶子。天空湛蓝，深远，万里无云。有鸽群从天空飞过，琳琅而细密的鸽哨声，更加烘托出了秋天辽阔无边的凄清。他们守在了炉前，没有任何仪式，工作人员就来推安娜了。突然子美号叫一声，发疯一样扑了上去，死死抱住了安娜，大声喊道："不行！不行！不行！不行——！"然后号啕大哭。

她哭啊，哭啊。一边用拳头捶打那个没有回应的身体，说："你起来，起来，起来，你个混蛋——"

都哭了。所有人。

最后，是彭，他用大力抱起了子美，对她说道："让她走吧，别再让她难过……"他紧紧扶住她，任她捶打、撕扯、挣扎。工作人员趁机操作，眨眼工夫，熊熊炉火就吞噬了这个曾经鲜活清香美丽的生命。

一口血从子美口中喷出。

当她们捧着一只小小的檀木盒，准备去往城市另一头的陵园骨灰堂时，三美发现，他——彭不见了。他没有和她们告辞，走得悄无声息。他从此悄无声息，杳无音信，如同从来没有存在过。他搅起了这么大的波澜，夺人性命，置人死地，然后泥牛入海，泯灭了有关自己的一切痕迹。再见到他时，将是几十年之后。而时过境迁，许多想对他说的话，许多鲜明的谴责、抱怨，早已灰飞烟灭。他们就像寻常最普通的两个熟人，久别重逢，笑着，说道：

"好久不见——"

︙

第六章

CHARPTER 6

一

葬礼之后，三美有好久没和素心联系。

她忙。忙着排练那个新戏。日夜加班。她是女主B角，但是就在全省调演前夕，饰演A角的女孩儿，夜里骑自行车，不小心摔倒，摔伤了脚踝，骨折。这一下，三美就被推到了风口浪尖上，扛起了整部戏的大梁。

三美有些心慌，她对导演说："这是赶着鸭子上架了。"

导演回答："我知道，让你演这样的戏，屈才了。"

三美吓一跳："导演，我可不是这意思啊！"

导演笑了："凌三美，你记住我今天的话，也许，有一天，你会在舞台上，演你想演的任何一个角色，比如，《茶花女》里的玛格丽特，或者，《蝴蝶夫人》里的巧巧桑。"

三美吃惊得合不上嘴。她想，这个人，在说什么疯话？

"你自己不知道你有什么样的本钱，"导演说，"你的高音，真是金子一样纯净，太稀有了。本来，你就应该是A角，但是你也知道，你有弱点——"三美太知道自己是有致命的弱点的，那就是，她的家庭背景，那个耻辱的烙印。那也是她习惯了事事不去争先的根源。

"当初，团里领导反复研究，只能让你上B角。我做了很大的努力,也没有成功。谁也没想到会有这么戏剧性的变化!所以,你不用心慌、害怕,这个A角本来就是你的。"

导演,是五十年代末期从北京下放到这个内陆省份的歌舞剧团的,如今,他又一次从省里下放到了这个新组建的市级团体。他开玩笑称自己是"从善如流"。看上去,这是个活得很潦倒的人,几年前和妻子离了婚,没有孩子,独自一人,住在团里分给他的一间背阴的小屋里,身上永远是一股强烈而浓郁的烟酒气味。他的窗台上,摆满了空酒瓶,是那种很便宜的高粱白酒,比散装的薯干酒略胜一筹而已。但是在排练场,他是认真的。尽管如此,三美也无法想象,他会为了一个角色去和领导"据理力争",更想不到,他会说出刚才那一番清醒甚至是有些激情的话。这让她发蒙。

但,夜晚,安静下来,三美回味导演的话,心里竟有些隐隐的激动,她想,凌三美,原来,你还是一个可以让人有所期待的人啊。这感觉,好新鲜,就像,突然在一面镜子前,看到了一个不认识的人,而别人告诉她,这就是你啊!她就这样和一个新鲜的凌三美撞了个满怀。

调演十分成功。他们的歌剧得了优秀奖。

获奖第二天,全团会餐。会餐地点就是在团里的食堂餐厅。摆了十几桌,一桌十人,全团百十号人,热热闹闹,挤了一餐厅。团领导、导演、几个主要演员、乐队指挥兼作曲等,坐在了主桌上,这让三美浑身不自在。席间,不时地有人到他们桌上敬酒,敬领导、敬导演、敬指挥,竟然,也有人敬三美。甚至有人说,现在是不兴设个人奖了,这要在从前,华北地区会演之类,设优秀演员奖的话,三美是指定要得奖的呢!

三美红了脸,连声说:"哪里啊,我差得远着呢!"一边毫无城府地将杯中的酒老实地灌下去。酒是56度的高粱白，呛得她直咳嗽。她不知道自己有多大的酒量，喝这样烈的高粱白，还是第一次。寻常，在家里，或是和素心、安娜她们在一起，大家喝的都是那甜水似的红葡萄酒或者，青梅酒。就这样，猝不及防地，想起了安娜，三美心里一阵绞痛，突然就红了眼圈。她对面坐着的人看到了，说："看小凌啊，满脸都是春色，连眼圈都红了！"导演扭头认真地看了看她，说："你不能这么傻喝。"恰好又有人过来敬三美，导演站起来，拦截住了来人，说：

"我替她喝吧。"

端起桌上的酒杯，一饮而尽。

三美怔怔地，不说话，眼泪突然流下来，流了一脸。

"你醉了。"导演说。

三美摇头。"我没醉。"她说。

"醉了的人都这么说。"导演回答。

好吧，那就算醉了吧。醉了，才可能这样自由地流泪。三美没有再争辩。她其实没醉。也是从这一次酒宴开始，三美知道了自己是有酒量的。她后来发现了自己就是那种传说中千杯不醉的女性，天生对酒精有免疫力。导演挥手招呼来了一个和三美同宿舍的姑娘，吩咐说："你送小凌回宿舍吧，她喝多了。"三美庆幸自己可以借此脱身，心里不禁一阵感激，觉得这是一个温暖的人。

烈酒，毕竟是酒，它像熔岩一样在一个人身体与血脉里奔流，总是要熔化和摧毁一些什么。三美回到宿舍，送她的小姑娘急慌慌告辞重返餐厅，她一个人，关了门，把头埋在被子里，突然放声大哭。人们都在欢乐，痛饮，庆功，笑闹，没有人听见，也没有人打扰她的痛哭。她哭得荡气回肠，一泻千里。安娜出事后，她一直、一直没能尽情地、不管不顾放纵地大哭一场，她要顾忌素心，顾忌彭，顾忌那个已经被吓坏的余家小妹妹多多，要避免刺激已经悲伤过度濒于崩溃的自家姐姐，她要照顾的太多太多。她也找不到一个可以让她自己一个人独处的地方，可以一个人放声哭几声的角落。这个城市，这个世界，哪里有这样一块小小的清静之地呀。她憋了这么久，悲伤淤积在了她身体里，郁结成块垒，她似乎都能触摸到它们的形状，一颗颗，葡萄般大小，如同癌瘤。她是多么需要这一哭啊，这一哭之后，她才算是和安娜，真正诀别。

不过，她不知道的是，那天，不是没有人听见她的哭声。欢宴的人群里，有一个人，不知为何放不下心来，逃席出来，想来看看，怕她醉到不省人事。女演员的集体宿舍，设在后院一排带檐廊的平房之中，还没走到门前，他就听到了哭声。哭声让他止住了脚步。不知什么时候天空开始飘起雪花，憋了一冬的雪，悄然而至。他在积了一层薄雪的院中，静静听了一会儿。好一会儿。哭声倒让他放心了，想，能哭得这么江风浩荡，真让人羡慕啊。

那是导演。

第二天是星期天，全团休息。三美总算有了一点时间去看素心。雪后初霁，天气晴冷，银装素裹的城市，有一种耀眼的悲伤。三美没有骑自行车，她穿着胶底的棉鞋，咯吱咯吱在雪地上踩出心事重重的声响。越近素心家，她越清晰地明白一件事，那就是，她其实是怕见素心的，她其实是庆幸这段日子她那么忙，可以使她名正言顺、无须借口地逃避她们的见面。葬礼之后，她们该说些什么？她们的眼睛可以从容而坦荡地对视吗？她们能假装一切都和从前一样，什么都没有发生，什么都没有改变吗？她们可以笑吗?她可以再次轻薄地说出那些轻如鸿毛的安慰的话,说出"不怪你"这几个字吗?这样的话说出口,于安娜,于素心,都是亏欠,都是狠毒,都是罪孽……如今,在她们之间,横亘了一个多么巨大和黑暗的东西啊,那东西的名字叫作死亡。

安娜死了。

雪地上反射的阳光,刺痛了整个城市。

当她终于敲开了素心家的房门时,开门的是素心的妹妹"意外"。"意外"看到她,说道:"三美姐姐,我姐不在家。"

"她加班吗?"三美悄悄松出一口气,这样问道。

"她病了,住院了。""意外"回答。

三美一下瞪大了眼睛。

"住院了?"她问,"怎么回事?"

"开刀了,胃溃疡,大出血,""意外"回答,"她吐了好多血,吓死人了——"

三美的心一阵狂跳。"在哪儿?"她问。她自己也听出这声音在发抖。

"意外"说了地方,医院和病房。

三美转身就跑,跑下楼梯,跑出楼门,在下楼门台阶的时候,她滑倒了。她没有感觉到疼,爬起来,又跑,雪地很滑,她狠狠地,摔了一跤又一跤,她好像在用这种方式惩罚自己,惩罚自己对朋友的无情。素心,素心,她在心里叫,这几个月,你生活在什么样的地狱里啊!而你全部的错,全部的罪过,只是不幸遭遇了一个歹人的拦截!多么不公平,多么不公平,多么不公平!命运为什么这么不讲道理,这么恶毒,这么残忍啊!

当她披头散发、气喘吁吁、滚了两腿的雪泥,冲到病房里的时候，素心正一手捂着肚子，在地上慢慢地挪动着脚步散步，看到冲进来的她，素心一下子站住了，她们对望着。她突然冲上去，一把抱住了素心，抱得那么紧。素心不说话，她也不说，她们就这样默默地抱着。许久，站在一旁的素心母亲轻轻说道："三美，轻点儿，她刀口还没拆线——"

"你弄疼我了。"素心终于这样开了口。

但是三美不松手。三美说："好瘦啊素心，你这样我好难过……"她哭了。

素心没有哭。她心里在哭，可是眼里没有了泪。她的眼泪在心里结成了冰，流不动了。

"我师傅在这儿。"素心淡然地说。

三美慌忙松开了胳膊。她环顾四周，这才注意到病房里不止素心一个病人，而素心床前，也不止素心母亲一个人。她看到封师傅了。她经常听素心说起她的师傅，却没想到这位中年男人竟是如此温煦和安静，只听素心说道："这是三美。"

封师傅笑了，说："久闻大名。"

三美忙说："我也是。"她看看素心："素心常说起您。素心说她好有运气，碰到了一个不逼迫她做个好工人的师傅。"

这不假思索脱口而出的话，让封师傅笑了，他回答说："是啊，她需要的，我教不了。我教得了的，她不需要。"

"看您说的，"一旁的素心母亲忙插话说，"您怎么教不了她啊，素心任性，您千万别和她一般见识。"

三美和素心对视一眼。这会心的对视，瞬间，让她们似乎回到了从前：那毫无阴影毫无阻隔的从前。三美忽然好感激这个男人的在场，她知道，在她和素心之间，最艰难的时刻过去了。

那天,当她走出素心的病房,走到清冷却阳光耀眼的大街上时,她抬起头来,望着湛蓝如海的天空,默默地说了一句:

"安娜,你都看到了吧?看到她在怎么惩罚自己了吧?你一定、一定要原谅素心啊!"

二

春节刚过，大年初四，青年团就出发去下乡巡回演出，剧目就是这个移植过来的新戏。女主A的脚伤未愈，不能成行，所以，三美只能独自扛鼎，全力以赴，别无选择。

令他们没想到的是，这个从晋剧移植过来的歌剧，居然口碑不错，挺受欢迎。故事其实很简单，说的是五十年代末期，一个生产队，卖给另一个生产队一匹病马，然后，两个生产队经过思想斗争，都争相发扬了社会主义新风尚和共产主义风格，争相承担损失。三美饰演的那个角色叫青兰，青兰和男主有一段二重唱，尤其受观众喜欢：

菊花青出意外心难平静
牵连着兄弟队我不安宁，我不安宁
（女）老支书，（男）青兰她
为救马将心操尽
（女）桃峰的，（男）杏岭的
兄弟情义，似海深
（幕后伴唱：吕梁山起赞歌
千山和颂

风格花争开放
处处皆春。)
这事故本来是
（男）桃峰（女）杏岭的责任
（男）不收钱（女）收下钱
（女）杏岭的（男）桃峰的群众不应承
……

他们演出的地点，大多是在各个大会战的土地上，如今的冬闲季节，都是农村兴修水利和大寨田的最佳时机，各村各队的雄壮劳力，千军万马，集合起来，搞大会战。这样的工地上，舞台自然是临时搭建起来的简易舞台，在旷野之中承受着西北风的肆虐。无论是扩音设备还是照明，只能一切因陋就简。但每每唱到这一段，观众仍然像听梆子戏一样大声叫好、喝彩、鼓掌。这一段对唱，歌剧的改编者保留了更多的晋剧元素，是乡野间的观众熟悉和亲切的腔调。这一大段唱腔，既婉转，又激越高亢，特别适合三美的音区。一路演下来，乡亲们都纷纷地说：

"这个青兰，要是唱晋剧，不差王爱爱呀！可惜了可惜了！"

一路巡演下来，他们剧团的名声，不胫而走，都知道了这个团，有个嗓音堪比王爱爱的好唱家。这名声甚至传到了邻省内蒙古和陕西，连这些地方也有人来联系他们的演出事宜。虽说是快要立春的天气，可仍然寒冷，在野外演出，辛苦至极。住宿的地方，有时是会战工地上的工棚，有时是村里的小学校，课桌一拼就是铺板，更多的时候是打地铺。偶尔会派在老乡的家里，可以睡热炕，暖和，但是会滚一身虱子。出来的时间长了，人人都盼望着能早一点回家。

三美也很想家。

导演对三美说:"在从前,咱们这就叫'走台口'。"

"叫您这么一说,我想起《舞台姐妹》了。"三美笑着回答,"年年难唱年年唱,处处无家处处家。"

就在他们准备往内蒙古开拔的时候,忽然地,接到了一纸电报,电文是这样的:"停止演出!全体速归,速速归!"

如同六百里加急。

谁也猜不透,这"速归"的原因是什么。有人猜测,是省里有重要演出吗?但导演摇头,他觉得这纸电文很不祥。他悄悄对三美说:"看样子,凶多吉少。"三美想,多虑了吧,凶?能有什么凶呢?第二天,就在他们返程的路上,有人收听半导体,听着听着,一车人,都变了脸色。

那是来自北京的声音,来自最权威的声音,那声音向全国人民宣布,他们移植的那个戏,那个晋剧母本,是一株大毒草!

原来,不久前,那个戏,代表他们这个省份,赴京参加了华北地区戏剧调演。起初,场场演出,都大获好评,人人称赞。北京电视台甚至还要在闭幕演出时来现场录像。但是,终于有明眼人看出了问题。并且是,天大的问题,这戏,明目张胆地,为被打倒的反革命黑线翻案!是可忍孰不可忍!

带这戏进京的人,包括所有演职人员,都蒙了。

调演结束后,别人都走了,他们这个省的人,不能走,留下来,揭发、揭黑幕、揪幕后黑手,批判。

还要进行批判演出。让他们在台上扮起来演,还要演得一丝不苟,而下面坐着的观众,看完了,现场批判。

这样的批判演出,共演了两场,准确地说,是一场半,那后一场演到一半时，扮演青兰的女一号，当场晕倒在了台上。

于是，权威媒体发文，要在全国，肃清这戏的流毒。

不久，这戏的原创编剧之一，上吊自杀。

青年团自然也要肃清流毒啊。是谁主张移植这戏的？不用查，自然是导演。于是就批判他。说他别有用心。本来是一个落拓潦倒的酒徒，可是偏偏排这大毒草，却那么积极认真。"吃奶的劲儿都使出来了！"难道不反常吗？一定是早就知道了内幕和内情。

让他揭发、批判。他说，没有可揭发的。因为他没有内幕。至于批判，他说，给我一张报纸，我照着念就是。我要学习，提高觉悟。

团里动员三美揭发导演。三美说："我什么都不知道啊！"人们就说，全团，他最器重的人，就是你，你会什么都不知道？当初，安排角色时，就是他力主你演女主角的。要不是团里领导坚持原则，你一开始，就是A角了。排练时，你明明是B角，他却处处扬B抑A，为什么？因为你们气味相投，他知道只有你才适合演这个大毒草！什么藤上结什么瓜，你们就是一根藤上的瓜嘛！

三美想笑，这还真是反驳不了的逻辑。可又怎么笑得出来？她唯一能做的，就是缄默。

忽一日，又有人揭发，说有证据证明，导演和三美，是知道这戏的毒草背景的，因为她们亲耳听到过，两人拿这戏和《舞台姐妹》作比。全国人民都知道，《舞台姐妹》是大毒草啊！

三美紧张了。她没有想到她无心的一句话，会带来这样的后果。她真怕因为自己的过错连累导演。她其实已经隐隐意识到，在他们这个新组建的小小团体里，有人是想借机搞倒导演取而代之，天佑他们，给了他们一个如此理直气壮、光明正大的理由和契机。她也有点意识到,自己的存在,这一路巡演的风头,小王爱爱的说法,等等,怕是也让某些人感到不舒服了。

她跑去找上级派来的专案组,申明,说:"《舞台姐妹》的话,是我说的,和导演没有一点关系。而且,我也没有拿这戏和《舞台姐妹》作比,我不过开了句玩笑,说我们天天在乡下演出,让我想起《舞台姐妹》来了。我这人觉悟不高,可以批判我,但这账不能算到别人头上啊!"

但这账,还是算到别人头上去了。导演的罪状又多了一条:污蔑下乡的慰问演出是旧社会的跑码头卖艺。当然也捎带着批评了三美。三美再不敢争辩,知道说什么都是错,只会给深陷旋涡之中的导演带来更大的麻烦。她焦虑。恐惧。自责。她想和导演说些什么,但他人已经被隔离审查,出出进进,上厕所、去食堂,身边都有人跟随。她试图拦截他的眼睛,他却从不给她机会。他不看她。他目不斜视地从她身旁走过,当她是路边的树桩,或者干脆就是空气。她想,他生我气了吧?他怪我了吧?他以为我是想和他撇清关系所以揭发他了吧?她胡思乱想地猜测,就是不去猜那最显而易见的一点:他是怕自己牵连这个无辜的、没有经历过大风浪的小姑娘。

他看上去不急不躁,神情一如往常,到食堂窗口打饭,总是挑最贵的菜买,食量也一点不减,看他坐下来吃饭,仍旧是一副"悠悠万事,唯吃为大"的架势。这是人人都知道的他本人的名言。他嗜肉,无肉不欢,平日里,供应的那点肉票根本不够他塞牙缝的,他就总是买来一些肉罐头下饭下酒。如今,他不能自由行动,也没有家人来周济,食堂的大锅菜,他居然也甘之如饴。许是不喝酒的缘故,他的眼睛看上去比往日还要清亮、平和、安静,仿佛,正在发生的事情,没有在他眼睛里留下一丝阴翳。以前，宿醉总是让他的脸色暗沉，胡子拉碴，落拓、颓唐，而今，没有了酒，他反倒早早起床，洗漱、刮脸、修整自己，走出门，清冷的早春天气里，他倒出落得像一个新人，薄荷般清冽、干净、含蓄。这样的一个人，原本正在难中的人，看在三美眼里，她稍稍地，感到心安一些。

这天，她去了一趟本城最大的副食品商店，买了一网兜的食品，都是肉罐头，梅林牌午餐肉、红烧牛肉、红焖猪肉、香菇肉酱，等等，第二天，午饭时，在食堂里，众目睽睽之下，她拎着那个网兜来到他的饭桌前，把提手一撑，对监护他的人说道："你检查一下，都是吃的，肉罐头，给导演的。"说完，她把网兜朝桌上一蹾，掉头而去。

她觉得总算能长呼一口气。

没人知道，每一瓶、每一盒罐头，她都做了手脚。她极其小心地，把商标拆下来，在纸的背面，用细细的铅笔，写下了这样几个字：对不起！珍重！然后，又用胶水把它们按原样粘好。她不知道他是否能发现这秘密，她想，多半，或者说，绝对，发现不了。但她还是心存了一丝丝侥幸，人怎么会没有一点妄想呢？她对自己说，看天意吧。假如，天不让他看到，那么，这一辈子，此生，她就绝不会对他说出这个辛酸的秘密。

就在这个晚上，天已经很晚了，突然，有人急促地敲响了三美家的房门。三美狐疑地跑去开门，门一开，只见门外的人，一下子，靠在了门框上，说：

"你在家啊！吓死我了！我还以为，他们不让你回家了——"

原来是，素心。

"我刚知道，"素心说，"不是，这事我早知道了，可是我怎么也不会想到,这件事,会和你扯上关系,它不是晋剧吗?你们团是歌舞团啊!"

她说得气急败坏。

三美一把把她拉进房门,拉进她们姐妹的房间,二话不说,抱住了素心,哭了。

她哭得无声无息。素心的肩膀,被她的泪水,打湿一大片。

"三美,三美,你先告诉我,你有危险吗?"素心心急如焚地追问。

"没有,"三美摇头,"真的没有。就是有危险,我也不害怕了,"三美回答,更紧地,抱住了她的朋友,她的姐妹,"你来了,素心,我还有什么怕的?你能来,我真的什么都不怕了——"

素心的眼泪,突然夺眶而出。毫无预兆,它们奔涌而来,从她的身体各处,四肢、血管、五脏六腑,突然解冻、决堤,像春汛一般滚滚而来,淹没了她。她还以为自己不会哭了,还以为自己没有了眼泪。原来,一切,都可以再生。"对不起,我来晚了,我知道得太晚了——"她歉疚地说。

她们相拥在一起,哭得痛快淋漓,哭得江河横溢,然后,她们就像两个受了洗礼的新生命,在太阳升起的早晨,重蹈人间,去爱,去恨,去受难。去生活。

几个月后,导演的审查结束了。没有找到任何罪证,证明他们的移植改编是被幕后黑手操纵或者是别有用心,但,尽管如此,他还是被惩处了。他不能再做导演,甚至不能继续留在文艺团体。他被调到了一个工厂里的俱乐部工作,那工厂,离城很远,要穿城、过河,向西,再向南,四周都是农田。这个黄土高原上的城市，干旱的城市，非常奇妙地，拥有着一条珍贵的泉水，难老泉。难老泉从悬瓮山下汩汩而出，是晋水的源头，它滋养出了这一带江南水乡般的风光。田是稻田，出产着品质极佳的稻米，那稻米据说自古就是贡米。不仅有稻田，还有藕塘，盛夏六七月，这里的荷花怒放时，香飘十里。导演的工厂，就坐落在这样的稻田和藕塘之中，是一个化工厂。

他走得无声无息，也很突兀。没和任何人告别，包括三美。某一个早晨，人们发现，他的小屋空了。

一周后，三美收到了一封来信，信寄自本埠。她打开了信封，一下子，捂住了嘴。那里面，是一摞商标纸，被抚平了，每一张，都整整齐齐，它们是梅林牌午餐肉、红烧牛肉、红焖猪肉，以及香菇肉酱……原来，它们没有辜负她，它们是称职的信使！许久，她轻轻捧起它们，翻过来，看到了她自己用铅笔书写的字迹：对不起！珍重！而在这一行字迹的下方，多了三个钢笔的字体：谢谢你！

重如千钧。

每一张，都这样写着：谢谢你！

梅林牌午餐肉、红烧牛肉、红焖猪肉、香菇肉酱，每一张，都在道谢。每一张，都在鞠躬，它们说：谢谢你！谢谢你！谢谢你！

谢谢你！

她哭了。

插曲：圣山

多年前，这里，远不像今天这样游人如织。
那时，它更有一种圣山的肃穆。

一九七七年，春天，素心和三美，准备利用五一劳动节假期，去一趟人们传说中的五台山。那时，自然没有旅游公司，也没有如今这么方便的交通工具和高速公路，而她们两人认识的熟人中，也没有谁去过那里，自然也没有人可咨询借鉴。她们只是翻阅了一本《中国地图册》，在地图上，查看到了一条铁路线，其中有一站，站名就叫"五台山站"。此外，还有一班长途公共汽车，开往台怀镇。但这班汽车，并非每天发车，相比较，她们选择了乘坐火车。

那时，她们对五台山，一无所知。所以，她们不知道自己放弃了什么。

那一年的五一节，是个星期日，所以她们有两天的假期，又都请了一天事假，这样，假期就变成了三天。

周六，四月三十号，一清早，她们出发。一人背一只书包，和一只绿色的军用水壶。书包里面装了牙刷毛巾，塞了一件御寒挡雨的风衣，还有面包和煮鸡蛋，一点糖果。水壶里则有热水。

她们觉得自己准备得十分充分，胸有成竹地，上路了。

火车在下午一点左右，抵达五台山站。这个庞然大物把她们两人卸到了空空荡荡的月台上，然后呼啸而去。

她们四处张望，不见山的影子。

站台上，除了她们俩，渺无人迹。

出站时，她们向检票员问询，山在哪里？回答的结果，让她们大吃一惊。

没有山。

这里不是叫五台山站吗？

是。可这不是五台山。这里是繁峙县砂河镇。河北也有个砂河，为了区分这两个砂河，这里就改叫五台山了。

那五台山离这里多远？

差不多，一百里左右吧。九十多里地吧。

她们蒙了。

那，这里有汽车，通往五台山吗？

没有。人家摇头。

那时的人们，还是有些古道热肠的。人家给她们出主意，让她们乘长途汽车折返回一个叫忻州的地方，住一宿，第二天再乘车去台怀镇也就是五台山。

一问，已经没车去忻州了。去忻州的车，要第二天清早才能发车。

素心和三美，互相对望，此时，其实心里已经有了主意。

走，步行，要走多久啊？她们终于问。

人家看着她们俩，连连摇头，说，不行不行，你们俩，走不到，要翻黄毛野梁呢！黄毛野梁上，六月天，下大雪，还冻死过人呢。

又说,从前,内蒙古来五台山朝山的人,磕长头的人,走的就是这条路。有多少人,就是在黄毛野梁上,遭遇了风雪,迷了路,冻死在了梁上。

这样一说,这条路,在她们眼里,忽然有了意义。她们想,原来如此啊!原来,阴差阳错,是为了,让她们,尊敬这座山。

她们道谢,却没有听从劝告。此前,如果她们还有犹豫的话,此刻,她们则明白了,这是她们不能抗拒的事情。她们问清了道路,就离开了车站,朝九十里,也许是百里外的五台山出发了。

她们看了看腕上的手表,时间已接近下午两点。靠两条腿,想在天黑前赶到目的地台怀镇几乎是不可能的,除非她们有传说中的轻功绝技。可她们不在乎。起初,她们刚上路时,还是多云的天气,阳光在云缝中时隐时现。可渐渐地,变得阴沉起来。脚下的柏油路,蜿蜒着,几乎不见行人,偶尔,有一辆卡车,从对面疾驰而来,与她们擦肩而过。奇怪的是,竟没有碰到一辆与她们同方向的汽车。再往前,路变得窄了,深入到了山里,四周,阒无人声,连对面的车也再没有了踪影。路看上去有些像河,傍着山,从容而去,而另一边,则邻着沟,沟底,有清浅的跳跃的山溪。

溪水的声音,像是山的喘息。

走累了,她们就在公路边,席地而坐。喝口水壶里的水。那是她们临下火车前重新灌满的热水。此刻,余温尚在。面包和鸡蛋已经在火车上吃光了,她们检点了一下装备,两个人,还有三个苹果、一小包饼干、十几块糖果:大白兔糖和高粱饴。她们两人相视一笑,说:"行,饿不死了。"

她们分吃了几块饼干和糖果,满血复活,重新上路。

除了山溪和她们的脚步,世界,再也没有了其他的声响。她们渐渐地被这巨大的寂静惊住了,那是她们从没有体验过的一种感觉:寂静原来是一种侵略。突然之间三美"嗨——"了一声,然后放声唱起歌来:

> 让我们高举起欢乐的酒杯
> 杯中的美酒使人心醉
> 这样欢乐的时刻虽然美好
> 但真实的爱情更宝贵——

已经有很多年,自从匆匆领了那张结业证,离开学校后,素心再也没有机会听三美唱歌,多么好听的歌声啊,素心感动地想:她真是金嗓子啊。"金嗓子",这是素心能够想到的最好的赞美。

> 在他的歌声里充满了真情
> 他使我深深地感动
> 在这个世界上最重要的是快乐
> 我为快乐生活——

她的歌声,高亢、明亮、激昂,在狭窄的山谷间冲撞着,回荡着,然后穿云破雾。它像风一样吹透了素心的身体,又像阳光一样彻照了她。素心静静地听,不知不觉,她的眼睛里蓄满了泪水。

> 让东方美丽的朝霞透过花窗

照在狂欢的宴会上
　　啊——啊——照在宴会上
　　啊——啊——照在宴会上
　　啊——啊——

　　一曲终了。回声久久不散。
　　"三美，"许久，素心忽然这样说道，"你不快乐。"
　　三美笑了，说："谁说的？我很快乐啊。咱们这几个朋友里，只有我，没那么多愁善感。我心大。"
　　素心也笑笑，没有追问。但她相信自己的感觉，她从她的歌声里听出了难言的悲伤。她想，三美一定有心事，她遇到了一个坎儿。一个很大的坎儿。至少，比几年前那件因为出演"毒草剧目"被批判的事情，要大。
　　她转换了话题："三美，你唱得真好。从前，我妈她们总爱说，周璇是金嗓子，我觉得，你也是金嗓子呢！真可惜，自从你去了歌舞剧团，我还从来没看过一次你的演出。"
　　"没什么好看的，"三美回答，"我演的那些戏，那些角色，你不会喜欢，"她笑笑，"我自己也不喜欢。"沉吟片刻她又说，"将来吧，等我真正演一个喜欢的角色时，我一定第一个请你来看。"
　　素心说："好，我等着。"
　　"几年前，有个人，这么说，"三美眼睛望着远方，笑笑，"他说，凌三美，你记住，有一天，你可以在舞台上演你想演的任何一个角色，比如，《茶花女》里的玛格丽特，或者，《蝴蝶夫人》里的巧巧桑。那时，我觉得他是在说梦话，"三美又笑笑，"但现在，我也在做这样的梦了。我也变得不现实了。我本来是个最现实的人啊。"

素心回答:"三美,现实是,生活正在发生改变,大的不说,你看现在的电影院,好多老电影,不都解禁公映了吗?"

"可也有不会改变的事,"三美眯了下眼睛,好像怕被阳光晃到一样,当然没有太阳,这是一个没有太阳的阴天,"沉舟侧畔千帆过,病树前头万木春。"她脱口念了一句唐诗。

素心心里一沉,半晌,说道:"这说的是我。"

"怎么会是你?"三美惊讶地回头,"素心,你,你还要折磨自己多久?"

素心笑笑,没有回答。

"天就要黑了。"她忽然说。

是,黄昏了,天就要黑了。可五台山还杳无踪影。台怀镇还杳无踪影。这一下午,四个多小时,她们不知道究竟走了多远。此刻,她们发现自己站在了一个路口,站在了一个纪念碑前。她们抬头看那碑文,只见上面写的是:毛主席路居纪念碑。从碑文上,她们得知,当年,毛泽东就是从这条路经五台山去西柏坡的。还得知,这个地方叫作伯强。毛泽东曾在这个村庄留宿一夜。

这么说,此地,离五台山,一定还有不短的路程。

她们也决定留宿。

她们碰到的第一个建筑,是公社大院。伯强公社。她们犹豫一下,还是进去了。人家问她们,找谁?她们回答,找住处。人家说,找住处怎么找到这里来了?于是,她们一五一十,说了自己的境况。大概,这样的状况,人家很少碰到,有些稀奇,就有人领着她们来到了一间办公室,说,这是什么什么主任。主任警惕地打量着她们,问,你们是干什么的?于是,她们就又把说过的话重述一遍,去五台山,坐错了车,等等。主任又问,有介绍信吗?她们摇头。有工作证吗?她们仍然摇头。主任说,年轻人,出门,咋能不带证件?她们无语。素心在那个小集体工厂,是合同工,压根没有工作证。三美倒是有,可她没带,她们都没有多少出门的经验。她们以为没有希望了,正做好被拒绝的准备,不想主任说道:

"还没有吃饭吧你们?先去食堂吃饭,住下吧。"

她们惊喜地松一口气,说道:"不用了不用了,有地方住就行了,不吃饭了。"

主任板着脸说:"不吃饭哪行?不吃饭你们明天咋翻黄毛野梁?真是不知道个天高地厚!"

她们就跟在了主任的身后,来到了公社的伙房。晚饭在一口大铁锅里,等待着她们。是一锅热气腾腾的和子饭:小米汤里煮了面条、山药蛋和胡萝卜块,用一点热油烹了花椒和醋,还有一种特殊的麻籽香料做调和。一进门,那肆意的香气,就把这两个迷途的孩子征服了。她们一下子感到了强烈的饥饿。主任说,盛饭!大师傅就把几个大碗盛满了。吃饭的人并不多,除了她俩,也就三四个人。大家一人捧一只大海碗,没有桌子,有人蹲着,有人坐在小板凳上,吸溜吸溜吃得热火朝天。一边吃,人们一边打问她们的来龙去脉。一边啧啧称奇,说:

"就你们两个小女女,真敢翻黄毛眼梁?"

她们把"黄毛野梁",听成了"黄毛眼梁"。其实,许多许多年之后,她们仍旧没能弄清楚,这个令人谈虎色变的"梁",准确的名字。它横亘在她们的前方,神秘莫测。仅仅一天之前,她们还完全不知道它的存在,但如今,它却突然变成了一个命运般的选择。

主任说话了。主任说:"天气预报说,今天晚上有雨。这里下雨,黄毛野梁上就是下雪了。现在才刚刚五月,山上的雪还深得很,这一下雪,就看不见路了。如今没有磕长头朝山的人了,从前,来朝山的人,六月天,还有在黄毛野梁上迷路冻死的呢!不是吓唬你们,那是个大风口,我劝你们啊,明天,还是坐车回忻州,那里有长途汽车,你们还是坐车去台怀镇吧。"

主任说得很诚恳,并且,忧心忡忡,有点像说,邻居家不省心的孩子。

她们不置可否。

和子饭太香了。那是她们此生吃过的最香的和子饭,此前,此后,再也没有一碗和子饭如此迷人。那味道不可复制。这道理她们懂,因为那味道有个名字,叫雪中送炭。

然后,她们就被安排在了一间窑洞里,也不知是公社的客房还是一间什么人的宿舍,炕上刚好有两床铺盖,很是干净。地上有脸盆架,架上有只搪瓷脸盆,一只小桌上有只竹壳暖瓶,让她们感动的是,不知是谁,已经给她们灌满了热水。

她们洗了把脸,上炕。累散了架的身子,一挨枕头,就沉入了梦乡。

半夜里,素心突然惊醒了。她听到了某种声音,是雨声。春雨的声音,时强时弱。她一下子清醒了,睁大眼睛,细细地听雨。雨声淅淅沥沥,像某种神秘的吟诵。一扭头,看见了两只大睁着的眼睛。原来,三美也醒了。

"你也醒了?"她问。

"嗯,"三美回答,"真的下雨了。"

"黄毛野梁上,会下雪吗?"素心问。

"会吧?不是说,六月天还会下雪吗?"

"你怕吗？"素心又问。

"怕，"三美回答，"可我想赌一把。"她转过了脸，"你呢？素心？"

"我不赌什么，"素心笑笑，"我只是，不走回头路。"她也转过了头，"三美，这一辈子，这一生，我是没有回头路可走的。"

三美一阵心酸。

"好，那我们明天，翻黄毛野梁。"她有些悲壮地说。

"三美，你，一定遇到什么事了，对吧？"素心忍不住又一次这样问。

许久，三美回答说："如果，我们明天能顺利翻过黄毛野梁，顺利到达台怀镇，我就把我的事讲给你听。"

果然。素心想。三美真是遇到事情了。

"素心，"三美轻轻叫了她一声，"你也能答应我一件事吗？"

"什么？"

"我们都赌一把。"三美这么说，"假如，明天一切顺利，我们翻过这个黄毛野梁了，那，从此以后，你就做一个新人，没有负罪感地，去活。这么些年，你一直把安娜——"三美很冷静很理智地说出了这个如山一样阻隔在她们中间的名字，"把安娜当作十字架一样背在身上，背了这么多年，够了，可以了。明天，如果翻过这座梁，你就把十字架彻底扔掉，怎么样？素心，我们赌一把？"

许久，许久，素心说话了，素心说：

"三美，我赌别的。"

"别的？是什么？"

"如果翻越了这座梁,平安抵达五台山,那么,我就给你讲一个故事。"

"讲故事?"

"对,讲一个故事,"素心静静地说,"我赌你,能不能原谅故事里的那个人。"

不知为什么,三美突然感到了有些害怕。她本能地觉得那一定是一个黑暗的故事。一个黑夜的故事。一个危险的故事。她想说,不,不赌这个,但,她说不出口。她觉得这故事对素心来说,一定是生死攸关的。她不能拒绝。

"好。"她回答。

素心无声地笑笑,说:"睡吧,三美,我们要养精蓄锐。"

雨下了一夜。

第二天一早,她们刚刚起床,主任就来了。一进门,主任就说:"黄毛野梁上,下雪了。"

"哦。"她俩回答。

主任又说:"一冬的雪,还没有化,这一来,雪更厚了。"

她们点点头。

主任说:"怎么?还没有改主意?还要冒雪爬?"

三美回答说:"主任大叔,我们一共三天的假期,要是再返回忻州,不如就直接回家了。我们没那么多时间啊。"

一声"主任大叔",叫得这位主任一阵心软,想想她们说的,也是实情。折返忻州的长途汽车,也并不靠实,遇到雨天,常常就不发车。"等车来"有时就是猴年马月的事。他不由得轻叹一声,说道:

"那好吧,既然你们下定了决心,那就去吧。其实,现在到底不比从前,路况比过去好多了。说得严重些,是想吓唬你们。

既然吓不走你们,那就实话实说,不用害怕。"他的语气,不知不觉,就变成了一个真正的大叔,温和,亲切,郑重。

"记住,有两条路,大路远,小路近,小路沿沟底走,能近二十几里。也不怕迷路,一条山沟走到底,就有一个村庄,叫岭底村。你们可以在岭底村,打尖,歇个脚,喝碗热水。然后从岭底村开始往上爬,一条路,一直就爬到黄毛野梁上了。"

"哦——"她们连连点头。

"在岭底村,最好能找个向导,给你们带一段路,找不着也不用怕,让老乡们给你们指清楚就行。"主任大叔继续说,"记住一点,在梁上,千万不要歇脚,这点要记清楚。还有,万一,万一雪盖住了路,找不见路了,也不要心慌,不要怕,找电线杆,跟着电线杆走,就不会出错。记住了?"

她们连连点头,说:"记住了。"

"到了黄毛野梁上,你们就会看到,四周的山,都在它的下面,没有比它更高的山了,那就是黄毛野梁。"大叔最后这么说。

群山在她们脚下,这想象,激起了她们的一点豪情。

大叔带她们去伙房吃了早饭,一人喝了一大碗小米粥,吃了玉茭面和豆面蒸成的窝窝头。她们要交食宿费,主任不收,说:"这里又不是旅馆。"她们没有坚持。大叔把她们送出门,给她们指清了通往岭底村的小路,说:"一直走,就到岭底村了。"

她们说:"再见,大叔!"

然后忽然醒悟到,也许,永远不会再见了。

大叔在她们身后说:"记住,迷路了,就找电线杆——"

"记住了!"她们回答。

大叔又说:"记住,在梁上,不敢歇脚——"

"记住了!"她们回答。

她们下了沟,屡屡回头,看到主任大叔,还站在那里。她们不敢再回头了。她们知道,虽然,他嘴里说,不怕,不怕,可他其实很不放心。

她们忽然想到,她们甚至还不知道,这位"主任大叔",姓甚名谁。也没弄清楚,他究竟是个什么主任。

忽然三美一抬头,朝着天空,放开喉咙大声喊道:

"主任大叔,谢谢你——"

喊声在狭长的沟底回荡着,激起一连串的回声:"谢谢你——谢谢你——谢谢你——你——你——"

天依然阴沉着,小雨霏霏,时断时续。她们穿上了卡其色帆布的风雨衣。素心的风衣是她父亲的,三美的也是。父亲们的旧风雨衣穿在她们身上,自然又肥又大,却也因此遮挡住了雨的侵袭。沟底很静,身边溪水的声音就变得很响。沟很深,很长,似乎,长到没有边际。越往前走,沟底的风光,就越清幽和美。溪边,奇石嶙峋,山坡上,开着一丛丛、一片片她们不知名姓的野花。鸟鸣声此起彼伏,被细雨打湿了,有种湿润的悠扬。她们的心情,也变得好起来,竟有了几分闲适。三美的背包里,背了一只"海鸥135"的相机,于是她们互相拍照,在镜头里对着世界笑。三美对素心半开玩笑半认真地说:

"假如,咱们真有不测,真出了什么意外,别人会从这些底片上,看到我们在最后的时刻是快乐的。"

素心回答:"那有什么意义?"

三美愣了愣,回答说:"对爱我们,和我们爱的人,有意义。"

素心笑了笑,没再说话。她其实在心里问了自己一句:"素心,你还能有真正的快乐吗?"雨声中、鸟鸣中,她听不到回答。她不知道。

到达那个小山村岭底村的时候,还不到上午十点。细雨不知什么时候已经变成了雪花。雪花纷纷扬扬,小山村寂静无声,没有人烟似的。狗吠了几声,从一个柴门里,走出两个孩子。她们和孩子打招呼,说:"朋友,能去你家里喝口热水吗?"

两个孩子互相望望,又看着她们,一闪身,让她们进了门,一边喊着:"嬷——嬷——"

从屋里,应声走出个女人,像看天外来客一样,诧异地问道:"找谁?"

于是,她们回答,不找谁,是去五台山,要翻黄毛野梁,想歇个脚,讨口热水喝。

女人"哦——"一声,没有一丝的质疑,回身一掀门帘,说:"快进来吧。"她们进去,脱下风雨衣,女人一边招呼她们上炕一边说:"凑合坐吧,这家里,怎么收拾也收拾不利落。"

这一下,轮到她们俩惊异了。女人这一句话,不是刚才的方言,而是,普通话,甚至是——京腔。她们吃惊地望着这个女人,合不上嘴。这个被孩子们称作是"嬷"的女人,怎么看,她也就是一个"嬷",一个孩子们的妈妈,一个土生土长地道的农妇,一脸岁月的风霜,她们甚至看不出她的年龄。女人笑了,说:

"我是知青,北插,怎么,看不出来了吧?"

她们摇头。自己也不知道这摇头是认同还是否定。这是一间真正的寒窑。除了一盘土炕、一只炕桌、一眼灶火和一口水缸之外,再也没有可称为家具的物件。炕上叠着的铺盖,都是破旧的,也脏。灶台上,堆着几只没洗的饭碗,旁边,扔着一只大笸箩，里面是些杂豆。满地的狼藉，显然，还没顾得上清扫。唯一看得出女主人一点心思的，是窗台上养在一只破碗里的白菜心，抽出了长长的梃，开着黄色的小花。星星点点的黄，在光线暗淡的窑里，有着不同寻常的明亮。

"真好看。"三美由衷地感慨。

"我就喜欢个花草，"女人回答，"改不了。"

女人又说："你们要是晚来两个月，就能看见，我这院子里，角角落落都是花，牵牛、凤仙、蜀葵，还有波斯菊。"她笑了。

这一笑，让她的眼角，堆满了鱼尾纹，但她的眼睛，却突然明亮起来，有了神采。这突然的明亮，使这两个外来客不约而同，感受到了她的年轻。她原来还是个年轻的女人。

"你们从省城去五台山，怎么走这条路？"她言归正传。

三美和素心，相互望望，笑了。于是，你一言我一语，说清了来龙去脉。最后，三美总结说："都是让那个站名给害的，居然好意思叫五台山站。"

女人"哦——"了一声，恍然大悟，说："原来如此。不过你们也真够胆大的，敢这么走来，翻黄毛野梁。我从插队到这儿，八年了，还是头一回遇见这样的事呢。听这里老一辈人讲，从前，这样的事很多，从内蒙古过来朝山的人，都走这条路。"女人又笑笑，"从前，老辈人说这些事，我们都当讲古和传说听，这以后，我也可以给别人说嘴了。"

三美和素心也笑了。

"是啊，谁像我们这么傻？地理学得太差了。"三美这么说。

灶火上，水烧开了，嗞嗞地响，冒出了白汽。女人给她们一人倒一大碗开水,又让她们灌满了水壶。顺手,从头顶屋梁上,将一只悬挂在那里的竹篮摘下来,蹾在炕上,里面,有一些黑乎乎的干粮,女人说:"这是高粱窝窝,你们凑合吃几口,垫垫肚子,要不,没力气爬黄毛野梁。"

女人这一说,三美和素心,急忙从书包里,把剩余的那些糖果、饼干,一股脑都掏了出来。她们捧在手心里,招呼地下的两个孩子说:"来,吃饼干吧。"

但是两个孩子,站在那里,望着她们的手,却一动不动。

好有尊严和教养的孩子。她们一阵惭愧,觉得自己造次了。

"哦,"三美急忙对女人解释,"这原本是我们随身带的干粮,就剩这一点了,现在我们吃了你的高粱窝窝,用不着这些了,给孩子们当零嘴吧。"说完,她把手里的东西,小心地放在了炕桌上。

她拿起一块窝窝,一掰两半,分给了素心一半,两人就着开水,吃起来。

那十几块花红柳绿的糖果,一小包饼干,静默地,在炕桌上,传递着一些会心却无声的言语。女人没有推辞,没有说话,只是默默看她们咀嚼和吞咽。然后,她突然说:

"一会儿,让我家大虎和二虎,给你们带个路,把你们送到正路上,下雪天,容易迷路。"

意外的喜悦和感动,让素心和三美,不知道该说些什么。

"他们这么小,又下雪,让他们上山,能行吗?会冻坏的。"素心说。

"不怕。山沟里的孩子,皮实。再说这条路,他们闭着眼睛也能爬上去,放心。"女人淡然地说。

吃了,喝了,她们不敢再耽搁,向女人告辞。女人没有多说什么，只是从篮子里又拿出两大块干粮，说："带上。"她们也没客气。因为不知道，下一顿饭在哪里。趁女人不注意，三美偷偷地，将十块钱压在了篮子下面：那是她们能拿出来的最大数目。

女人送她们出门。女人说："走好——"

素心问："大姐，你贵姓？"

"免贵，姓邓，"女人回答，"邓中夏的邓。"

这个回答，让她们一下子想起了她的学生本色。邓中夏！素心忽然觉得心里一阵翻江倒海。生活，真狠。她想。她想朝女人笑，却没笑出来。她怔怔地看着女人沧桑的脸，说：

"也许有一天，还会再见。"

"也许吧。"女人淡淡一笑，"你看，大虎二虎跑远了，快去吧！"

果然，大虎和二虎，一溜烟，窜出了家门，像两只黑色的小兽，在雪地上跳蹦着远去。

她们挥手作别，急忙去追赶。跑到坡上，素心忽然站住了，她回过身，喘息着，朝坡下喊道：

"大姐，我姓姚，我叫姚素心。她姓凌，叫凌三美——"

大姐朝她们摆手。她不知道女人是否能听清她的话。但，那不重要。重要的是，她觉得那一刻，那个山沟里的小村庄，特别让她珍惜和不舍。

然后，她回头，朝黄毛野梁上爬去。

雪越下越大。纷纷扬扬，被风裹挟着，朝她们脸上和眼睛里乱扑乱撞。她们几乎看不清前面一路奔窜的孩子。他们真轻盈啊。羚羊一样在山路上矫健地跳窜，松鼠一样灵敏地跳窜，行走如风。她们跟不上这两个小向导的脚步,他们也知道她们跟不上,跑一段,站下,等着她们气喘吁吁地爬上来,再跑。

她们咬着牙,弓着腰,紧紧跟随。风卷着雪,灌进她们大口喘息的嘴里。前方,那两个穿黑棉衣的小向导,那两个敏捷的小兽,让她们踏实和心安。山路上,积雪不算厚,但是滑,她们需要抓住路边的灌木和草来避免摔倒。她们无暇他顾,眼睛只追随那两个黑色的背影,那是她们海上的灯塔。终于,两个孩子在一处岩石边站下了。孩子等来了她们,大虎朝前方一指,说:

"顺这条路爬,就到黄毛野梁上了。"

她们知道了,这是告别,孩子已经把她们带到了不会迷失的地带。再看那两个孩子,小脸冻红了,二虎被冻出了鼻涕,吸溜着。他们身上的黑色棉衣,很旧,很薄,胳膊肘露着黑乎乎的棉絮。脚上,一人一双破球鞋,没有袜子,露着大脚指头,裤管又短,裸着的脚腕上,有冻伤的红肿的痕迹……哦!她们心里一阵激动,三美蹲下来,搂住了两个孩子,说:"大虎,二虎,谢谢你们啊!"

这两个小男子汉,不动声色,大虎一挥手,对二虎说:"走!"一溜烟地,两人就朝来路跳窜而去。

不一会儿,下面忽然传来了大虎的喊声,大虎这样喊道:

"姨姨,往上爬,不用怕——"

清脆的、稚气的童声,在山壑间回荡着,千山万壑给她们鼓劲,说:"不用怕——怕——怕——"

她们不怕。

朝前看,白茫茫一片,看不到路的印记。看四周,山连着山,重重叠叠,没有人迹。风雪扑面,睁不开眼睛。素心说:"我在前边,你跟着我。"她开始爬,弓着腰,尽量保持着直线。但是，没有了那两个黑色的小背影，没有了坐标，白茫茫的世界，忽然丧失了方向感。她走着，走着，越走，雪越深，猛地一脚，陷进了雪堆里，雪没过了她的膝盖，她意识到，大概，偏离了山路了。

她退回来，又爬，又一脚，陷进了雪里。路丢了。不知什么时候，她们丢了路。素心一阵心慌，手脚并用，扯着旁边的灌木和草，努力往上爬。往上，总归是不会错的。她们最终是要爬到最高处，爬到山巅，爬到千山万壑之上。素心抬头，看着前方，只有一个念头，爬，爬，爬，往上。她咬着嘴唇，用膝盖，用手，像动物一样，爬行。风越来越强劲，越猛烈，雪变成了鹅毛大雪，狂舞的大雪，遮住了天地，什么都看不见了。但，素心凭直觉，知道，她们离黄毛野梁，离山巅，近了。

近了。

忽然，天宽地阔。她们爬上了山巅。她们挣扎着从雪地上站起身，风吹得她们摇摇欲坠。传说中的黄毛野梁，大风口，此刻，它就在她们脚下。漫天大雪，飞舞着，千沟万壑间，都是风声。但世界显得好静。群山好静。那静，可以泯灭一切。吞噬一切。脚下，四野，到处都是白茫茫一片，看不见路的踪迹。路被雪掩埋了。

"路在哪儿？看不见路啊！"三美喘息地说。

是，看不见路。没有路。这里是雪的世界，是寂灭和埋葬。素心觉得周身的血液都在倒流。

"素心，你看得见路吗？"三美绝望地问。

"看不见，"素心颤抖地回答，"三美，我看不见路。"

原来，许多年前，那些朝山的人，和她们一样，站在漫天大雪和肆虐的大风之中，突然之间迷失了方向。黄毛野梁，似乎，是死神的一个小小游戏场。该往哪里走呢？生存还是毁灭，这是一个迫在眉睫的问题。

"素心，我们迷路了吧？"三美这样问，她不是问素心，她是问天，"我们赌输了吧？"

这话一出口，她周身的血液就像冻僵一样凝固了。

风呼啸着，灌进她的嘴里。她奋力地站直了，忽然对着脚下的千山万壑，大喊一声：

"喂——我爱你！我——爱——你——你听见了吗？"

然后，她扯开喉咙大声唱起来：

> 让我们高举起欢乐的酒杯
> 杯中的美酒使人心醉
> 这样欢乐的时刻虽然美好
> 但真实的爱情更宝贵——

这不是唱，这是嘶吼。豁出性命的嘶吼。风雪把这吼叫撕裂了，撕扯成颤巍巍七零八落的碎片。它们随着风雪旋转，消失在群山之间，消失在世界的大寂静里。素心震惊了。她被三美这绝望的嘶吼一下子惊醒了。她一把拉住了三美的胳膊，说道：

"快走！傻瓜！还不到留遗言的时候！快走，大叔说了，不能在这里停留——"

她扯着三美的胳膊，连拖带拽，往山下跑去。下山总归是不会错的，哪怕是歧路，至少，不会有这么大的风雪，至少，不会被冻僵。两人牵扯着，跌跌撞撞，终于都摔倒了。雪很厚。她们索性坐在雪地上连滚带滑朝山下冲去。别无选择地冲去。就像坐了雪橇。果然，随着高度的下降，风雪渐渐减弱，喘息开始变得

顺畅。忽然,她们眼前一亮,几乎同时惊叫起来:

"电线杆!"

是,她们看见了电线杆。看见了生路。看见了人间的烟火。她们一骨碌爬起来,朝那生命的桡杆奔去。她们奔过去抱住了它,内心狂喜。她们相互望着,大笑,瞬间明白了一件简单的事,那就是,尽管,她们活得痛苦、艰辛、卑贱,但她们都不想死。

她们抱着电线杆,知道了死神已经擦肩而过。

雪停了。

或许,山上还在下。

从这里,半山坡上,朝下面望去,那里没有雪的遮盖,可以很清晰地,看见路的样子。平坦的一条路,平凡的一条路,蜿蜒地躺在那里,毫无恶意,毫无歧义和凶险,没有悬念地通往山下,通往别无选择的现实人生。顿时,她们刚刚经历过的那一切,巨大的恐惧、死亡的威胁、绝境中的抗争,在这条显而易见的公路面前,突然显得如此夸张和荒诞。她们回头朝山上望,白茫茫一片,静谧、安详,一点望不到风雪肆虐的山顶,似乎,那严峻的一切,只是一个梦。

原来,死神,或者说命运,它只不过是用这样的方式,小小警示了她们一下而已。

沿着这条没有悬念的公路,她们走啊走。上坡,下坡,拐弯,再拐弯。不知翻过了多少个山坡之后,忽然地,奇迹出现了。她们爬上了最后的一个小山坡,太阳突然露了脸。然后,她们就看到了远处一片灿烂的金顶。素心和三美,吃惊地掩住了张大的嘴巴,天!那一片辽阔的金顶,竟是如此肃穆和辉煌,午后的阳光,照在一片肃穆和辉煌之上,一下子,晃出了她们的眼泪。她们含着热泪远远地、远远地凝望这壮阔的美景，有一种膜拜的冲动。圣山，她们尊敬地想。原来，她们选择这样一条错误的道路，誓不回头，一错到底，冒雪翻越黄毛野梁，在山巅之上迷路，这一切，都是为了这一刻，为了和一个奇迹相遇。为了让她们一生铭记，这世界上，有神圣在。

临近黄昏时分，她们疲惫不堪、又累又饿、一瘸一拐地，走进了金顶台怀的时候，隐约地，她们似乎听到了晚祷的钟声。那是她们的错觉，也是她们内心的声音。

台怀镇肃穆、寂静。没有游人。她们是那一天仅有的旅人。此生，她们再也没有和这样神圣的台怀镇相遇过。

那一天，她们下榻在了一间由寺院僧房改建的旅舍里。这座寺院没了僧人，1966年，许多僧人们都被驱逐出了寺庙，下山还俗。如今，大难之后，一些僧人们响应政府号召开始重返五台山，但仍然是零零星星，不成规模。僧房改建的旅舍，条件简陋，除了一盘土炕、一床铺盖和一个脸盆之外，再无长物。但她们俩，倒头就睡，一觉睡到日上三竿。

然后，她们拖着两条酸痛的、肿胀的腿，和挑了水泡的脚，一瘸一拐地，游历了五台山。

显通寺、塔院寺、罗睺寺、菩萨顶，还有离台怀镇两公里外的南山寺。

一座座寺院，宏大、肃穆，寂静无声。没有香火，没有钟磬木鱼之声，也没有游人。寺院墙上，贴着一些白底黑字的大字报，内容是俗世的内容，声讨着"四人帮"的罪行，署名则是：普济、明慧、虚云、净空这样一些法号或者法名。阳光很好，是春天温暖的太阳，极干净地，照在她们身上。她们在渺无人迹的显通寺大殿台阶上,席地而坐,看着两只不知从何处跑来的小牛,安然地啃着佛院青石板缝隙中钻出的野草,久久不动,恍然不知身在何处。

素心忽然问道:"三美,你在黄毛野梁上唱《茶花女》,是唱给谁听?"

三美似乎没有听见。

"三美?"

三美轻轻笑笑。

"我听见了。"她说,"那天晚上,在借宿的窑洞里,我说过,如果能顺利翻过黄毛野梁,平安抵达台怀镇,我就把我的事,告诉你,我没忘记。"她又笑笑,"其实,不说你也能猜到吧?我的所谓故事,特别简单。我这个人,一向是个没故事的人,所以,你别指望听到一个什么惊心动魄的故事,没有。"

"你恋爱了,对吧?"素心直截了当地,这么说,"和谁?"

"导演。"三美也回答得爽快。

"我猜也是。"素心叹口气。

"你为什么叹气?"三美问。

"我不知道。"素心回答。

"我知道,我告诉你,"三美笑笑,"他比我大将近二十岁,离异,丢了导演的职业,是个无药可救的酒鬼,在工厂俱乐部里收门票。而我,年轻,还算好看,在我们生活的城市里是个受欢迎的演员,你觉得,他配不上我,对吧?可我就是喜欢上他了。你说怎么办?"

素心没有回答。

"是我喜欢他。是我在追他。他一直在躲。可我知道他也喜欢我,也许,比我喜欢上他还要早。可他害怕。他说他不能毁掉我。我说,我不怕毁掉。他说,他怕。他说他不能做一个罪人,不能愧疚一辈子地活着,那太可怕。我说,为什么要愧疚一辈子?为什么我们在一起就一定是个悲剧?罗切斯特和简·爱,最终不是幸福地生活在一起了吗?他说那是小说。我说,好,那鲁迅和许广平呢?他们不是小说里的人物吧?他说,假如我是鲁迅,我一定先向你表白,可惜我不是,所以我不能。他说孩子,他甚至叫我孩子,他说我告诉你孩子,这个世界,就是这么残酷、势利、没有心肝……"三美眼圈红了。

素心无语。她懂这种感觉。太懂。

"一个月前,他突然结婚了,当新郎了,是别人的新郎。那个新娘,是他们那个工厂子弟小学的老师,和他年龄相仿,有过婚史,几年前死了丈夫,还有两个十多岁的孩子。听说是别人介绍他们认识的。他们一共也没认识几天,就匆忙结婚了,我知道,他是要用这种方法让我死心。"三美笑笑,"他要让我死心,也让自己死心。"

寺院松林里,一片清亮的鸟鸣。阳光晒出了松香的味道,那味道,凄清、苦涩、无边无涯。

"听到他结婚的消息,我这里——"三美用拳头敲着她的心口,"我这里好痛。我眼前没路了,没有明天了。我突然好厌恶这个世界,我想逃,所以,我来了这儿……"三美轻轻说。

"遁世吗?"素心问。

三美摇摇头。

"有过冲动,但是,现在我知道了,我没有慧根。我'遁'不了。无论在深山还是闹市,我都是一个凡夫俗子。我热爱人间烟火,我贪恋生,我不能视死如归,这是黄毛野梁告诉我的真相。"

素心想，我也一样。我们都一样。所以我们是"众生"。

那天晚上，她们躺在炕上，熄了灯。素心忽然叫了一声三美。素心说："三美，你为什么不问我呢？"

"问你什么？"三美说。

"我也答应过你，要是能翻过黄毛野梁的话，我想给你讲一个故事，你，不想听吗？"

"我——"三美沉吟许久，说，"不想听。"

"为什么？"

"因为，我害怕，"三美回答，"不知道为什么，我觉得，你的故事，会让我害怕。"

"那好吧，"素心凄伤地笑笑，"我不讲了。"

是的，你会害怕，你会——唾弃我，痛恨我，然后，过很多年之后，有可能，你会原谅我……所以，我不讲了。素心想。就让这可怕的故事埋在我身体里，让这罪埋在我身体里，成为我的血肉，我的灵魂，我的黑夜和白天，我的四季，我的每一次呼吸每一次心跳和每一下脉搏的律动，成为我。我做了，所以，姚素心，我不赦免你。永远。

七个月之后，一九七七年十二月，一个下雪的日子，素心懵懵懂懂胆大包天地走进了史上规模最大的高考考场。

那一天，同时走进考场的，还有凌子美、凌三美姐妹。三美的考场，在城西，而子美的考场，则是在古城平遥。

雪，飘飘洒洒，覆盖了这省份的每一个城市、乡镇、村庄，每一座山川和冰封的河流。

每一个考生，细细听，都能够听到雪落大地的沙沙轻响，以及,他们自己不同往常的心跳。

全世界在听。

有一个瞬间,素心走神了,她想,那个失踪多年的人,会不会也在某一个考场里呢?

PART 2

下篇

...

玛 娜

...

第一章

CHARPTER 1

一

　　凌三美回国探亲，很少联系从前的同学。但是这一次，她在首都机场三号航站楼转机的时候，遇到了一个宣传队的同学，几十年没见面，这同学竟然认出了她。当时她正坐在登机口，捧着一本杂志埋头闲看，一个女人走了过来，问道：
　　"是凌三美吧？我没认错吧？"
　　三美抬起眼睛，困惑地，望着眼前这个女人。那是一张胖胖的、早已不再年轻的脸，但保养有术，一时让人辨别不出年龄。
　　"真是你啊凌三美！"女人兴奋地叫出了声。
　　"李丁丁？"三美不确定地、试探地说。
　　"对啊，是我是我！李丁丁！"对面的女人大叫，"看来我们都还没有老到认不出来！真没想到啊，咱们多少年没见了？有四十年了吧？"
　　可不是四十年？三美忽然觉得惊悚，她好像听到了时光的大风，呼呼地，在这人头攒动的候机楼里，呼啸而过，瞬间，卷走了她们几十年的岁月。当初，别离时，她们还都是豆蔻年华的小姑娘，转眼，再见时，已是两鬓苍苍。
　　时间都去哪儿了？她想起了一个歌名。
　　"你回国探亲？还是不走了？"李丁丁问。

"探亲。"三美简洁地回答,"你呢?也坐这趟航班?"

"是,"李丁丁回答,"我们是来北京参加一个合唱比赛,本来是昨天的航班返程,我有事耽搁了,改签到今天。真巧,要不然,也见不到你了。"

三美笑笑。

"哎对了,你这回回来,到我们合唱团给我们指导指导吧?"李丁丁突发奇想。

"天哪!"三美叫了一声,"我有多少年不唱歌了?我早改行了。我就是因为改行才出国的。"

"可你当年毕竟在中国最好的歌剧团里唱主角呀!"李丁丁不依不饶,"当年你可是大腕哦!在报纸上常能看到你的消息。要不,你去跟我们的团员们见个面,做个音乐方面的讲座?我们是业余合唱团,能坚持下来,不容易。"

"我当年,是因为声带出了问题,本来是个小手术,没想到,失败了,我只好改行。"三美这样回答,"所以,直到现在,我也还没过去,不想触碰和唱歌有关的一切,真是对不起了,丁丁。"

"哦——"李丁丁恍然大悟,"我说呢,怎么突然你就销声匿迹了?后来听人说你出国了,以后就没了消息。那你现在在哪里?美国?澳洲?还是加拿大?"

"都不是。是瑞士。瑞士一个小镇,说出名字来,你也不会知道的那种地方。"三美笑着回答。

是,那小镇,没有几个中国人听说过它。多年前,在没有互联网的时代,那里也许就是天边吧?有辽阔的安静和寂寞,有无边的从容和祥和。从她卧室窗子里抬眼一看,就是阿尔卑斯山。冬天,它白雪茫茫,夏季,山坡上绿草如茵,山巅之上,仍然,依稀可见雪的痕迹。三美爱它。远远地爱着。不求甚解地爱。她从没尝试去攀登它,她喜欢这安全的距离感。特别是冬天,她会烫一壶中国的黄酒,里面加一粒话梅,对着窗外的雪山,自斟自饮,相看两不厌。一壶酒喝完,山就变得模糊了。

拒绝了去合唱团做讲座的邀请,却拒绝不了其他。那一天,她们自然相互留了手机号码,甚至,添加了微信。所以,三美此次的回乡之行,注定不可能安静了。李丁丁是个热心肠,她把与凌三美巧遇的事情,大肆传播,于是,就有了一次老宣传队的聚会。李丁丁在微信里说:

"这次聚会,是专为你举行。三美童鞋,大家都特别想念你哦!"

一个专为她举办的聚会,三美"童鞋"想不出拒绝的理由,于是,就参加了。

参加了一个,就有了第二个。宣传队里,有她一个初中的同班同学,于是,就又有了一次和初中同学的聚会。

如果说,那次宣传队的聚会,是一个热闹的"大趴",那这一次,就是一个小沙龙了。

聚会地点,是一个同学的家。那同学,早年下海,如今早已有了不菲的身家。他在这城中东山脚下买了一栋别墅,用来度周末和招待私密的朋友。三美原以为会看到一副土豪暴发户的嘴脸,金碧辉煌或者,全堂红木家私之类。没想到,这"土豪"竟有些品位,院子里,茂林修竹,房间里,朴素沉静。带地下室总共四层的内装,走的是中西混搭式的田园风,不拘一格。有不事雕琢的老榆木大餐台,也有欧洲古董级别的沙发椅。有不值钱的民国年间的春凳,也有真正明代的精品条案和屏风。它们在同一个空间里,共生共存,亲密无间,竟毫无一点违和感。

那天的菜品，全部都是女主人主厨，亲手烹制，钟点工只负责打下手。菜品都是寻常材料，不奢华，不靡费，却有心有意，样样精致。酒也是本土风光，白酒是"汾酒"的二十年陈酿，红酒则是"怡园"干红。酒宴开场，男主人举杯祝酒，说道：

"少小离家老大回，没别的，先喝一杯家乡的酒吧。"

三美心头一热。

男主人一饮而尽，说道：

"喝过那么多酒，还是觉得，汾酒最好喝。"

三美啜了一口"怡园"干红，说道："你们还记得吗？从前，咱们城市，有一种红葡萄酒，是清徐露酒厂出的，没脱糖，是甜酒，那时候最常喝的就是它了。"

"记得呀！"大家异口同声。

"那个厂，还出一种青梅酒，碧绿碧绿，很便宜，也很好喝啊。"三美说。

这个话题，让大家陷入了回忆。

"清徐的葡萄太谷的饼，都是在论的，"男主人说，"可现在，太谷饼没什么人爱吃了，可太谷的'怡园'葡萄酒，风头压过了清徐呀。"

"那个厂，清徐露酒厂，好像已经不在了，没有了吧？"一个女同学说。

"是，"一个做过记者的男同学回答，"我们报社当时有人采访过那个厂，那曾经是一个国营大厂，老厂，据说，一九四九年开国大典的酒宴上，上过这个厂的葡萄酒。"他说，"这个厂，一九二一年创立，创立者叫张治平，好像是个天主教的神职人员，据说他建厂的初衷就是'进口替代'，用当地葡萄酿成的酒来替代进口的弥撒酒。"

"哦——"三美不知道这里还有这么多故事。

"解放后,酒厂收归国有,上世纪五六十年代发展壮大,到八十年代到达顶峰。那时候当地有句民谚,说,'宁看露酒厂工人下班,不看清徐麻烦剧团',有过辉煌岁月啊,后来,就不行了,再后来,就销声匿迹了。"

沧海桑田。何况一个小小酒厂。

"听说,当初那种青梅酒,是用青杏来酿造,咱们这里的水土,不长青梅。"

原来,那种绿,那种清澈诱人的碧绿,是青杏的绿。三美突然那么想喝一口那酒,喝一口绿的,喝一口红的,就像从前,很久很久的从前,她还是纯真少女的时候,她们几人,姐姐、安娜,还有——素心,她们在那个叫洪善的村庄,痛饮……

"哎,对了,凌三美,"那个记者同学忽然发问了,"你和姚素心还有联系吗?"

三美怔了怔,心里微微一痛,她摇摇头。"没有了。"她平静地回答。

这么多年,她不愿意和同学们联系,不愿意和从前联系,就是怕这个提问,怕这个名字。"你和姚素心有联系吗?"没有了。姚素心,从三美的生活中,消失了。不对,是三美自己,用一把刀,一把利刃,从自己的心里,活生生,滴着血,把这个名字,这个人,剜掉了。

"是吗?她和你都失联了?你们从前那么好,好得就像是一个人一样,她和所有人失联也就罢了,怎么能连你也不理睬?"

"人家现在大小是个名人了,"一个女同学这么说,"还理咱们这些平头百姓干什么?"

"不,不是,"三美匆忙打断了她的话,"素心不是这样的人，我们之间不联系，是因为我，我当初声带手术失败，心灰意冷，谁也不想见，谁也不想理睬，仓皇出逃，远走海外，和所有人都切断了联系。所以，不怨她，怨我。"三美抱歉地笑笑。

三美自己也不知道，为什么要替那个人，那个"她"辩护，也许，是出于习惯吧？不见她，已经有二十多年了，可她仍然像当初一样，不忍心听到别人对她的诟病。她还好吗？她在心里问。

"这些年不太听说她了，她最红的时候是上世纪九十年代吧？她的小说改编成了电影，她是编剧，获了一个国际奖，那时候总见她出镜，报纸上也常有她的消息。这些年没听说她有什么新书出版，似乎是淡出了。"男主人这么说。

"前几年她出了一本长篇，在文学圈里热闹过一阵，但大众不知道，因为不是畅销书。听说她现在人在北京，好像在做小剧场舞台剧，不知道是不是真的。"记者同学补充说明。

"百度一下呗，"一个女同学说，拿起了餐桌上放在手边的"苹果"，一边触屏一边问道，"她笔名就叫安娜吧？不带姓吧？"

"就叫安娜。"

"哎，出来了。"女同学说，"安娜，女，原名姚素心，当代作家。毕业于某某大学中文系，曾供职于某某学院，九十年代辞职为自由撰稿人，现居北京。"

"八十年代中期，开始以笔名安娜发表小说。九十年代出版代表作《致幻剂》，引起文坛关注，并被著名导演某某某搬上银幕，安娜出任编剧，同名电影获某某电影节银奖。"

"此后，长居北京，做小剧场话剧，由她编剧、导演的话剧《完美的旅行》，参加了第某届乌镇国际戏剧节展演，获得不俗的评价。"

"嗨，这么简单的事，忘了她是名人，一百度就出来了。还经常向人打听她的消息呢，问来问去的，谁都不知道，谁都和她没联系。"男主人笑着说。

"哎，你为什么总打听人家呀？"那个"百度"的女同学笑着发问，"你上学那时候是不是暗恋人家呀？"

"瞎说瞎说，"男主人笑着摆手，"我知道她是个作家，有时候有种冲动，想把这些年的经历，讲给她听听，特别不容易、特别难熬的时候，这种冲动就很强烈。当然，过去也就过去了。其实，人人都不容易，你觉得自己经历的事情是独一无二的，其实，人人都差不多。"他笑笑，"我家领导可是在这儿呢，别瞎说啊！"

女主人显然，要比他们年轻许多，刚刚在厨房里煎炒烹炸半天，此刻素面朝天，家常衣裳，坐在餐桌旁，却仍然给人清爽秀丽的感觉，颇有风韵。听丈夫这么说，她抿嘴笑笑，说：

"他是有暗恋的人，不过，不是你们说的这位女作家，"她举起了手边的酒杯，朝三美那边示意，说道，"三美姐，我敬你一杯，替我们家老方，这么多年了，他说，他总是忘不了你当初在舞台上演李铁梅的样子，他说那感觉特别美好。我听了，嘴里抱怨他'精神出轨'，但心里其实很感动，我觉得，一个人能把某个纯真美好的形象，在心里珍藏那么多年，是特别美好的事情。三美姐，我谢谢你了。"

"哦！"大家哗然，"原来是这样啊！怪不得呢，怪不得要设家宴款待凌三美，原来是有秘密呀！嫂夫人好大度，三美，你快举杯呀！"

三美知道，在这样的聚会上，永远少不了这一类桥段。她大

方地笑了,爽快地站起身,端起红酒杯,说道:

"谢谢嫂夫人今天这番话,要不,我还以为,当初,在学校这几年,我毫无吸引力呢!我是个特自卑的人,谢谢你让我找回一些自信。来,干杯!"

男主人,老方,此刻也举杯站了起来,说:

"哎哎,你们俩干杯算怎么一回事?来,加我一个!"

"砰"一声,酒杯碰在了一起,声音异常清脆,听上去竟有些惊心。

"老方当初就是我们班的大哥,他比我们都大一岁,大家都服他,"三美对女主人这么说,"来,敬大哥大嫂一杯。"

两位女士各饮一口,老方则爽快地干掉了杯中的老白汾,说道:"真是可怕呀,好像还没好好活,一眨眼,四十年过去了。凌三美,你还没退休吧?"

三美摇摇头,她庆幸话题终于从"安娜"身上滑了过去。

"咱们班大多数同学都退休了。有的人更早,人到中年就下岗了。几次班里同学大聚会,他们从来都不参加。"老方说,"我几次都想把人召集齐全,想办个真正的大趴体,名字就叫'一个都不能少',然后照一张合影,出个纪念册,把咱们毕业时的合影和现在的合影做个对比,可根本不能实现。"他笑笑,"是啊,那些早早下岗的、四处给人打工、做家政、做保安、在饭店后厨给人洗碗洗菜的同学们,哪里有那份怀旧的闲情?怀旧实在是件奢侈的事情啊。"他这样感慨。

"是啊,"那个记者同学也感慨地说,"何况每次聚会,也真有些没素质的人,撒着欢儿炫耀自己的成功人生,一来二去,聚会就变味儿了,变成了成功人士的人脉沙龙。"

"也不完全都是因为境遇不好,不想见同学们,比如姚素心,如今的作家安娜,她也算成功人士了吧?可她为什么也从不跟任何一个同学联系?"一个女同学这么说,"我也和三美一样,觉得她并不是那种自大狂,倒像是在逃跑,想逃离某种记忆,不想触碰。对吗?三美?"她转过脸认真地这么问。

三美怔住了。许久,她摇摇头,说:

"我真不知道。我出国前,我们就不联系了。"

这话,她刚刚已经说过了,此刻重复,她自己也觉得乏力。她看大家都盯着她看,只好抱歉地笑笑:"人,可能都有不想触碰的东西吧?何况素心一向敏感,又太要强。"她这么说。

"好了好了,喝酒!"老方在一旁打圆场,解救了三美,"尝尝这个菜,这个是我老婆的看家菜,我们家的保留节目,面包虾仁。"

大家的眼睛,都被这道刚刚端上桌的美味吸引住了。它颜色极其鲜明,虾仁雪白,切成菱形小块、油煎过的面包金黄夺目,而上面,则点缀了三两粒鲜艳的红樱桃。大家齐声喝彩,女主人说:

"好久不做这道菜了,因为面包要过油,不够健康,这些年,做得很少了。我家老方其实最爱这道菜,这是我婆婆教给我的,是我婆婆的看家菜。"

老方笑了,说:"是,可能别人觉得未必有多好吃,但我吃的是我妈的味道,我妈走了十年了,今天要不是你们这些贵客临门,我家领导也不会给我做,她天天看的都是那些养生节目,每天给我喂的都是植物,我说我不是兔子,可是抗议没有用。"

大家都笑了。

那道菜,果然精彩,面包酥脆,虾仁鲜甜坚实弹牙,是一种微妙的搭配。但三美却没有吃出什么滋味,她想起了太多的往

事,一时间,她有种被淹没的窒息感。一句话鲠在她的喉头,膨胀着,吐不出又咽不下,几乎憋出她的眼泪。那句话就是:

"姚素心,你这个残忍的坏女人,你在哪里?我好想你啊!"

二

二十世纪八十年代初叶,三美从省立大学声乐专业毕业,留校任教。几年后她又考入了中国音乐学院的研究生,毕业后,被分配到了北京一家著名的文艺团体,成为一名独唱演员。有几年,她在舞台上崭露头角,出演了几部中外大歌剧的女一号,风头正劲时,声带出了问题,长了息肉,必须手术治疗。但,谁也没有预料到,一个常见的小手术,竟然失败了。手术后,她再也没能恢复她曾经被素心称为"金嗓子"的美妙歌喉。

那是九十年代的事。

此时的三美,已经三十六岁,却还没有结婚成家。她在接受媒体采访时,说她此生许身给舞台了。这是真心话,但不是全部。只有素心、她姐姐子美几个人知道,她有伤痕。说来,伤痕人人都有,可她的伤,一直,未曾痊愈。她并不是一个敏感的人,不是一个痴情的情种,可她"轴",她认死理。她是个处女座,所以,她追求完美。

导演在八十年代初期,就被调回到了北京,他终于拥有了一个阔大的天地和舞台。离开客居多年的城市时,他给她写了一封信,那时她还是大四的学生,他的信,写得非常克制、理性,像一个真正的师长。只是在最末尾的地方,他这样写道:

"我想让你知道,假如,我能预知未来,我能知道命运还会给我今天,那么,当初,做任何决定时,我都能更勇敢一些。谢谢你,三美,谢谢你曾给予我的最美好和珍贵的一切。谢谢我们曾有过的秘密。再见!未来的玛格丽特,未来的巧巧桑,你会拥有这世上最大的舞台!"

这是一封诀别信,三美知道。他在知天命之年,挈妇将雏,去往京城,从此就是他生命中新的一页。他们错过了,错过,就是千年、永远。她听懂了,她不挣扎,她认。从此他们没有在任何私人场合见过面。他导演的舞台剧,轰动一时,三美特地从省城乘一夜火车去北京,在剧场门口排队买票看戏。谢幕时,全体演员一个盛情邀请的动作,于是,导演隆重出场,笑容满面。有人上去献花,他手里捧了不止一束的花束,那些香气四溢的玫瑰、百合,那些天堂鸟和康乃馨,遮住了他半个脸。那是他们最近距离的相见:他在舞台中央,而她,则在掌声雷动欢腾不已的观众人群里,她没有买到前排的座位,她的位置,又远又偏,她知道他不会看到她,她安全地、欣喜地欣赏着他的春风得意,可她的眼睛却被泪水模糊了。

做出考研的决定就是在这次北京之行之后,她想,你说得不错,我是需要一个更大的舞台。她来到了北京,重新做一个学生,她想,有一天,也许,他会在台下,看到在舞台上闪光的自己。那是一个美好的梦。她知道,当初,就是因为这样一个遥不可及的梦想,他撒开了手,放弃了她。

后来他又从舞台剧转向了电影。他一连执导了两部口碑很不错的文艺影片。但很快地,就传出了他和片中女主角的种种传闻。起初,三美死活不相信。她不信他会在经历了那么多创痛之后,在经历了他们之间那种生拉活扯的撕裂之后,还会如此轻易地动情。她从鼻子里冷笑,笑那些小报记者的无聊和无耻。但是,不久,流言变成了事实:他离婚了,并且,迅速地,和流言中的女主角结了婚。那女主角,比当年的三美大不了多少。这一下,三美蒙了。

她想,他怎么能这样啊。

小报上,有对他的采访,他说这是一个严肃和痛苦的决定。他决定为了爱情搏斗一次。和世界,也和自己。他说他从来没有这样爱过,他说爱比死痛苦。他说他对不起自己的前妻,那是一个最不应该伤害的女人,她在他最落魄最颓唐的时候,来到他身边,他曾发誓,此生,山崩地裂也不会辜负她。但他辜负了。他说,那就让我下地狱吧!爱情,本来就是地狱里的黑暗之花。最后,他这样说,在经历了最压抑的时代之后,我们需要希腊神话中的酒神精神。

那么,我呢?三美追问。

她苦苦追问,我呢,我呢?我是什么?

原来,所有的一切,那种撕裂的滴血的疼痛,那种煎熬,那种无望的挣扎,都是三美一个人的,是吗?他发乎情止乎礼,是因为,他并不爱,或者,爱得不够深吗?还是,在生活的黑夜里,他惧怕地狱里黑色的花朵呢?

她不知道。

但她心里,有什么东西塌陷了,粉碎了。血肉模糊的一团,让她自己恐惧和束手无策。她不再相信自己。她怀疑自己的眼睛看到的、耳朵听见的、身体触摸到的、内心感受到的东西,是否是真实的,这个世界是否是真实的。这种疑问折磨着她,息肉就是在这样的时候悄然来袭,然后,就是手术的失败。

素心就是在这个时候,来到她身边,接她回乡。

素心那时还在省城一座名不见经传的小学院里教书，讲授当代文学。业余时间写过几篇小说，品质不俗，却没能大红大紫。她没有使用自己的本名，却选择了"安娜"这样一个故人的名字做笔名，很是让三美感慨。记得三美曾经问过她："你为什么对自己这样狠？你为什么不肯放自己一马？"素心回答说："我活一天，安娜就活一天。还能怎么样呢？"这回答很蹊跷，三美知道其中一定有些隐情，而这正是让她害怕和恐惧的事，她闭上眼睛，掉过头去，不深究。她想，安娜死了，这已经是最坏最坏的事情，还能有什么比死更坏的事情呢？不会，也不能有了。

正值暑假期间，素心放假，她本来有一个笔会要去长白山，但她放弃了。她不能在这样的时候弃三美而去。她四处寻找那些偏方之类的东西，想让那金子般纯净明澈的声音重新回到这个受到伤害的身体里。她当然知道发生了什么，导演的离婚、再婚，她从那些小报上早已获悉，但三美不提，她也就不问。再没有谁，比素心更知道这个，更懂这个，那就是，有些时候，沉默、不追问，就是最大的恩义。

几年前，素心家分到一套大房子，在汾河岸边，是一处新建的高层公寓，属于政府为高级知识分子提供的福利房，如今房改，只花了很少的钱，就领到了房产证。这是一套四室二厅的单元，比起从前那套两居、没有厅堂和阳台的老式房屋，真是天壤之别。平时，这套房屋，只有父母和素心三个人住，妹妹"意外"，在上海读完研究生后，就留在了那里工作，如今，在那个东方魔都，结婚，成家，并且，马上就要生产分娩，做小母亲了。"意外"除了出生让父母感到意外之外，她的人生轨迹，毫无意外。该上学时上学，该用功时用功，该结婚就结婚，该做母亲就做母亲，一点不出轨，一点不矫情，不标新立异，特别让父

母省心。素心很感慨,她对妹妹说:

"幸好有你,要不,爸妈他们的人生该多失败啊!"

"你还好意思说啊?我是被逼无奈,一家子,不能人人都'作'啊,总得有个正常人不是?"

素心笑笑。

为了妹妹分娩,素心父母去了上海,家里只有素心一人留守。素心就提议三美来和她同住。

三美家那时还住在从前的老房子里,除了父母,妹妹五美还在家里住,凌家三姐妹,三朵花,子美、三美和五美,除了子美在外地结婚、安家,另外两朵花,还都是独身。住了几十年的老旧房子,日积月累的旧物,如同生活的蝉蜕,堆积得满坑满谷,看在三美眼里,处处皆是岁月的凄凉。于是,她逃进了老友素心的家里。

住了留给"意外"的房间。

这屋子,"意外"其实没怎么住过,所以,里面几乎没有多少她的痕迹。只有床头一张小柜上,摆一张旧照片,还是黑白摄影,是五六岁时的"意外",和姐姐素心两人,在某个湖边的合影。照片上,姐姐微蹙眉头,一脸严肃,而妹妹紧紧依偎着姐姐,笑靥如花。

三美久久凝望这张照片。

"素心,那时候你多大?"她问。

"十三四岁吧?我忘记了。"素心回答,"是我心里最安静的时候。"

三美明白了,为什么这张照片让她心里感动,是因为,那个久违的小姑娘,那个看上去严肃,但内心清明,没有被沉重的负罪感折磨,也没有黑暗秘密的青涩小少女,那个让她无比想念、无比怀恋的少年朋友,她是多么喜欢这个照片里的素心啊。

"好久不见。"她在心里这么说。

"我俩很少有那时候的合影,"素心说道,"小时候我不爱和她照相,现在她每次回家,都要拉着我照一大堆照片,可是奇怪,她唯独挑出这一张来摆,"素心笑笑,"可能,她更喜欢那时候的我吧?尽管那个时候我对她常常像个凶神恶煞。"

我也更喜欢那时候的你。三美在心里说。

三美的妈妈宋阿姨是个中学教师,退休后,没有出去带补习班之类,也没有在家里辅导学生,而是迷上了烹饪。从前,当她还是个职业女性时,非常反感做家务,特别是讨厌做饭。起初,婆婆和她们一起住,替她打理家务,操持一日三餐。后来,婆婆去世后,她没办法,只好学着做,但秉持一条原则,"凑合",凑合能吃就行,她觉得把时间浪费在做饭上是一种堕落行为。所以,三美才特别羡慕素心有那样一个厨艺精良的母亲。不想,晚年的母亲,突然转性,开始迷恋上烧菜,并且超级大胆,敢于尝试一切高难菜式,还特别喜欢创造稀奇古怪的"黑暗料理"新菜式,逼着家人品尝,弄得一家人哭笑不得。此刻,三美病休在家,更是她大展身手的好机会,所以,她三天两头煲汤烧菜,做好了,坐公交车长途跋涉送到素心家中,足够两个人吃两天。所以,三美和素心,可以游手好闲地过衣食无忧的日子。

素心笑着对三美妈妈说:"宋阿姨,这么远的路,大热天,您别跑了。我会做饭,不会饿着你家三美的。您是怕我苛待她呀?"

"瞧你说的,"三美妈妈回答,"我知道你会做饭,门里出身,自带三分,三美从小就羡慕你有个会做饭的妈妈。不过,这是我的乐趣,素心,你别剥夺我的乐趣好不好?我现在也想做个会做饭的妈妈了。"

母亲走后，三美笑了笑，说："现在想做个会做饭的妈妈了，晚了几十年。"

素心看看她，说道："退休了，才有时间啊。她们那一代人，年轻时候，哪里有一点私人空间？"

"那你妈妈呢？她是怎么做到的？"三美争辩道。

"我妈不一样，她从小上的是教会学校，接受的是淑女型的教育，有家政课，而且她和时代也比较疏离。再说，我家孩子少，很长一段时间，家里就我一个小孩儿，人少，要轻松一些吧？"

"孩子少不算理由，"三美回答，"安娜家孩子不少吧？比我家还多呢，她妈也没上教会学校，可是安娜妈妈做饭，也特别好吃啊！就连当年彭也说——"她脱口说出了这个名字，突然醒悟，戛然而止。

"彭说什么？"素心不动声色地问，"怎么说半句话？"

三美迟疑一会儿，回答说："他说，他从来没吃过那么好吃的饺子。"

素心安静地笑笑，说："这话可不能让我妈听到，她会伤心的。"

一阵静默。

这套河边的房间，正南正北，通透明亮。客厅里开着窗，有风吹入，吹来河的气味。还有，盛夏的浓郁气味。那还不是一个空调盛行的年代，何况，这个城市的夏天，也从没有华北平原上那种蒸人的暑热，黄昏时分，开着窗，连电风扇都不需要。夕阳还没坠落，但黄昏的天空，永远有一种辉煌的哀伤，像是对白昼的凭吊。

"三美，"素心突然开了口，"你说，他现在在哪儿？"

他——她们很久很久没有触动过的一个话题，一个禁忌，就这样，悄然而至。三美摇摇头，诚实地回答："我不知道。"想了想，又说："就像蒸发了一样。"

"可人是不会蒸发的呀，除非，死了。"素心说。

"一度，我特别恨他，"三美轻轻说，"他为什么这样大摇大摆跑来，扰动我们的生活？改写我们的人生？"三美笑笑，"可现在，好像也没那么恨了。他一定在什么地方活得好好的，不会死，他罪不至死。"

"罪"这个字眼，让素心一阵惊心。

"他没罪。"许久，素心说。

"是啊，他没罪，难道你有罪吗？"三美愤愤不平地说，"为什么只有你一个人至今还活在黑暗之中呢？你知道吗？在你面前，我常常觉得自己也有罪，为什么当初我要告诉你笔记本的事？我为什么要把这个秘密告诉你？挑起你的妒忌？假如，你压根儿不知道有那个笔记本存在的话，一切，也许就不会发生了。"三美叹口气，"人，千万不要轻易去挑战人性中的弱点，如果说有原罪的话，人性中的弱点，或者，恶，就是我们的原罪……素心，我们都有罪。"

不是这么回事，素心冲动地，想叫，想说，想喊，可是，她终于、终于还是没有说出口。那是一句太难出口的话，一出口，会炸毁她的世界。炸毁她珍惜的东西，比如，眼前这个如夏天般热情、如春水般明净的友人，这个心地善良的姑娘：她承受不起这个。素心深深懂得，所以，她必须守口如瓶。必须，把这个如同癌瘤一样的秘密，藏在她的身体里，血液里，每一个细胞里，让它们在不见天日的身体深处，肆意滋长、蔓延、腐烂，占领每一寸能够占领的领地,直至吞噬掉她整个生命和灵魂。它和她同生共死,不离不弃,如同最痴情的恋人:上邪!天地合,乃敢与君绝……

多年后,三美回忆这一切,她想,原来,曾经有好几次,素心想对她说出那个秘密的,她想倾吐、告解、忏悔,但是,三美没有给她这个机会。三美本能地,拒绝着这个机会,这个秘密。她害怕。她闭上了心里的眼睛。她无法和这个作恶者一起,分担那罪。

三

认识白瑞德,是在一个咖啡屋里。

八十年代中叶之前,这座内陆城市,没有茶馆,也没有咖啡屋,说不出从什么时候开始,这种休闲的场所,突然在城中遍地开花。离素心家不远,某个公园旁边,新开了一家咖啡屋,不光卖咖啡和茶,还卖中西式简餐。而到晚上,则兼顾酒吧的职能,除了酒,还有驻唱的歌手。

素心和三美,有时,喜欢到这里吃煲仔饭。

那天,就是在吃煲仔饭的时候,碰上了白瑞德。

素心喜欢他们家的腊味煲仔饭,三美则喜欢吃鱼香茄子煲,她们一般喜欢在午餐时来这里吃饭,因为人比晚上要少很多,更重要的是,餐后还可以点一杯现磨咖啡。假如是晚餐,就得舍弃那杯咖啡了,因为怕失眠。

但这天,她们却是在晚餐时来到了这家店。

八月末的天气,这个城市,已经凉爽下来,特别是一早一晚,需要添加长袖的衣衫。抬头看天,天空变得高远,阳光已是秋天的阳光,明净中总有一些凄清的况味。素心那时还在本城一所名不见经传的大学里教书,还没有去职,暑假将尽,她马上就要开学。三美计划在她开学前回北京去,所以,她们昼夜相处的时间,不多了。这一晚,她们心血来潮,想喝一杯酒,于是,就去了这家叫作"1854"的咖啡屋。

点餐时,她们点了一瓶红酒。

"知道我想喝什么吗?"三美对素心说,"我想喝青梅酒。还记不记得?"

"当然记得,"素心回答,"可惜这酒早绝迹了。"

"是啊。"三美笑笑。

煲仔饭吃完了,她们叫了一盘水果,喝酒。这是一个临窗也僻静的角落,城市在她们眼前,沉入夜色,然后,一点一点,被万家灯火,描绘出轮廓。只有轮廓的城市看上去比白昼要神秘和美。风吹来河水的味道,腥,还有些异味。她们都沉默了,心里有什么东西在涌。一杯酒下去,又是一杯,那涌动的东西,到了她们的眼睛里,她们的眼睛,变得波光粼粼。然后,她们听到了歌声,是驻唱的歌手,开始了夜间的表演。

起初,她们没有在意,但渐渐地,那歌声吸引了她们,是英文的歌曲,乡村民谣。那是一个特别安静和沉浸的声音。三美不禁抬起眼睛去寻找那个歌者,她看到了,小小的舞台上,坐着一个怀抱吉他的小伙子,金发碧眼,唱得十分投入,而四周则一片喧哗,显然,他没有几个真正的听众。

"咦?"素心忽然轻轻叫了一声,"这不是白瑞德吗?"

"白瑞德?"三美问。这名字可不陌生,是《飘》里的男主人公的名字。

"对,他是我们学校外语系的外教,中文名字叫白瑞德,"素心回答,"可他怎么会在这儿唱歌?"

"哦?"三美听素心这么说,觉得意外,"你认识他吗?"

"巧了,还真认识,"素心说,"他听过我的讲座,那天本来是给学生讲的,结果他去了,听得很认真,还提问,就认识了。"

"他唱得真的很好,"三美一边听一边说,"这首歌叫《心跳加速》,我非常喜欢的一首歌。"

Love, love, where can you be?
Are you out there looking for me?

那是一种没有污染的纯净的声音,没有污染的流水,没有污染的天空和流云,没有污染的时间,从容、悠远、诗意,像人类童年的声音。她们静静地听,一首、两首、三首……他一共唱了五首,站起了身。传来零零星星心不在焉的掌声。于是,三美站了起来,冲着歌者,认真地,诚挚地鼓掌。

他看见了她。

素心也站起来。

他惊讶。然后,朝素心挥挥手,跳下舞台,朝她们走来。

"嗨,姚!你怎么在这儿?"他的中文十分、十分流畅。

"这话该我问你,"素心回答,"你怎么会在这儿?在这儿唱歌?"

"说来话长,"他粲然一笑,"我——"

"素心,"三美轻声叫了一声朋友,"请人先坐下说话吧。"

"哦!"素心笑了,"还是先介绍一下吧,这位是我最好的朋友凌三美,歌唱家。这位是白瑞德,来自美国,我同事,"她直呼其名,看来,他们确实很熟,"方便的话,介意坐坐吗?"

她邀请道。

"很荣幸,"白瑞德说,"能认识一位歌唱家。"他坐下来。

添了一只干净的酒杯,斟上红酒,素心说:"现在可以说说,你为什么要在这里唱歌了吧?"

"长话短说,"他笑着回答,"因为我喜欢。"

这当然是一个最好、最充分的理由。喜欢,就足够了。足够让他放下一个高校外教的身段,来这嘈杂的、不禁烟的异国他乡小酒吧里,唱一些他心爱的、却不一定与时尚合拍的歌。唱给……想象中的知音,唱给,湮灭在人群中的某些耳朵。一时间,三美和素心觉得有些感动。她们都是那种为了所爱的事物可以奋不顾身飞蛾扑火的人,所以,她们懂。

"每晚都来吗?"素心问。

"不,一周只来两次,周六和周日。"他回答。

"只唱乡村民谣吗?"三美问,"你今天唱了五首,都是民谣,而且,都是我很喜欢的,"三美诚恳地说,"唱得真好,你的声音,不属于嘈杂的城市,不属于流行和时尚,它们就像……最干净的一个圣婴。"

他望着三美,年轻的脸和眼睛,变得严肃和深邃。他默默望了她一会儿,站起身,伸出右手,说:

"我们重新认识一下吧,我叫白瑞德,这是我的中文名字,我的英文名字是马丁·史密斯,来自美国南方弗吉尼亚州。歌唱家,很高兴认识你。"

三美也站起身,说:

"我不是歌唱家,我的职业是歌唱演员,演过几部歌剧而已,而且,那也已经是过去时了。"她握住了他的手,说:"凌三美，前歌唱演员。"

"为什么是'前歌唱演员'？"他问。

三美笑了。"嗓子坏掉了。"她简洁地说。

他瞪大了眼睛。好一会儿，他说："对不起——"

"没什么，"三美回答，"没什么。"

他们坐下，喝酒。怎么可能"没什么"？当然是"有什么"啊。可是，又有什么办法？三美突然悲从中来。这短短几个月时间里，她失去的都是她生命中最宝贵的东西：支撑她多年、被她无限放大和夸张的爱情，以及，她的天赐歌喉。曾经，她并不很知道这后一桩的珍贵，特别是青春年少时。但当她知道自己失去它的那一刻起，她才明白，那是多么宝贵和稀有的恩物：上帝或者说命运曾经多么厚待她。

她不想谈自己。

他们聊民谣。聊蓝调。聊黑人灵歌。

"你中文在哪里学的？太厉害了。"三美忽然这么赞叹。

"在台湾，"他回答，"我大学是在台北读的，汉语是我的专业。"他笑了。

三美有些惊讶。一个美国年轻人，万里迢迢跑去台北学汉语，还真不多见。他显然是有语言天赋的，能把汉语学到这样的程度，却又在一个不知名的内陆城市一座名不见经传的小大学里当外教，业余时间又在酒吧卖唱，这样的人生，真是有故事性啊。她刚想问，为什么不到北上广这样的城市发展，或者，南京、苏杭、西安这些名城居留，却要选择这里，这样一个干旱、风沙漫天、没有风情的工业之城呢？

"白瑞德的祖上，有人做过传教士，他传教的地方，就是我们这里。"素心似乎听到了三美心里的疑问，这样解释道。

哦——原来是这样。怪不得。三美想。

"而且,这位高祖,还娶了一个中国女教徒做妻子,生下了三个儿女。所以,白瑞德身上,有不知道多少分之一的中国血统。"素心继续解释。

这不知道多少分之一的中国血统,在眼前这个年轻人身上,看不出一丝一毫的痕迹和端倪。三美瞪大了眼睛,毫无斩获。她笑了。她想起了那个叫作《根》的小说。

"原来,你是寻根来了?"三美这么问。

"好奇,"对面的年轻人回答,"所以想来看看。"

关于和"传教士"有关的历史,无论是三美还是素心,她们几乎是毫无了解的。她们只是在从前的教科书上,学到过一些,诸如:帝国主义的文化侵略,宗教的欺骗,等等。可对于那段错综复杂的历史,仍然是一无所知。三美好奇地望着白瑞德,想,多么奇妙,这竟是一个传教士的后人。

"要不要再重新认识一下?"白瑞德笑着问道。

三美也笑了。她喜欢幽默的人。

"不必了,"三美回答,"我只需要知道——一个传奇人物就行了。"

"说大了,"他回答,"一个不安分的人还差不多。"

"还算有自知之明。"素心笑着说。

那天,分手后,在回家的路上,三美忽然意识到,素心和这个叫作白瑞德的年轻人,似乎很熟悉。

"素心,你和这个小外教,不仅仅是认识吧?"三美问道,"你好像知道他挺多的事情,是吗?"

"不算多吧?"素心回答,"至少,他在酒吧唱歌这么大的事,我不是一点都不知道吗?"

是啊。三美想想，也确实如此。

"不过，你说的也不算错，我们聊得是比别人要多一些，他在翻译我的小说。"素心说道。

"哎呀，那可真好！"三美叫起来，"这个白瑞德，真是又让我吃一惊啊！"她高兴地问，"他翻译你哪篇？翻完了吗？发表没有？"

"我写得本来就不多，他说他想慢慢都译出来，"素心回答，"我说可以，你就拿我这个小作者练手吧。他译好了两篇，没想到，居然被收在了哥伦比亚大学出版社出版的一本中国当代小说选里。"素心微微一笑，"很意外，看来，他还有点实力。"

"书呢？你有这本书吗？"三美问，"我想看看你的小说变成英语长什么样。"

"咦？你什么时候这么厉害了？都能看懂英语小说了？"素心笑着调侃。她知道三美的英语水准。

"去你的！不厚道！"三美推了朋友一把，"我说我想看看它长什么样，给它相相面，不行吗？"

"我敢说不行吗？"素心回答，"回家就给你找！"

晚风拂面。吹着她们发热的脸，那是因为酒精的缘故。红酒使她们的脸上泛起春色。满天星光，身边不远，是那条几乎流不动的老汾河，就要枯竭的老汾河。从前，她们更年轻些时，曾经在那河里游泳，夕阳西下，带一身、一头、一脸、一嘴的沙子回家，似乎，还只是刚刚过去不久的事……还要再过一些年，再过几年，这城市会重新疏浚、治理这条河，它将会变成一条水底被硬化的人工的河流，贯穿这城市的南北，它的两岸，将会是一个蜿蜒十数里的滨河公园。此刻，她们不知道这条河的未来，这城市的未来,也不会知道她们自己的未来。有许久,她们没这么疯癫和放松了,没这么轻盈地快活了。三美真心为素心高兴,她想,我们,我们中间,总应该有一个人,幸福一些吧?

她希望这个人是素心。

回到家里,三美马上逼着素心给她找那本书。

书在素心自己的卧房里。那是向阳的一间大房子,兼做她的工作间和书房。一面墙的书柜,顶天立地,在其中某个柜子的底层,都是素心自己的资料:刊有她文章的期刊、收录过她小说的合集,以及,一些重要的手稿和笔记之类。三美很少到素心的房间里,她知道素心会利用难得的假期写作。此刻,那本英译本小说,就捧在了三美的手里。书极朴素,银蓝色的封面,毫无修饰,看上去却有一种老中国的端庄。三美打开书页,寻找着目录,看到了那个名字——安娜。她用手轻轻抚摸,抬起脸,说道:

"今天,我要让它在我枕边,陪我一晚上。"

素心犹豫一下,说:"好啊。"

三美没有好意思告诉素心,这几年,在北京,由于剧院经常请外国导演来指导或排戏,三美恶补了英语,她上了一个价格昂贵、一对一的英语班,进步神速,她的辅导老师对她说:"你好有语言天赋。"她想,大概,学音乐的人,都有这样的天赋吧?几年下来,那老师竟怂恿她去考考雅思或者托福。她没考,是因为,她没准备出国,更重要的是,她并不相信自己真就具备了那实力。

入寝后,她靠着枕头,把台灯调得暗淡一些,她觉得,读素心的小说,不太适合过亮的灯光。

她试着阅读。

题目很陌生，《玛娜》，咦？三美努力回想，不记得素心在国内期刊上发表过这篇小说啊？是译者改了题目吗？她读了第一句，就知道，这是一篇没有在国内发表过的小说。

附录：《玛娜》

玛娜，是我的教名。
给我起这名字的人，是我的教母。
很多年之后，我才会知道这名字的意思。

我第一次见到她，是在一个雨后有彩虹的傍晚。她敲开了我们家的房门。那时，我已经是一个十六岁小少女，傻，什么都不懂。可是在看到她第一眼，我就觉得，她，和我之间，有种深刻而奇妙的东西。

她看着我，对我母亲说："是咩咩啊，长这么大了！"

咩咩，那是一个很久没有人再叫过我的小名。显然，她是一个家里的旧相识，一个故人。她见过小时候的我，但我全然没有了记忆。我们举家迁移到这个城市，是在我五岁那年。她看我的眼光，欣喜，欣赏，还有，爱。那不仅仅是客套，而像是在看一个藏在心里的孩子。

我喜欢她。

她的到来，让我的妈妈兴奋不已，兴奋得语无伦次。她是我妈妈这一生最好的朋友，她们曾经是北京协和医院的同事，她应该还算是我妈妈的学姐。但我看得出来，我父亲对这个不速之客，有一种戒心。当我妈在厨房里临时添菜张罗晚饭的时候，我听到我父亲悄悄问我妈："这种时候，她突然跑来干什么？你当心啊！"

"嗞啦——"一声，我妈把一把葱花投进了热油锅里。"你不觉得，你越活，越像一只地洞里的田鼠吗？"我妈这么回答，"你要是害怕，你就躲出去吧。"

我爸不满地从厨房出来。他身穿一件很旧的"二股筋"破背心，上面都是汗渍，这让他难堪。他进房间加了一件衬衫套在身上。这下他像一只比较体面的田鼠了。他关上了窗户，把傍晚雨后的凉爽和微风关在了窗外，才和来客寒暄，说："彭大姐，这么多年不联系，还好吧？"

彭，这是她的姓氏。一个普通的、常见的中国姓氏。毫无奇怪之处。但是后来我细细回忆，这是我生活中认识的第一个姓"彭"的人。接下来，还会有第二个。命中注定的，那一个。也是我要写这故事的原因。

她注意到了我父亲关窗户的动作。这让我羞愧。她微笑着对我父亲说：

"我还好，平安无事。如今，平安无事就是最大的好了。"

我父亲立刻放松下来，他垂下了两条长而无力的手臂，说道："是啊是啊，大姐，我胆小，平安无事就好！"

我走过去，把关上的窗户重新打开。凉风涌入。然后，我就看到了彩虹。越过楼群，在西山顶上，横空划过。赤橙黄绿青蓝紫，无比清晰，美好，有如梦幻。

她是来告别。

和我母亲。也和我。她唯一的教女。尽管我并不知情。

她身患绝症，已是病入膏肓。那一夜，我父亲出去住办公室了。她和我妈妈，睡一个房间，一张大床。她们几乎彻夜未眠。

我母亲问她："你害怕吗？"

死。这是我母亲的问题。

她回答说："你忘了？我有信仰。"

这是她们俩的区别。她是有信仰的人。而我妈不是。这也是我父亲担心害怕的原因。她是一个基督徒。并且，始终独身。直到今天，我也不知道她是天主教徒还是新教徒。但不管她隶属什么教派，1966年之后，信，则都是罪孽。

可她面对死亡，却这样坦然地告诉我妈妈："我有信仰。"

但她的手，却在微微颤抖。我妈轻轻握住了它们，哭了。

就是在这个告别之夜，她把她在这个世界上的唯一血亲，她的侄子，一个无父无母的孤儿，一个插队知青，托付给了我的妈妈。

在她生命的末路，她曾经这样憧憬，她说：

"也许，有一天，这两个孩子，会走到一起，那我会很高兴。"

我母亲也被这样一个花好月圆的美景迷惑了。我母亲回答说："是啊大姐，那该有多好。"

我十七岁时，彭第一次敲开了我家的房门。看到他的第一眼，我就被迷惑了。他像一个从小说里走出来的人物，那是我对他的第一印象。

他翻开我摊在桌上的一本书，诧异地说："咦？这里也能借到这样的书啊？"

那是一本诗集：《欧根·奥涅金》。

对"这里"的小觑，让我不快。我回答说："这里也有青春啊。"

他眼睛一亮，注意地看了看我，说："不错，野火烧不尽啊。"

然后我们笑了。

他爱普希金。他大段大段地给我背诵《欧根·奥涅金》。那是我们初次见面，但我一点不觉得他是在卖弄。我被他的背诵迷住了，世界只剩下了他的声音：如同光线一般笼罩了我和整个房间。要过很久之后，我才会明白，他背诗，也许只是为了打发时间，他和我，没有更多的话题。

现在我回头，穿越时光，打量十七岁时的我，连我自己都厌恶那个小城土土的女孩儿：瘦骨伶仃、完全没有发育的身体，巴掌大的脸上，一张大嘴几乎占去了半张脸。稀疏的眉毛紧锁着，似乎永远在生气。是，她永远在挑剔着生活，挑剔着眼前的一切，心高气傲，怒气冲冲，没有笑容。她不知道自己偶尔笑起来是美的，等她知道这个的时候，她却再也没有真实的笑容了。她再也没有从心底深处笑过一次。

这样的女孩儿，不可能吸引她心里的白马王子。她的白马王子，爱上了别人。

古往今来，这样的故事成千上万。

毫无出奇之处。

本来，应该是这样。但是，就怕这个"但是"……

我叫她什么好呢？就叫她"安"吧。

安是我的朋友。我们的朋友。我们几个人，常常在一起玩。我们是一群不快乐的孩子，生活让我们郁闷。何止是郁闷，有时，它让我们恐惧和窒息。当我们几个人在一起时，我们会感到某种对抗的力量：那是我们生活中的光亮。

安是我们之中，月亮般的存在。

她很美。

也许，按照那时我们这个城市的审美标准，她不算漂亮，这个城市的美人标准是：柳叶眉，杏核眼，樱桃小口一点点。这几点，她一样也对不上。可是，她就是美。你在人群中，在芸芸众生之中，第一眼，看到的，不一定会是她。但是，你只要静下心来，她就会向你走来：如同月亮一般柔美皎洁。我的白马王子，我的梦幻，毫不意外地，被她吸引了，就像熟透的苹果必然坠落一般天经地义。

我非常痛苦。

痛苦就像蚂蟥一样，钻进我的心里，一刻不停，吸我的血。那是我的初恋。我无比珍爱。我不肯承认这只是我自己的一厢情愿，不肯承认那只是一种恋爱的幻觉。我把这一切怪罪到了安的身上。我觉得是她，横刀夺爱。

也许，没有后来发生的事，一切，是会过去的。就像人们常说的那样，时间会治愈伤口。也许，我也能够在此刻、在这么多年之后，平静地回忆那一切，说一声：年轻时候可真傻。年轻的时候啊！

能这么说，真幸福。

安是个病人，她的病，在那个年代，是很难治愈的。可以手术，但却要承担很大的风险。但安毫不犹豫拒绝了手术。我们几个人，曾经问过她，为什么要这么轻易地放弃，她回答说：

"我是瘢痕性体质。"

起初，我们都没有明白她的意思，不明白这两者之间的关

系。她见我们一脸懵懂,"嗨"了一声,说:

"这有什么不懂的?我不想在我的胸口留疤。"她轻描淡写地这么回答,"它美,我不想破坏它。"

这就是她的理由。美高于生命。

有很长一段时间,我不想见她。也见不到彭。彭许久不到我们家了。我妈时不时地会念叨他,仿佛是自言自语,其实是说给我听,我妈说:"怎么这么久也不露个面?是出什么事了?"

我装没听见。

"出什么事了"这句话,是我母亲的口头禅。她一天到晚活得提心吊胆,总是怕出事。那也确实是一个总是在出事的年月。有一天,她终于忍不住问我了,说:

"你们吵嘴了?闹别扭了?"

"没有。"我回答。

没有提名道姓,可都知道是说谁。

"那他怎么不来了?"

"不知道。"

"最近他给你写过信吗?"

"没有。"

"那会不会是出事了?"我妈担心地说,"你们平时在信里,是不是写过什么不该说的话?犯禁的话?"

"写过!"我不耐烦了,说,"写的都是反动话,行了吧?"

这个世界上,能够容忍我所有的坏脾气、所有任性举动的,只有这个傻女人,这个亲人。我一句话把她撞到南墙上,可心里却又歉疚。她没有和我计较,看着我的脸,小心翼翼地,补了一句说:

"信都烧了吧,别留着。你看现在,不是到处都在追查什么手抄本?你爸胆小,回头让他看见你们的信,他会害怕。"

我珍爱那些信。我们在信里,谈论的都是书。书是他借给我的,读了,我会写一些小感想给他,他则会写一些自己的理解给我。这就是我们的交往,如同一对师生,一对兄妹,与风月无关。可在我眼里,那就是——情书。

我当然不会让它们葬身火海。

但是安来了。

久不见面的安,带来了一个难题。

她没有寒暄。我们之间,一向不需要俗套。我刚关上房门,她就从包里掏出了一样东西,一个——笔记本。黑色的皮面,要到很久之后,我才知道那皮质是小羊皮。她开门见山,说:

"能把这个暂时托付给你吗?"

"什么?"我问。

"彭的笔记本。"她回答。

我的头轰地一响。他的笔记本。他!他把这么重要的东西、要命的东西,交给了她……尽管,我已经得知了他们在交往的信息,得知了他对她的深深迷恋,但,当证据、铁证突如其来交到我手上的时候,我感到了动魄惊心。我昏头昏脑接过了它,听她诉说原因,原来,她一直把它藏在自己的枕头套里,但,由于插队的姐姐姐夫的突然到来,她母亲在腾房间收拾床铺的时候,意外发现了它。她母亲是个害怕所有白纸黑字的人,所以,趁她还没有从大女儿意外归来,并且领回一个女婿的震撼中清醒过来,安迅速转移了它,把它转移给了我。

安说:"彭说过,在这个陌生的城市里,你们就是他的家人,你就是他的亲妹妹。我想来想去,把它交到家人手里,交到你手里,应该是最安全的,对吧?"

我忘了自己是否点头。

家人。妹妹。是谁,强加给我这样一个兄长?我不要一个哥哥。我毒!我八岁那年,有了一个妹妹。我给我父母下了通牒:要么扔了那个哭哭闹闹的小东西,要么,我就离家出走。我真的走了。八岁的孩子,砸碎了扑满,拿着一堆零钱买了火车票,只身远行,去投奔六百多里外的姨妈……所以,我为什么要在年满二十岁的时候,给自己找一个亲哥哥?

我在心里说,安,你欺人太甚。

但我却舍不得把那个铁证,推出去。我舍不得。舍不得。舍不得。那是他:他的思想,他的血肉,他的一颦一笑,他的喜怒哀乐、悲欢离合,他的过往,他的履痕,那是让我疼痛的一切,但是,我舍不得撒手。就像那痛、那疼,它们已经弥漫在我的全身上下,奔流在我的血管中,潜伏在我的每一个细胞里,我怎么能把那疼剥离出去?

安走后,我读了笔记本。

是一本类似小说的东西。

原来,真有所谓"手抄本"的存在啊。只不过,在此之前,我从来没有见过它们的真迹。我听人讲过《第二次握手》,那是我工厂里的一个工友,那故事,其实,并没有什么出奇之处。但,我却听得泪流满面,有一种特别的深深的感动,让人久久难以释怀。也许,这份特别的感动,是源自于禁忌,它是一枚禁果,在黑暗中散发着幽光,就像卖火柴的小女孩手里划亮的那一根火柴:那光,会带给人幻觉。

这笔记本里记录的,当然不是《第二次握手》。

是他的初恋。是爱和死。是美和幻灭。是丑陋和罪恶怎样吞噬了一个纯洁的生命。

每一页,每一行,都让我心里滴血。

三年了。从他敲开我家房门的那个傍晚算起,我们已经认识了三年。那个闪耀着普希金的诗句和涅瓦河星光的傍晚,距今,已经过去了一千多个日日夜夜。可他,从没有给我讲过和这个故事有关的只言片语,哪怕是半个字。可是,他和她,和安,认识了不到三个月,就把自己和盘托出,把自己血淋淋的往事,如同献祭一般,托付给了她……

我心痛如割。

我想恨他。可我,恨不起来。于是,我恨安。

我不信安毫无察觉。我不信她读不出我的隐秘心事。聪明如她,敏感如她,历练如她,不可能看不穿我的那一点可怜的痴情,但,她却如此无视,如此傲慢,对着我的眼睛,坦然说出"亲妹妹"这样的字眼。

我为什么要替她保存这个?为什么要替她扛起这危险?我想把它还给她。可是,可是,我舍不得。我舍不得让那个可恶的家伙身陷险境。我知道安的母亲,那是一个时刻生活在恐惧之中、被吓破了胆的女人,一个抚育了四个孩子的寡母,一个认定了落在纸上的文字都有可能是罪证和祸端的被害狂,这笔记本一旦被她发现,付之一炬葬身火海是必然的结局,或者有更极端的行动,出首揭发以求自保也并非完全不可能。安一定是慌不择路了,否则,她怎么可能把这样一个秘密交到我的手里?

但我把它藏到哪里好呢?

二十世纪六七十年代,在我们的城市,家家户户,都没有宽裕的住房。当然,特权者除外。而我的朋友们,我生活的圈子里,人人都是平民之家。像我们家、安的家,拥有一套老式的两居单元房，配一厨一卫，已经是不错的家居环境了。我和我的妹妹，共用一个不大的房间，而我们的卧房，同时还是我们家的餐厅。我们俩，共用一个衣柜，一个书架，一个书桌。书桌其实是一张折叠餐桌，没有可以藏匿秘密的抽屉。整个房间，没有可以让一个秘密容身的角落。何况，我的爸爸，也是一个谨小慎微的家长，自从彭来到我们家的那天开始，他就总是忧心忡忡，担心他把我引入"歧途"。有几次，我发现他在偷偷地检查我的书架，被我察觉后，他很尴尬。

想来想去，它只有一个去处：我的书包。我只有把它带在身边，白天，太阳升起来，我背着它，我们一起出门，晚上，太阳落山了，再一起回家。

我不能让它离开我的视线。

我以为，这是最安全的办法。

但是，我错了。我犯下了此生最大的一个错误。

当我意识到是抢劫的时候，哐当一声，人已经倒在了地上，我的书包，不知怎么已经在了他的手里。

加班。一个人骑车走夜路。那天，本来要干到深夜，我的师傅照顾我，让我先走了一步。师傅是好心，但是，原来，好心也可以杀人。

这个城市，是夜城。黑暗之城。没有一盏路灯亮着。所有的路灯，都瞎了。

我在下，他在上。一张白脸，居然，冲我一笑，掉头而去。

我来不及站起来，一下子，扑上去，拽住了他的自行车后座。我听到了一声撕心裂肺的尖叫，我不知道那就是我自己的声音：

"还给我！还给我——"

一只脚朝着我的胸口，狠狠一踹，就像一匹暴烈的马，朝后猛地一尥蹶子。我被重新踹倒在了地上。

我不知道自己哪里来的勇气。忘记了恐惧，忘记了害怕，忘记了一切，世界，我的世界只剩下了一件事，那就是，保住它，保住属于他的秘密。我又一次扑上去，拼命地，拽住了他的自行车后座，我说：

"包你可以拿走，它是一只真正的'军挎'，我知道你要的是军挎，但我跟你交换一样东西，我用自行车、手表，和你交换一样东西，算我求你——"

我发着抖，语无伦次，可我就是死死地，拽着他的车，不松手。

他用脚支着地，回头看我。大概，他从来也没遇到过这样的状况，这让他好奇。

"你要和我交换什么？"他偏着脑袋这么问。

"一个笔记本，"我回答，"就在书包里。"

"笔记本？"他笑了，"你拿自行车、手表，就和我换一个笔记本？"

"对。"我回答，"我的手表是新的，全钢的上海表，我的自行车是大链盒凤凰，我的军挎也是真的，你可以把它们都拿去，只把笔记本留给我，要不，我绝不，绝不撒手，除非你拿刀把我的手剁了——！"

他从车上下来了，看着我，说：

"我可以和你交换，可以把你要的东西给你，"他笑笑，"可是我不要自行车，也不要手表，我要别的，你给吗？"

"你要什么？你说——"我觉得浑身冰冷。

"你，你自己。"他云淡风轻地回答，"交换吗？"

黑的水，漫上来，漫过了我的心口，漫过了我的口鼻，漫过了我的头顶，淹没了我，吞噬了我。我用力点头。说不出话。

"你真交换？"他诧异地问。

"成交——"我像跃出水面的鱼一样，吐出了这两个字。

然后，沉入漆黑如死的水底。

那条路，从前，是我最喜欢的一条路。路两边的行道树，是马缨花，也叫合欢树。我们城市，只有这一条路，是用夹道的合欢树来绿化。我尤其喜欢这条路的夏天，那是合欢花盛开的季节，粉红如絮的花朵，在清晨，灿若云霞；夜晚，则有一种说不出的忧伤之美。而阵阵清香，若隐若现，整条路，整条街，都被这使人魅惑的清香笼盖。只是，我从来也不知道，这条路，将夺去我的初夜。

就在树下，在一道墙根，我交出了我自己。我闭上眼睛，我不能看他的脸，我更不能看满天的星光，和月亮。我那么爱的月亮和星星，从此，我不敢再抬头看它们。它们见证过我的羞耻。还有我的树，我的合欢花，我的清香袭人的街道，我从此再也不能爱它们。它们见证了我最丑陋和难堪的时刻。见证了我心甘情愿俯首帖耳地被践踏。见证了我的清新的处子的血，怎样被玷污……他似乎也被我的血惊了一下，我听到他问：

"你是第一次？"

我没有回答。

我的第一次，我的初夜，我珍爱的身体，我头顶上的星空，我长满合欢树的故园，都被我拿来交换了。

我换回了它。换回了他的秘密。也许，还有他的安危。

从此，我再也不能仰望星空。一生一世。

结束后，他故意把笔记本扔到了我赤裸的下体上，说了一句：

"没见过你这么傻的人。"

那一夜，我把它，这封面上沾染了我初血的本子，藏在衣服里，紧紧抱在胸前，贴着我被弄脏的皮肤，挨着我原本如花蕾般清香的乳房。我抱着它，如同发疟疾一般，发着抖，一会儿被烈焰灼烧，一会儿沉入冰窟。它们俩，这高级的、羊皮面的本子，和我的身体，都脏了。如今，它们般配了。它们都让我厌恶和恨。可我也只有它了，我一无所有地抱着它，就像一头母狼抱着它刚刚出生的幼崽。对，就在这个耻辱的夜晚，我生了它。

第二天傍晚，安气急败坏敲开我家房门，问我讨要笔记本时，我告诉她，说，没了，被抢走了。

说完这句话，我嗓子里，涌上一股腥甜的血的味道。

我用我的血和命交换过来的东西，我怀着剧痛生下的幼崽，凭什么，要拱手给她？我凭什么要成全她呢？

至少，我要让她和我一样痛苦，我要让她疼痛。尽管，那疼，远不能和我的剧痛相比，可她必须疼。

哪怕，只有几天也好。

可我错了。我碰上了一个世界上最强劲的敌人。这个敌人，仅仅在被我拒绝的第二天清早，就选择了自杀身亡。

她好干脆利落。她好杀伐决断，她才不愿忍受折磨。她利落地杀了自己，然后，让我堕入人间地狱。

此生此世，我将负罪而行。

我既不能抬头看天，也不能低头看我自己，这么脏，这么坏，这么恶毒，这么罪孽深重。可还得活着。活着，忍受着，等待着，等待有一天，他回来，把那个夺去了安的生命、夺去了我做人的全部尊严和幸福的东西，一个我生出的怪胎，交给它的主人。

然后，听他鄙夷地骂一声：

"杀人犯！"

他的姑妈，我的教母，曾经给我起了"玛娜"这样一个奇怪的名字。我一直不知道它是什么意思。后来，我读《圣经》，在《旧约·出埃及记》里，看到了有关"玛娜"的解释，原来，那是神赐予摩西族人的"灵粮"，在他们行走在没有人迹的旷野中，没有吃食时所显现的"神迹"：

"早晨，在营地的四周有露水，露水上升之后，不料，野地上面有如白霜的小圆物。以色列人看见，不知道是什么，就彼此对问说：'这是什么呢？'摩西对他们说：'这就是耶和华给你们吃的食物。'"

摩西告诉他的族人，按照耶和华的吩咐，这食物，每人要按照自己的饭量，按照各个帐篷里的人数，各拿一俄梅珥。并且，不许留到第二天早晨。有人不听，把多余的留了下来。结果，到早晨，那留下来的食物全都发臭、生虫。神以这种方式警示了那些贪心的人。

《圣经》上这样说：

"这食物，以色列家叫吗哪，样子像芫荽子，颜色是白的，滋味如同掺蜜的薄饼。摩西说：'耶和华所吩咐的是这样：要将一满俄梅珥吗哪留到世世代代，使后人可以看见我当日将你们领出埃及地，在旷野所给你们吃的食物。'"

……

原来,我,玛娜,是一种救命的恩物,是神的奇迹。是施与和舍。

我舍过。我舍出过我自己,在最凶险的时刻。

可我留下了不该留下的。

第二章

CHARPTER 2

一

素心永远不会忘记那个早晨，那个微醺之后的早晨。她起床，打开房门，去厨房准备早餐，却看见三美坐在客厅里，身旁，是她随身带来的行李箱。素心一愣，还没醒过神来，只见三美把手里的东西一举，说：

"你对我说句实话，"她声音有些嘶哑，"这，只是一篇小说，虚构的小说，还是……真的？"

她举着的，是那本译著，银蓝色的封面，沉静、忧郁而美，像中国北方的天空。素心仿佛听到了从那里传来的一个声音，声音说："该来的，终究会来——"她的心沉下去，沉下去，而她的身体，则似乎是一个无尽的深渊。

"你读了？"许久，她努力说出这几个飘忽的字。

三美点点头。

她没有回答，没有解释，却转身回到了自己的房间里。几分钟后，她走出来，手里捧着一样东西。她把那东西轻轻放在了三美面前的茶几上。隔了那么久远，三美还是一眼就认出了它，黑色的封面，一无修饰，就像它的旧主人：尽管当年她只是远远地一瞥。

三美的眼睛里，慢慢涌满泪水。

它啊。

她看不清它。它有太多太多可怕的秘密。这罪恶的它。这死而复生的恶灵。

她拉起自己的行李箱,朝门口走去。

素心没有阻拦。

她走到门口,停了一下,不回头,说了一句,她说:

"素心,你说得不错,你欠安娜一条命!"

说完,她开门,走出去。她知道,她又丢失了一样珍贵的东西,她在这世界上最好的朋友。

哐当一声之后,她没有看见,素心,她曾经的挚友、知己,颓然跌坐在了地上。

当晚,三美就坐上了夜行的列车,去往北京,那个悲情城市。原本,她回来是为了疗伤,结果,所谓故园,更是伤心之地。

没有买到卧铺票,只有硬座。她坐在拥挤的夜行列车上,一眼不眨地望着黑漆漆的窗外。望着看不见的群山、河流、庄稼地和原野。偶尔有灯火一闪,像黑夜的伤口。她告诉自己,走吧,走吧,走吧。这一切,太疼痛了。

她上了一个托福的培训班,然后,参加了托福的考试,成绩不错。可是她的年龄毕竟大了些,申请合适的学校、一切从头开始自然不那么容易。考虑许久,她选了有关"音乐教育""音乐史"之类的专业——她还是放不下她热爱的事情。一年后,她去了美国中西部一座不那么有名的大学,修"音乐教育"的硕士学位。

人人都觉得她发了疯。这么大年龄了,瞎折腾。

剧团也挽留她,说,不能在一线做演员,但是可以改行做行政管理,或者,送她去进修,学导演。

她婉谢。

姐姐子美来为她送行。子美当年在东北读了大学,毕业后,分在了沈阳一家国企上班,在那里,结婚,生子。子美赶来送行,一肚子的怨气,说:

"从前,咱们姐妹仨,就数我最'作',现在,轮到你了,凌家没个'作'的人,看来是过不去,轮着来!"

三美最怕见的人,其实,就是姐姐。一看到她,就想起太多太多的往事,想起姐姐趴在安娜的身上,用拳头狠狠地捶打她没了知觉的身体,一下一下,神鬼心惊,嘴里喊叫着:"你起来,你起来!你起来!你个坏东西——"还记得她豁出命一般死死拽着那尸车,哭、喊、满嘴的鲜血,不许人把她最好的朋友推进那熊熊烈焰之中……她不敢和姐姐的眼睛对视,似乎,怕姐姐从她的眼睛里看出什么端倪,好像,她亏欠了姐姐一般。她心里有鬼。

临行前一夜,姐妹俩,头挨头,挤在一张不宽的床上。那原本是剧院分给三美的宿舍,旧式的单元房,小小的一套,卧室、厨房、卫生间,以及,窄窄的过道,倒也五脏俱全。后来恰逢"房改",三美就用积蓄把这房买了下来。现在,她把房屋的钥匙和房产证之类的东西,都交给了姐姐,说:"留给你吧,我用不着了。"

"你拿了学位不准备回来了?你总得给自己留后路啊!"姐姐说。

"我不要后路,"她回答,"我学项羽。"

"别把话说那么死,前路未卜,一切皆有可能。"姐姐说,

"我先替你保管吧，等你回来，我完璧归赵。"

"小酒窝将来上大学，要是能分到北京工作，这房子就给她了。"三美回答。小酒窝是姐姐的独生女儿，也是凌家目前唯一的第三代。一向，三美很爱她。

"想什么呢？酒窝才八岁！"子美笑了，"还是留给你未来的孩子吧！"

"我不要孩子，"三美断然回答，"不管我将来是独身还是成家，我绝不会要孩子！"

"为什么？"子美非常诧异，"这可不像你，你看你多喜欢酒窝啊！"

"人太坏，"三美轻轻叹口气，"不想让这世界上再多一个坏人，这是我能为这世界做的唯一一点好事。"

子美沉默了。

"谁知道酒窝将来会变成什么样的人？想想就害怕。人是战胜不了人性中的恶的，一辈子太长，它终究会在某一个地方某一个角落等着擒获你，让你一生成为它的奴隶：这就是人类的共同命运。这就是人类大同。"三美眼望着惨白色的房顶，这么说。

"三美，"子美怜惜地、伤感地握住了妹妹的一只手，"这么些年了，该放下了，原本导演他也没有错啊，他从来也没有给过你承诺，自然谈不上背叛，对不对？是你，太痴情，你居然为了他，丢弃一切，这么大年龄，漂洋过海，去'洋插队'，何苦——？"

"我不是因为他，"三美打断了姐姐，"我是因为，这里，没有一处地方，能让我不伤心……"

夜深了。窗外划过一道闪电，然后是隆隆的雷声。

"下雨了。"子美说。

雨点砸下来，砸着玻璃窗，雨势渐渐变大。姐妹俩，沉默了，沉默着听雨。大雨冲刷着京城郁积了多日的闷热，以及，这小小房间里明明暗暗的重重心事。许久，子美说道：

"这么大的雨，明天早晨的航班，不会有问题吧？"

"姐，是今天了，"三美说，"过了零点了。"

"那，现在已经是八月二十五号了，"子美顿了一顿，说，"八月二十五号，就是今天，是——安娜的生日……"

三美吃了一惊。她不知道这个。

"三美，还记得安娜吧？"子美问。

黑暗中，三美点点头，说不出话。一道闪电划过，随后就是一声炸雷，天被炸开了，地动山摇。

"你别笑话我啊，"子美笑笑，"每年清明，还有她的生辰、忌日，我都会给她烧点纸钱。我不信这些，只是，心里就是过不去。平时忙乱不堪，顾不上想啊，伤感啊，可是一到这些日子，心里就难过，排解不了，只能做些这种没用的事……"

"姐——"三美不知道该说什么。

"你说她傻不傻？冰河刚刚化开，她就敢跳下河去救一只小猪仔，东北的冰河，那真是刺骨的冷啊！坐下了治不好的大病……还好，一命换一命，至少她救的是条生命，有人不是还因为捞一根集体的木材淹死的吗？那就是我们的青春啊。"子美又淡然地笑笑，"我太知道她，她怕拖累家里，偏偏她又恋爱了，她不想让自己陷进去，更不想让人家陷进去，只好先走一步……"她说不下去了。

姐姐，对不起，对不起，对不起！三美在心里说了无数个对不起。她不知道为什么要由自己来说这三个字，她替某个人道歉，似乎，是不能推卸的命运。这么多年，她从来没听姐姐提起过安娜,她以为,时间会医治好姐姐的伤痛。她也一直以为,姐姐不是一个特别深情的人,她早已不是那个为了奔赴边疆割破手指写血书的激情少女,日复一日,她早已被生活造就成了一个实用、自私、庸俗、欲望满心的妇女,除了孩子和丈夫,心里再也装不下别的东西。却不知,她竟把她的安娜,她少女时代的朋友,藏得这么深远和深邃。

  清晨,雨停了。被大雨洗过的天空,碧蓝干净。飞机轰鸣着冲上天空时,三美在心里默默地说:"再见了,凌三美!"她和自己告别,她不想带着那个过去的自己,飞往新世界。

二

周日的晚上,素心又来到了"1854"。她来听白瑞德唱歌。半年多来,这几乎成了她的固定日程。

是从三美弃她而去的那一天开始的。

那天晚上,她来到了酒吧,要了一杯黑啤酒。整整一天,她没有吃东西。她不饿,一点想不起来吃饭这回事。清凉的黑啤酒入口,她感到了口渴,于是,她就把酒当水喝。

要了一杯又一杯。

白瑞德在唱歌。弹着吉他。唱的是什么,她不知道。她对这些民谣、蓝调什么的都不熟悉,几乎一无所知。但是为什么每一首都这么忧伤呢?人类是有多少的伤心事啊,说不出口,只能吟唱。幸亏可以唱,否则,就只能喝酒了。她飘飘忽忽地这么想。

Love, love, where can you be?
Are you out there looking for me?

这是个耳熟的旋律啊。刚这么一闪念,心猛地一痛。是,这是她,凌三美喜欢的歌。仅仅二十四小时前,她们俩,面对面,坐在这里,她对她说:"这首歌叫《心跳加速》,是我特别喜欢的一首歌。"心跳加速，不错，她现在的心就像狂奔的脚一样在她胸腔里踩踏、踩踏。她放下酒杯，垂下头，用双手捂住了耳朵。放过我吧，放过我吧。她祈求。忽然她意识到这是撒娇，姚素心你在跟谁撒娇？上帝吗？命运吗？她松开手，抬起头，坐直了身子。你必须听，把每一句、每一个字都听清楚。她这样警告自己。

从前，如果说，每一天都是自我惩罚的话，从今往后，就不一样了。从今往后，这个世界上，有一双眼睛，如同天眼，时时刻刻，不分昼夜，在提醒着她，警示着她，监督着她，不许她有一分一秒，忘记她自己的罪，忘记她手上的血。她曾经最好的朋友，最亲的姐妹，如今，做了她的审判者。她无比清楚地告诉自己：

"你欠安娜一条命！"

她端起酒杯，才发现啤酒杯又空了。她叫了服务员，说：

"给我一杯烈的吧。"

一杯不加冰的威士忌。她一口，就倒进了嘴里。

一只手按住了她的杯子。

她抬头，看见那个歌者站在了她面前。他神情困惑又严肃，说：

"姚，喝太猛了。"他坐到她对面，望着她，"出什么事了吗？"

她笑了。说："你这口气，真像我妈，我妈一天到晚就爱问这一句话，烦人！"酒精使她的脸奇怪地变得惨白，"难道只有出事才能喝酒吗？快乐也可以让人痛饮啊！'人生得意须尽欢，莫使金樽空对月'，李白早就告诉我们了呀！"

"你快乐吗？"他严肃地问。

"我当然快乐，"她回答，"这个世界上，不是只有坏人最快乐吗？我没有理由不快乐呀！谁那么傻啊？做一个不快乐的坏人，那是多悲惨的事！"她笑了，招招手："服务员！服务员！一样的，再来一杯！"

服务员闻声而来，把一杯威士忌放到她面前。白瑞德没有再阻拦，他要了同样的一大杯，举起来，说："好吧，那就让我们醉一场，为了快乐！"

"叮——"一声，他们的杯子碰在了一起，素心努力睁大了眼睛，身子摇晃着，说："你为什么快乐？你也是个坏人啊？"

"不，"他回答，"我是个做过一些坏事的好人。"

"真幸福啊！"她这么说，又一口，饮干了酒杯，一口腥甜的东西突然从嘴里喷出，然后，她就什么都不知道了。

醒来时，已是第二天凌晨，她躺在床上，吊着瓶子，扎着液体。她环顾，不知身在何处，也不知发生了什么。只见床边凳子上，坐着一个打盹的人，金发白肤，脚边还立着吉他盒。她一惊，想起身，惊动了他，他睁开眼睛，两双受惊的眼睛碰到了一起，她问：

"这是哪儿？我怎么了？你怎么在这儿？"

"你喝多了，"他回答，"吐血了，我打了120。"

他简洁地解释，没有废话。一个人喝酒喝到吐血，要么是酒精中毒的酒鬼，要么，就是有大伤心。她显然不是前者，那么，就只有一种可能了。

记忆一点一点浮现："1854"、他的歌唱、啤酒和威士忌、狂饮、以及，他们的酒杯最后碰在一起的声响……她一下子捂住了脸。但是，只有片刻，她就把手放开了，她望着他，说：

"我忘了。你是在酒吧里唱歌的，喝醉的人，形形色色，千奇百怪,你见过的一定太多了,曾经沧海难为水,我不会惊着你的,对吧?"

他听她这么说,笑了。他怎么也没有想到她会这样化解尴尬。他回答说:

"是,你没有惊着我,也没有吓着我,你不必为此道歉,但是,"他指指自己的上衣,"喝醉的人,把血喷溅到了我衣服上,在下还是第一次遇到,所以,还是小小地惶恐了一下。"

那是一件银灰色的衬衫,很干净很柔和的灰色,上面,斑斑点点的血渍,污染了那洁净。她盯着那些血痕,那些不再鲜艳不再热烈的红,凋零的红,那些死亡的血,一时语塞,她被自己的血惊住了。

"哦,"白瑞德急忙解释道,"医生说了,这只是胃黏膜出血,很常见,没关系。你输完这瓶液体就可以出院了。"

她回过神来,笑笑,说:

"抱歉弄脏了你的衣服,血是洗不掉了,我赔你一件好了。"

他刚要说,没关系,只听她又说道:

"你的衣服不是名牌吧?名牌我可赔不起啊!"

"谁说不是名牌?爱马仕!"他笑着回答,"秀水东街买的。"

他们俩都笑了。而真正的心痛,却正是在这时候涌上他的心头。她多么会掩饰啊,他想。他还想,这个国度里的人,活得多么神秘。

下一个周日,素心踩着点来到了"1854"。她坐下,点了喝的,刚好是他登台开唱的时间。这回,她没有点酒,老老实实点了一壶热的柚子茶,要了两个杯子。她听他唱。好听。虽然听不懂。她坐在不显眼的角落里,但她知道他能感觉到她的到来。她觉得他是在唱给她一个人听。酒吧里一片嘈杂,没有几个人关心音乐和歌者。他弹着吉他,边弹边唱,如同一个游吟诗人行走在沙漠。他唱给天空听,唱给大地听,唱给某种精魂听。她觉得自己有些感动,她想,他是有多么寂寞,多么孤独,才会来人群中这样唱歌呢?

果然,五首歌后,他拎着吉他盒来到了她的台前。坐下。她微笑着,给他倒了一杯柚子茶,说:"润润嗓子吧。"

他端起来,一饮而尽。

"你这个时间喝茶,不怕睡不着吗?"他问。

"睡不着,正好可以工作,"她回答,"你忘了,我可是个业余作家,我只能用业余时间写东西。"

"你们woman,不是都很讲究睡美容觉吗?"他问道,"睡觉太晚,是会长皱纹的,容易衰老。"

"那是美女们应该关心的事,"素心回答,"和我无关。"

他看着她,不说话。

"中国有句俗语,英雄末路,美人迟暮,这都是令人感怀的悲凉处境,"她对他说,"但是像我这样的一张脸,多一条皱纹和少一条皱纹,有本质的区别吗?"

"当然有,"白瑞德毫不迟疑地回答,"那是青春之殇啊!青春对任何人,都是珍贵的。"

"脸上没有皱纹,就留得住青春啊?"她又笑了,"只有死于青春,才能留住它。"

"姚,"他叫了一声,说,"你很特别。"

她在心里冷笑。特别?从前,年轻时,多么希望在别人眼里，自己是特别的，与众不同的。那时不知道，其实，所有的青春都是相似的，只有罪恶，才能使一个人脱颖而出。如今，她是多么希望自己不"特别"啊。

"我说得不对？"他看出了她脸上微妙的表情。

她笑笑，不置可否。低头从她的大手袋里，掏出一样东西。

"送你的，"她说，"不是什么名牌，也不是出自秀水街，我选了衣料，请一个熟悉的我喜欢的裁缝做的，你回去试试，不合适的话，可以让他改。"她把包装得整整齐齐的一个纸包推到了他脸前。

那是一张深灰色的包装纸，一无装饰。他打开，里面，是一件银蓝色的衬衫，面料是重磅的桑蚕丝，丝绸微妙的幽光，使那银蓝色看上去有一种幽深的寂静和神秘。扣子则是贝壳的质地，那种珠贝的微光，闪烁着，如同某种生命的呼吸。他低头看了许久，他知道这是一件不能拒绝的礼物。

太用心了。

他抬起头，说："这是我来到中国后，收到的最贵重的礼物。"

"没多贵重，"她微笑着回答，"没花多少钱。"

"不是钱。"他说。

她知道他说什么。

"白瑞德，"她望着他的眼睛，"你知道吗？那天，对我来说，是非常糟糕的一天，我真是有点撑不住了。我知道你在这儿唱歌，我来了，潜意识里大概是来求救。我来对地方了，谢谢你。"她诚恳地说。

"我没做什么，"白瑞德轻轻回答，"但是，我很高兴，那天，你来了。"

从那天起，姚素心就变成了"1854"的常客。每个周日，她都会来这里，吃晚餐，听他唱歌，然后，他们俩，一起喝杯啤酒或者鸡尾酒。她办了一张会员卡，周日的晚上，会有人给她预先留座。他经常唱的那几首歌，渐渐地，她也听熟了那旋律，知道了它们的名字：《村路带我回家》《加利福尼亚梦想》《玫瑰玫瑰我爱你》，等等。只不过，那首《心跳加速》，她再也没有听他唱过。

然后，他送她回家。他推着自行车，他们沿着河岸慢慢散步。在她家小区门前分手。她从不邀请他上楼，他也不提非分的要求。他们就像一对姐弟，亲密而坦荡，没有杂念和私心。只是，他不知道，她其实是恐惧的，她害怕，害怕这情义催生出别的东西。

中秋节到了。这一晚，和平时一样，他们小酌一杯后回家。皓月当空。他们踏着好月色，走在一条河流的边上。被污染的河流，几乎流不动的老河，在月光下，竟然也有着点点波光。他比往常要沉默，该分手时，他抬头看看明月，说：

"在中国，这是一个团圆的节日。"

她说："是。"

"今天，能邀请我上楼吗？"他说，"今晚，我不想一个人待着。"

来了，她想。该来的，终究会来。她早就应该知道这个。她静静望着他，郑重地说："白瑞德，我可以邀请你到我家坐坐吗？今天是中秋节。"

"非常愿意。"他回答。他们都笑了。

她开了一瓶红酒，拿出两个酒杯，给它们斟上。她说："中秋节，该吃月饼的。可我家就我自己，我没买月饼，也没人送我月饼。抱歉了。"

他笑笑,不说话。

她满屋子找,想找点水果,却什么也没找着。她自己已经忘了,有多久没买过水果了。她忽然觉得一阵悲凉。

"怎么款待你啊,什么都没有,"她努力让自己平静,"这样吧,我来烙张饼吧,应个景。"

她跑去厨房,和面。还好,面粉总是有的,还有油。打开冰箱,拿出两个鸡蛋,磕开,打在面粉里。她又打开一个橱柜,那里,是母亲储存调味品的地方。她翻找着,找出了红糖、芝麻,还有,干玫瑰花瓣。好,齐了。她炒芝麻,洗花瓣,把它们和红糖以及少许面粉搅和起来,做馅料,包在饼里。然后,开煤气,支饼铛,倒油,不一会儿,屋子里就弥漫起糖饼的香气。

做饭、烹饪,她家学渊源。

他在她身后,默默看着,看她像变魔术一样,变出了美食。此刻,她看上去那么笃定,有条不紊,胸有成竹。恍惚间,他觉得这场景很熟悉:那是……母亲的背影。他鼻子一酸,几乎落泪。

"糖饼一张,权作月饼吧。"她端着盘子走来,糖饼一切四瓣,玫瑰和红糖芝麻融合在一起的特殊香味,热烈地,扑鼻而来,"你尝尝看,好吃不?"她把盘子举到了他脸前。

"一定好吃。"他掩饰地笑笑。

他提议坐在阳台上。她犹豫一下,同意了。那是和客厅相连的阳台,被装修成了一间玻璃阳光房。他坐在一张藤编的秋千椅上,喝酒,吃饼,看月亮。她则坐他对面,背对着月光。一张饼,被他一个人吃掉了四分之三,象征性地,给女主人留了一瓣。但是那一瓣,最终,还是被客人吃掉了,因为她说,她不爱吃甜食。

他一边吃饼一边说:"这么好吃的美味,不喜欢吃,愧对人生啊。"

她笑了。

"你笑什么?"

她回答:"我的人生,破烂不堪,区区一块糖饼,不吃也罢。"

轮到他笑了,他说:"活到现在的年纪,难道,还有谁的人生,完整如新吗?"他望着她,望得很深:"真要是完整如新,那不是白活了吗?"

他的眼睛,闪烁着月光,如同波光粼粼的湖泊,柔美,宁静。那里面,是另一种人生,岁月静好的人生。有她期冀、渴望的一切,却与她相隔万里。她鼻子一酸,笑笑,一口喝干了杯中的葡萄酒。他劈手夺过她的杯子,说道:

"你又想吓死我啊!"

然后,他跳下秋千椅,一把把她揽在怀里,出其不意地,亲了她。

她如同被电击。

她抱住了他。抱住了这个年轻美好的身体。桦树般清香的身体,泪流满面。

他捧起她的脸,亲她的眼睛,亲另一只眼睛。亲她的泪水。他的嘴唇,不可阻挡地,滑下来,吻住了她的唇。她被吞没了。化成了水。

如同黑海中剧烈颠簸的时候,她丧失了意识。

清醒过来时,她发现自己躺在地板上。她看见了他的脸。他的眼睛。以及,那里面的星月之光。她一把捂住了自己的眼睛,哭了。

多年前,很多年前,在那个羞耻的夜晚之后,她无数次发誓,此生,她不会再允许任何人,进入她残破而黑暗的身体,她对它说:从今往后,只有我和你,相依为命,惺惺相惜了。我们彼此拥有,互不嫌弃,是我对你的忠贞,也是你对我的。可是,她没想到,她的身体,是如此不安分,如此渴望着被攻陷、践踏、摧毁,渴望缠绵和亲吻。那个肉身,是这样贪心和饥渴,这样没有廉耻。它背弃了她。而且,这背叛来得是这样轻易,一个亲吻,就让它沦陷……

好吧,那就一起背叛吧。她和它,总有一个,要屈服对方。而屈服,竟是这样……美好。

他扳开她捂住眼睛的手,说:"看我。"

她不看。闭上了眼。

"看我。"

"不。"她回答。

"为什么?"

"我怕看见你眼睛里的我。"她回答。

"那又怎样?"

"很无耻。"她说,"原来她是个荡妇。"

他笑了。他喜欢这样东方式的回答。纯洁的荡妇。这是男人的理想。他说:"那,我是不是需要把我的眼睛弄瞎,就像《春琴抄》里的那个男主人公一样?我发誓,我听你的,只要你一句话,我愿意。"

她猛地睁开了眼睛,望着他,认真地,对他说:"永远不要说这样的话,永远不要发誓,哪怕是开玩笑。"

"或许，"他俯身望着她，"我说的是真的？"

她伸手捂住了他的嘴："那就更不能说了。"她回答，一阵深沉的悲凉。不，她不要海誓山盟，无论真假，她都不要。她要不起。

他们就这样在一起了。

在学校里，彼此相安无事，守着他们的秘密。属于他们的时间，是周六和周日。她去"1854"听他唱歌，然后，一起回家。素心的父母，羁留在上海，帮意外带孩子。意外顺利诞下一个男婴，他们的外孙，姚家的第三代。父亲欣喜若狂，爱如珍宝。北方这个空荡荡的家，就成了他们的周末密巢。她为他做宵夜，做第二天的早餐和午饭，精心地、快乐地施展着她从母亲那里继承下来的厨艺。宵夜她常做的是酒酿桂花圆子，或者，一碗鸡汤小馄饨之类。酒酿是她自己用糯米和红曲酿制，鸡汤则是她精心熬煮、滤去沉渣之后的清汤。第二天的早饭，她会煮各种粥品，小米南瓜粥、红豆粥、八宝粥、皮蛋瘦肉粥、鱼片粥，等等，不重样。配粥的小菜，样样精致。午饭和晚饭，她会烧一样大菜，比如，荷叶鸡、红烧肉、清蒸鱼、糖醋小排之类，再配两样下饭的时蔬。有时她会煲广式靓汤，有时则做北方的面食，或是饺子，或是韭菜鸡蛋盒子，或者，是本地特有的剔尖、刀削面。当然，偶尔也会煎块牛排或者鳕鱼，调制各种西餐酱汁，安慰一下他的美国胃。她发现，她热爱烹调。她也有天赋。她在厨房里愉快地忙活，想，原来，我是一个热爱生活的人。

周日，晚餐后，他们一起骑自行车去"1854"。他唱歌，她听。然后，有节制地，喝一杯啤酒，或者，调制的鸡尾酒。接下来，就该分手了。他总是依依不舍，说："又要做一个星期的陌路人了。"她安慰他，说："一个星期，很快就过去了，眨眼的事。"他望着她,认真地说:"那是因为,你不像我爱你一样那么爱我,我觉得,一日长于百年。"

"夸张。"她回答。

那是他们的习惯吧?这么轻易,就说出了"爱"这个字眼。她却说不出口。这一生,她没有对任何人,说出过这个重如千钧的字。但她感到某种隐忧。他认真。这让她隐隐害怕。

他总说,他不知道自己身上,究竟是有六十四分之一还是一百二十八分之一的中国血统。但是看他的脸,你一点也不会看出丝毫端倪了,不会看出那遥远的故事或者传说。但这位高祖,对他的影响,却是巨大的。所以,他去台北学中文,所以,他踏上了祖先留过足迹的遥远而神秘的土地。他是一个喜欢远方的人,喜欢冒险和传奇的人,他不喜欢一眼可以看到终点的人生,不喜欢那种中产阶级的平庸生活,所以,即使在大学里担任外籍讲师,他也会选择在周末的酒吧里唱歌。他这些年,几乎游历过了半个世界,也涉猎过许多的职业,可骨子里,他仍是一个单纯的人。

这是他和她,最大的区别。

从四五岁来到这个城市,几十年,素心再也没有离开过。她在这个地方,读小学,念中学,在工厂做工人,后来上大学,毕业后,留校任教,所有重要的事情,所有的经历,都发生在这个小小的城阙。她去过的地方,十分有限,至今,她还从未跨出过国门一步。但是,她知道,她一个人,在这方寸之间的经历,却远比他复杂、浑浊、血污、晦涩。

他说:"姚,什么时候,我们能一起去旅行?"

她回答:"不知道。"

他们并排躺在床上,依偎着。她抚摸着他胸口上的文身。那文身的图案，没有戾气，很平和。是一棵苹果树，枝繁叶茂，上面，结着小小的红苹果。她数过，那苹果，一共有十二个。他告诉她，他每到一个国家或者地区，就会找一家文身店，文一个苹果在那树上。

"可是在这里，在中国大陆，我还没有找到一个文身店。"他遗憾地说。

九十年代初期，中国大陆，至少，在素心的城市，还真没有这样一个文身的地方。她安慰他，说：

"你反正不会在一个地方，待很长久的，等你到了一个新地方，再补吧，"她说，"那样你就可以同时文两个，避开十三了，不是更好？"

"这里，是我停留过的第十三个地方，命运既然这样安排了，我接受，"他回答，"何况，我在这里，遇到了你，如果，你不能跟我走，我就哪里也不去了。"他笑笑，"真要再找不到文身店的话，我就自己动手，文一个最大最红的苹果在上面。或者，我自己开一个文身店，你觉得呢？"

他经历的一切，原来，都文在了身上。多么明了的人生。素心笑了。

"你笑什么？"他回头看她，"笑我幼稚？还是，你对文身不以为然？"

"不，我是羡慕你。"她回答。

她真是羡慕他。一切，都可以晒在阳光下。她想说，她也有文身，只不过，是刀刻的，横砍竖剁，文在心里，文在五脏六腑之上，没人看得见。她也害怕别人看见。那可不是什么好看的图案。

这种时候，她就觉得，她比他，不是只大了四岁，而是，大了一生。大了一个太平洋。

她并不把他的话,当真。比如:"你不跟我走,我就哪里也不去了。"这样的话,她想,或许,他跟不止一个"苹果"说过吧?可他最终还是朝着一个新苹果而去。这让她觉得,他们在一起的每一天,都有可能,是最后一天。他终将离去。这块两山之间的小小盆地,不会是他的归宿,不会羁绊住他的脚和心。这样想,让她感到,他们在一起的每一天,都更珍贵,更缠绵,更放纵和醉生梦死,她把它们当作,末日的欢乐。

她送他的那件衬衫,她从没见他穿过。有一天,她问起他,是不是衣服不合适?他则回答说:"不,很合适。我是要在一个最重要的日子穿它。"

她不知道对他而言,什么是"最重要的日子"。

也许,是道别的时刻。

冬天到了。素心的城市,寒冷而干旱。西伯利亚的寒流,带来的,不是雪而是一场接一场的大风。许多个夜晚,西北风呼啸,如狼群哀号。白天,大风卷起沙尘,城市一片混沌和昏暗。她想,在这样的地方,他坚持不了多久。这就像末日的景象,而他,则是需要阳光和大海、温暖和湿润的南方的生物。

圣诞节到了。这个城市,刚刚接受了这个来自远方的节日,有了一点微弱的节日气氛。一些大商店和时尚的酒吧之类的场所,装饰起了圣诞树。一些不是教徒的年轻人,在平安夜,会携着女友去教堂围观圣诞弥撒。这天,十二月二十四日,不是周六,白瑞德不需要去"1854"唱歌,素心决定做一顿圣诞大餐,来陪他一起过节。

傍晚,街灯亮起来时,久旱无雪的城市,竟然飘起了雪花。

没有火鸡。素心就选择了一只肉质肥嫩的三黄鸡,她提前一天腌制了它,用了各种她喜欢的中国调味品,也用了一些西餐的香料。中西混搭,这是她的创造。她在鸡身上刷了蜂蜜,放入烤箱。她分两次来烘烤它,中间,还要取出托盘再刷一道蜜。这样烤出的鸡将金黄明亮,香气四溢。

他踏雪而来。带来一瓶酒和鲜花。

脱下臃肿的羽绒服,里面,竟然是一件西装,深灰色,衬出了贴身那件银蓝色的真丝衬衫。她从没见他穿过西装,也从没有见过他如此郑重其事的装扮。看上去,他就像一个新鲜的陌生人。她望着他,说:

"有点不认识你了。"

她替他理理衬衫的领子,又说:"你说的重要的日子,原来就是平安夜啊!"

他笑笑。

他插花,她做饭。主菜是烤鸡,前菜则有:水果沙拉、银芽蛋皮拌粉丝、熏鱼、四鲜烤麸。一道汤,是奶油蘑菇浓汤,主食则是扬州炒饭。中西混搭的一道圣诞晚餐,摆上桌,再配上刚刚插瓶的红玫瑰,鲜明如画。

酒早已开瓶,醒着。这是他传授给她的知识。她不懂红酒。在她的记忆中,最好喝的葡萄酒就是本地出产的"清徐红葡萄酒",能和它媲美的,则是这个厂出产的另一种果酒:"青梅酒"。那记忆,不是停留在味蕾上,而是流淌在血液里。那是她,她们的青春记忆……不能想。她告诫自己。姚素心你早已没有资格回忆。

对面那个人,很熟练地,斟酒、晃杯、闻、品。他的神情,比往日,多了几分庄重和沉默。她望着他,想,看来,他不仅仅是为了节日,才穿那件衬衫的。他有话说。说什么呢?也许,他的开场白是这样:"你愿意跟我走吗?"她自然不可能跟他走,于是,一切,顺理成章。

她在心里笑笑。

该来的,来吧。她想。

他们碰杯。喝得很节制。前菜吃过了,他没说那句话。汤喝过了,他还没说。"叮"一声,烤箱的定时器响了,她去厨房,把香气四溢的烤鸡,捧上来,边走边说:"主角登场——"他惊呼一声,说:"太美了!"

她用餐刀分割,将一只鸡腿分给他,自己则切了一只翅膀。他迫不及待地咬了一口,说:"这是我吃过的最美味的烤鸡!"她笑笑,回答说:"我姑且信之。"他从餐盘上抬起头,说:"你不信我说的是实话?"她答道:

"信。我只是,想起了从前的一个朋友。"

"这个朋友,他也说过,你的烤鸡是他吃过的最好吃的烤鸡?"

"不,他从来没吃过我做的饭,那时候,我还不会做饭呢。"她又笑笑,"他说的是我母亲。他总说,我母亲做的饭,是他吃过的最好吃的。"

"不对吗?"

"对,没什么不对,"她回答,"只是,后来我知道了,他在别人的餐桌上,也会对别人的母亲,说同样的话。"

他望着她,说:"我想,以你的智慧,是不难分辨什么是真心实意,什么是礼貌和礼节吧?"

"那时候,太年轻了,还真分辨不了。"她回答。

"那,现在呢?"他笑着问。

"现在,"她望着他,说,"你觉得呢?"

他不笑了，放下了手里的筷子，说：

"姚，你想不想听我唱歌？我想给你一个人唱首歌。"他这么说，"我新写的。"

"哦？好啊！"她回答。

"用中文写的，"他说，"这是我第一次用中文写歌，写得不够好，都是大白话，你别嘲笑我。"

他起身，去沙发上拿起了吉他。走过来，坐下，转轴拨弦，清清嗓子，突然就开了口：

> 这个城市的夜晚，有点荒凉
> 这个城市的星月，不那么明亮
> 这个城市的河水，流淌不动
> 这个城市的春天，常常被沙尘埋葬
> 这个城市，没有我爱的风景
> 这个城市，陌生又满身沧桑
> 它每一条街巷每一个角落都藏着一句话
> 告诉我这里是遥远的异乡
> 可是，我爱这个地方
> 我这么说，你会相信吗？我秋天般的姐姐？我的月光？
> 我爱这个地方
> 就像，爱一个伤痕累累的自己
> 就像，爱一个残缺的希望
> 姐姐，我的姐姐
> 这是因为，你在这里
> 你在的地方，你呼吸的地方，你疼痛的地方
> 就是我，千里万里，寻找的

生死场

他唱完了。

每一句,每一个字,她都听见了,她都听进了耳朵里和心里。他给了她一个圣诞礼物,只是,这礼物太意外,也太沉重。她眼睛里变得雾蒙蒙的,对面的人,都看不清了。他放下吉他,从西装口袋里,掏出一样东西,他走过去,拉起她的左手,把那东西,套在了她的无名指上。那是一枚——戒指。

他单膝跪在了她面前:

"姚,嫁给我吧。"他说。

原来,原来,这才是他说的,最重要的日子,求婚的日子。

眼泪没有憋住,终于,滚落下来。

他伸手,拭去她的眼泪。一把,又一把。她透过泪水凝视那戒指:那是一枚老物件,一枚蓝色的宝石,不知是银还是金子镶嵌,样子古朴、沉稳、来历不凡。他说:"我离家时,我妈妈给了我这件东西,这是我家祖传的一枚戒指,她对我说,你可以四海为家,浪迹天涯,但是,不管你在哪里,不管什么时候,你只能把它,戴在一个你爱的,并且值得你爱的姑娘的手上,你告诉她,从戴上它的那一刻起,她就是我们这个古老家族的一个成员,一个孩子了。"

她听他说过,他们家,属于美国南方一个古老的家族,这个家族,并不富贵显赫,却历史悠久,从法国南部移民而来,曾经备受尊敬。她久久望着那个小小的宝石,它蓝如最深的深海,她珍惜地、留恋地抚摸它。他说:"指环里面,刻着我们家的姓氏。"她褪下来,凑着灯光,看到了镌刻在里面的字母:Smith。这几个貌不惊人的字母,组合起来,就是一声惊雷:一个绵延了数百年的家族,赫然地,在她面前,如山而立。

她把它,重新戴回手上,抬起头,泪眼迷蒙地望着他,笑了。

平安夜,他们缠绵。她激情四溢。那是癫狂般的欢愉,惨烈的欢愉。他说:"你今天,和平时有点儿不一样啊。"她回答:"以前,我是你的情人,今夜,我是你的妻子。未婚的妻子。"他动情地,抱紧了她,说:"你想要个什么样的婚礼?"她反问:"你呢?"

他忽然说起了家乡。说起乡村的小教堂,红砖和石头的一座建筑,朴素,安静。他说这座教堂,见证了他们家好多代人的婚礼。小时候,家里有人结婚,他给新人当花童,就是在这小教堂里。他在这里受洗。他们家的孩子,都在这里受洗。他们家人的葬礼,也大多在这里举行。多年前离家时,并不知道自己爱它。他离它越远,它在他心里的样子,就越清晰。后来,他甚至会在梦里看到它,他想,它藏得可真深啊,原来他是一直携带着它,浪迹四方。

"姚,"他说,"我现在最想要的,就是把你带到它面前。你愿意吗?"

她点点头。

他笑了。她给了他一个如此完美的平安夜。他睡得很沉。很香。到早晨,她一早起来给他做早饭,他早晨有课,而她那天,则恰好没有。她煮了小米粥,真正的沁州黄,煎了荷包蛋,热了几个他爱吃的叉烧包。他吃得很匆忙,她看着他吃,说:"别急,慢点,还有时间。"

他说:"姚,我们这样,有点像老夫老妻。"

她笑着回答:"是啊,我们在一起,已经三个月了,三个月零三天,很久了。"

"你记得这么清楚?"

"那天,是中秋节,九月二十二号,周日。今天,是圣诞节,十二月二十五号,周三。很好算。"她说。

"哦,到周六,还有三天呢,好漫长。"他说,"周六,'1854'见。"

她笑笑。

他背着吉他,开门。正要出门时,她叫了他一声:"白瑞德!"

他回头,"嗯"了一声,问道:"什么事?"

她说:"没事,再见!"

他跑过来,亲了她的额头一下,说:"周六见!"转身而去。

许久,她站着,一动不动。

周六,他和往常一样,晚饭后,来到了"1854",却没看见她。在她常坐的那个位置上,坐着别人。他有些奇怪,想,是什么原因让她迟到?轮到他上台了,她却还没出现。他唱得心不在焉。好在,本来也就没什么真正的听众,而那个最真心的听众,不见了踪影。唱完,他一分钟也没停留,骑车直奔她家而去。

她不在家。

他按门铃。毫无回应。他敲门,里面,没有任何动静。似乎,那是一座无人的废墟。

他不知道发生了什么。

他等她。起初,站着,后来,就靠着门坐下。走廊里,没有暖气,坐久了,彻骨的寒冷。他的羽绒服,变得如同纸一样无用。他想，出了什么事？他一直想，出了什么事？他想不明白，他只能等。

整整一夜。

她彻夜未归。

天亮了。太阳出来了。走廊里，有人开始出出进进。旁边房门里出来一个老妇人，看见他，说："你是在等这家的人吗？昨天傍晚的时候，看见她拉着箱子出门了。"

出门？她会去哪儿？是她父母出什么事了吗？他昏昏沉沉，下电梯，骑车，回他的公寓。他就要冻僵了，冻死了。他咬牙，拼命骑车，努力使血液在他身体里，解冻，流淌起来。努力使自己的意识，起死回生。看见公寓了，到了。他撂下车子，脚步踉跄地进门，被看门的大爷叫住了。

"白老师，有你的东西。"大爷说，拎出一个纸袋，"昨晚上，有人让我把这个交给你。"

纸袋里，是一个小手包，她常用的东西，桑蚕丝的质地，黑色，一无装饰，只有一个暗红色的中式盘扣，盘成小小的极精致、魅惑的一粒。平时，她用它来装一些润唇膏、晕车药、喉糖一类小零碎，随身放在她的书包里。有一次，他看到了这包，说：

"好性感。"

她笑了，说："好奇怪的评语。"

现在，这个手包，黑色而魅惑地，诡异地，传达出了一种不祥的气息。

"她人呢？"他慌乱地问。话一出口，他就知道自己问得有多蠢。

"早走了。是昨晚上的事啊！"大爷回答。

他拎着纸袋上楼,开门,回房间。他隐约猜到了手包里是什么。他打开它,里面,还有一个抽带的小锦囊,银蓝色,绣着一棵兰花,清雅,暗香浮动。他解开来,把里面的东西,倒在手心里,蓝色的宝石,像一颗眼睛,像一个天问,凝望着他,悲风万里。

还有一封信,折成心形。

他打开了它。

亲爱的:
　　此刻,你一定不知道发生了什么。我其实也不知道。
　　爱你,所以,心乱如麻。
　　这无价的传家宝,那么美,是最美的一滴泪。来自最蓝的大海,最深的苍穹。让我深深自卑。
　　我从没想到,你,一个不羁的、追求无止境的自由、生来就是"在路上"的异国青年,有一天,会把这样一枚戒指、一个承诺、一个地上天国,戴在我的手上。对我说,跟我走吧。
　　多幸福。假如,这一切,发生得早一些,早十八年。多好!
　　你描绘的小教堂,你的家园,是诗篇啊。你说,你要把我带到那里去,可是,那是上帝的地方,此生,我不能跟你,不能跟任何人,肩并肩,站在上帝面前,心无愧疚地,说,我愿意。我早已没有了那资格,不是因为我满身创伤,而是因为,我罪孽深重。
　　我不能让你的姓氏,刻在戒指上的姓氏,被罪玷污。我不能让你带回家的"东方",如此不堪。

我只能逃。慌不择路。

上苍待我不薄,它让我做了你一夜的妻子。戴着你的戒指。你说,你和平日不一样,是,因为,我知道,那是我们最后的汹涌的欢愉,末日的欢愉和壮烈的死。那是我的告别。

珍重,爱人!我会好好活着,你也要好好活着,熬过去。咬咬牙。

你翻译过我的小说,《玛娜》,也许,那并不仅仅是一篇虚构的东西。这样说,是为了,它或许能帮助你,忘记我。

永别了!

他哭了。他在心里说,傻瓜,我早就猜出,那是你的自传,你的人生。你为什么要说破?我并不需要真相……

第三章

CHARPTER 3

一

犹豫了许久，三美还是决定，去看看安娜的母亲。

三美自己的父母，均已过世。曾经，最亲密的朋友中，唯一还在世的长辈，就仅剩下安娜的母亲了。

她和丽莎住在一起。

二十世纪七十年代末，知青返城的大潮中，丽莎带着两个女儿回到了母亲家中。她和丈夫成贵离了婚，在城里一家国营制药厂，当了工人。

起初，她们一家三口，和母亲，还有她的弟妹们一起挤在昔日的老房子里。好在，弟弟伊凡从铁路建设兵团回城后，招工进了铁路局，做了列车员，跑车，经常不回家，且单位上有集体宿舍。而妹妹多多，则参加了1978级的高考，考上了南方的一所大学，除了假日，不回家。所以，那所老屋，住祖孙三代四口人，还算安稳。

几年后，安娜母亲的学校，落实政策，盖了新楼房。安娜母亲分到了一套三室一厅的新居。这套房屋，房改时，算福利房，他们买下了产权，如今，丽莎和母亲，就住在这套早已破落不堪的旧单元房里。

丽莎一直没有再结婚。

丽莎永远都是她母亲的心病。

一度,安娜母亲就像祥林嫂一样,逢人就说:"有合适的人吗?给我家丽莎介绍个朋友?"丽莎冷眼旁观,纹丝不动。无论她妈给她介绍什么人,她一概不见。她对她妈说:"你别枉费心机了好不好?你就是给我介绍个阿兰·德龙、介绍个唐国强来,我也不要!"

安娜母亲气得无语,半晌,回答说:"你以为你是谁呀?还阿兰·德龙?"

丽莎说:"我是谁?我是两个孩子的妈,是农民赵成贵的前妻,是个忘恩负义的负心小人。我知道得非常清楚,不劳你提醒。"

是,不用提醒,她也清清楚楚地知道,自己做了什么。回城和成贵,二选一,她选择了回城。她说:"我得给我的女儿们奔前程。"

成贵没有阻拦。成贵只说了一句话,他说:"走吧,大势所趋。"

成贵的回答,让丽莎无厘头地,想起一句八竿子打不着的诗词:"最是仓皇辞庙日",什么叫"大势所趋"?这就是。

两个女儿,那时,一个四岁,一个两岁,她拖着她们,回到了娘家。她从教她们说普通话开始,引领她们融入城市,融入新生活。直到她们没有家乡口音之后,她才送她们去幼儿园。大女儿莽莽,像她,所以,从五岁起,她就把她送去了舞蹈班。小女儿菽菽,像父亲,于是,她就送她去学钢琴。她倾尽全力,教养她们,想让她们去实现父母所没能实现的人生,完成父母所没能完成的梦想。她省吃俭用,替她们交各种昂贵的补习班费用,买各种资料。她几次卖血,凑够了钱,给菽菽买了一台"星海"牌钢琴。好在，和母亲一起生活，母亲的薪水远比丽莎要高，家里的吃穿用度，母亲几乎全部承担了去。丽莎嘴里不说，心里却觉得无比愧疚，骂了自己一千遍无耻。

可是，她越是觉得自己愧对母亲，就越是对母亲没有好气。

头几年，母亲到处给她张罗对象，她说："你是多嫌我们娘仨吧？想扔包袱，早点打发走我们是吧？跟我们耍什么心眼儿？"

气得母亲抹眼泪，说："丽莎，你说这话，不亏心啊？"

她亏心。所以，她才抵赖。

母亲极其疼爱这两个小外孙女。孩子们也特别亲姥姥。对她们的妈妈，则是畏惧的。丽莎就是那种传说中的虎妈，又是"寡母抚孤"，所以对女儿们非常严格、严厉。每逢星期天，她休息在家，监督荞荞练功，就像从前旧科班里的师傅们一样严苛：手里一把鸡毛掸，站一边，看她压腿、开胯、下腰，动作稍不到位，她的鸡毛掸子就嗖地一下。菽菽练琴，也是一样，她坐一边，织毛线，只要菽菽一出错，她的毛衣针，就噌地戳到了孩子的手背上，戳出血印。菽菽的眼泪，噗嗒、噗嗒，落在琴键上，让姥姥心疼不已。

背过孩子，姥姥和这狠毒的母亲理论，姥姥说："你怎么是这样一个暴君？"

这个母亲回答说："家传啊！因为我自己的妈是个独裁者啊。"

一句话，把姥姥噎了回去。这一生，这句话，就是套在姥姥头上的紧箍咒——她断送了那个十二岁、酷爱舞蹈的小少女，一生的梦想和幸福。

她无语。

她只能加倍地疼爱被这狠毒的妈妈苛待的孩子们。一日三餐，她精心操持，做她们爱吃的饭菜。给她们买喜欢的玩具、图书、零食。晚上，和她们同床共枕，一边一个，揽她们入怀，柔声细语，给她们讲故事、唱歌、听她们莺声燕语地诉说小小心事。不止一次，小菽菽这样问她说：

"姥姥，你这么好的一个人，怎么就生了那么坏的一个女儿呢？"

她努力不让自己的泪水，滑落。她对孩子说："宝贝儿，妈妈不坏啊，妈妈这么做，是想让你们以后，能过幸福的生活。"

"我不想过幸福的生活，"菽菽回答，"我只想要一个和你一样爱我们的妈妈。"

"妈妈爱你们的，"她搂紧两个孩子，说道，"妈妈和姥姥一样爱你们，只不过，爱和爱的方式不一样。从前，你妈妈小的时候，姥姥也一样，以为是爱你妈妈，却不小心做了错事。"

"什么错事？"

"你们的妈妈，想当一个舞蹈演员，姥姥没有答应，"她轻轻地说，"姥姥害了你们的妈妈。"

"我恨跳舞。"荞荞忽然斩钉截铁地说。

"我恨钢琴。"菽菽也狠狠地说。

她更紧地，把两个孩子搂在怀里，她们软和而清香的小身体，嫩芽般的小身体，让她无比心疼。为什么每一代人都不幸福呢？为什么每一代人都活得这么不幸？她无语。许久，她努力让自己平静下来，说道：

"荞荞，菽菽，有一天，你们会爱上你们现在恨的东西，因为，它们美，"她这样说，"美，值得你们牺牲，牺牲掉你们的童年。"

她这么说，不是说服孩子，而是在说服自己。她努力让一件无比功利的事情，变成审美。她只能这样来解救她的宝贝。

她们坚持了下来。

荞荞十二岁那年，考上了北京舞蹈学院附中。丽莎要送她去北京上学。荞荞说："姥姥，我要你也去送我。"姥姥当然十分、十分愿意，自然也不能把蓣蓣一人丢下，于是，一家四口，浩浩荡荡，登上了赴京的列车。

丽莎说："荞荞，下一个目标，就是北舞的本科，努力啊。"

丽莎又说："蓣蓣，你要向姐姐学习，你的目标，是中央音乐学院附中。"

姐妹俩谁也不回答。

列车在旷野中行驶着。这是小小的荞荞熟悉的大地。从十岁开始，母亲就在寒暑假和节假日，带着她，往返在这条铁路线上，去北京上北舞附办的补习班。沿途的风景，那些山脉、河流、平原和村庄，那些平常或奇怪的站名，早已是烂熟于心。此刻，她紧挨着姥姥，和姥姥一起看着窗外的景色，忽然有了完全不同的感觉。她觉得有什么东西在她小小的心里，涌动着，她不知道那是悲伤还是高兴。

"姥姥，"她轻轻地叫了一声，"姥姥，你知道我现在想什么吗？我在想你说过的那句话。"

"什么话？"

"美，值得为它牺牲。"她回答。

说完，眼泪，慢慢慢慢涌上她的眼睛，然后，大颗大颗地，滚落下来。

三年后，丽莎的工厂宣告破产，丽莎下岗。其时，荞荞初三，而菽菽则已经是中央音乐学院附中的初一新生。于是，四十几岁的丽莎没工夫抱怨命运的不公，她立即做出了去北京打工的决定。起初，她在五环外，租了个小房子，然后，四处找活儿干。她去大饭店的后厨洗菜、洗碗，去小饭馆给人端盘子，也在商场里应聘过清洁工，打扫厕所。最后，她入了家政这一行，算是稳定了下来。本来，她做饭的手艺就不差，又参加了培训，学习了一些儿童营养餐知识，上户，开始做全职家政。

起初，她上户的家庭，是小家庭，年轻的夫妻俩，带一个孩子。做熟了，渐渐上手后，她下了户。几次上户、下户之后，她开始做别墅，工资翻了不止一倍。她已经不需要租房子，客户家里的地下室，有她的工人房和自己的卫生间。她几乎没有什么需要花钱的地方，她把挣到的每一分钱，都花在了两个孩子身上。尽管如此，也是不够的。要不是母亲的暗中相助，凭她一个做保姆的打工者，要供养两个在京城学艺术的孩子，谈何容易。

这家客户，男主人做红酒生意，在波尔多地区有自己的葡萄园和酒庄。女主人则是一个设计师，有自己的工作室。他们都拿外籍护照，所以，家里有两个孩子。孩子一个上学，一个在幼儿园，另有育儿嫂接送照料他们。丽莎的工作，主要就是做饭。主人极其好客，朋友众多，常常设家宴，开趴体，一来就是十几号人。冬天，在大餐厅设宴，夏秋之际，天气晴好时，趴体就开在花园。一来二去，丽莎烹饪的手艺，日臻完美。她发现自己原来很善于学习，比如，主人带她去饭店吃过的菜肴，她回来自己琢磨，就能复制出来。她还能从电视里、书本里学习，渐渐积累了好多的拿手菜式，粤菜、川菜、淮扬菜，法式、意式大餐，甚至西式烘焙，蛋糕面包，样样出色。她的厨艺，使主人家的几个亲密朋友，赠了她一个尊称：大神。

常常，在主人家宾客散尽，她收拾完残局，精疲力竭地躺倒在地下室的小屋里时，她会在心里说：

"荞荞，莜莜，妈妈和你们一样，在拼命。"

尽管同在京城，孩子们却从来都不去看母亲。丽莎每月有一天，会休假进城。她一大早出门，坐公交，乘地铁，辗转数个小时，去看她的孩子们。她给她们带去些肉丁炸酱、炸小丸子、卤蛋之类易于存放的小菜，再领她们去某个干净又实惠的小饭馆打打牙祭。那时，银行卡这一类东西还没有普及，所以，最要紧的，是要把一个月的生活费交到两个孩子手里。荞荞和莜莜，尤其是荞荞，对她，永远疏离、客气而冷淡。她心知肚明，并不强求。奔波一天，回到郊外别墅，偶尔，夜深人静，她在地下室里辗转反侧，会突然涌上一阵辛酸。她讨厌多愁善感，于是她恶狠狠告诫自己："余丽莎，你生来不是个慈母，你是个债主！"

是，她是债主，债权人。她们是负债者，她们欠她：欠她一个美好的人生。她要让她们偿还给自己一个美好人生。

几年后，历经千军万马的厮杀之后，荞荞如愿，考取了北舞的本科。她狂喜。荞荞把录取通知书拿给她看的时候，说了一句：

"欠你的，我会一笔一笔还清。"

她说："好，我等着。"

那是荞荞第一次来她打工的人家。高考过后，暑假，荞荞在家乡陪姥姥度过了一个安静的假期。那是十几年来，她唯一没有被各种加强班、补习班、辅导班所侵占、霸凌的假期。她每天，陪姥姥到附近花园晨练,傍晚,在小广场上和姥姥散步,看人家跳广场舞。她陪姥姥逛菜市场、逛超市。姥姥做饭,她在一边静静地看。生活原来可以是这样的。静谧、简单、心心相印。录取通知书寄达的时候,她把信封交到了姥姥手里,说:

"您来打开吧。我想让您第一个看到它。"

姥姥戴上眼镜,郑重地,把"录取通知书"展开,举到了荞荞面前,说:

"第一个看到它的,应该是你,宝贝。"

荞荞凝视着这张重如千钧的纸片,泪光闪烁。她凝望了它许久,说:

"这是我卖了自己的童年、少年,得到的礼物。"她抬起眼睛,看着姥姥,"姥姥,要不是您的那句话,我坚持不到今天。"

"哪句话?什么话?"

"您说,有一天,你会爱上你现在恨的东西。"

"你爱上了吗?"姥姥问。

她突然抱住了姥姥,号啕大哭。她哭了许久。她抽搐着、泣不成声地说道:"谢谢你,姥姥,我,我爱舞蹈……我恨我爱它!"

姥姥把这可怜的孩子,紧紧搂在了怀里。

赴京报到那天,姥姥给她买了一大早的飞机票,为的是机场离她母亲打工的人家很近。姥姥叮嘱荞荞,一定要把通知书,给她母亲看看。于是,荞荞来到了位于顺义杨林附近的这个叫作"棕榈湾"的别墅小区。

荞荞原来计划,让母亲看一眼通知书,就去学校报到。但没想到,这家的女主人,非常热情,一定要留她吃午饭,说:"荞荞,你知道你妈妈多高兴吗?阿姨也高兴死了。你妈妈想请几天假回家看你,可我们这里实在走不开。正好你来了,今天中午,让你妈妈多做点好吃的,咱们庆贺一下!吃完了,阿姨开车送你和你妈一块去学校报到。"

这个自称是"阿姨"的女人,看上去十分年轻,十足的艺术范儿。她的热情是真诚的,这点,敏感的荞荞分辨得很清楚。她犹豫着回头,碰上了母亲期许的、几乎是乞求的眼睛。这眼睛撞疼了她。她心一软,答应了。

母亲做了四菜一汤。节制,并不隆重:她懂,这毕竟不是她们自己的家。但,主菜是荷叶鸡。那是姥姥的看家菜,传给了母亲,也是荞荞最爱吃的菜肴。这道菜,不是什么了不起的珍馐,却绝对是美味。做它,很费工夫,首先,鸡要用各种作料提前腌制24小时,方能入味。也就是说,妈妈在心里,是早就有心想留她吃这餐饭的,却不能自己开口。

她鼻子一酸。

男主人下楼吃饭了。看到餐桌边的她,愣了一愣。

"哦,迈克,这是荞荞,余姐的女儿。"女主人急忙介绍,"新科大学生,北京舞蹈学院的,这可是千里挑一哟!"

叫作"迈克"的男主人,失神地、紧紧盯着眼前的女孩儿,似乎,没有听到妻子的介绍。

"迈克?"女主人诧异地提高了嗓门儿。

"嗯?噢——对不起,"男主人醒过神来,可是他的眼睛,仍然没有离开女孩儿的面孔,"我认错人了。"他说。

"谁?认成谁了?"女主人问。

"很久以前,很久很久以前,我认识的一个女孩儿。"他回答,回头看了一眼丽莎,"余姐,开饭吧。"

"噢。"丽莎赶紧动手,为大家盛饭。吃饭时,她忍不住悄悄打量了男主人几眼。他有心事。丽莎想。因为,这么多年,她从没有见过这个稳如磐石的男人、这个绅士失态过。

是什么事呢?丽莎并不想深究。

二

三美到来时,丽莎刚刚为母亲洗好了头发。

安娜母亲,罹患阿尔兹海默症多年。如今,早已不会走路,不会说话,不会和人交流。坐在轮椅里,一张没有表情的脸,眼神呆滞。

丽莎在她耳边说:"妈,你看,三美来了!还记得三美不记得?安娜的朋友。"

毫无动静的一张脸。

"妈,是——安娜的朋友啊。"丽莎这样强调。

那张脸,如同千里冰封的河面,看不到一丝松动、融化的迹象。

丽莎望着三美,苦笑着,摇摇头。

丽莎在京城做家政,一直做到两个女儿相继硕士毕业,且都有了工作。荞荞留在了北京,留校在北舞任教。而小女儿菽菽,则去了南方深圳,进了一个新组建的交响乐团,后来,就在这座国际新城里成了家。

她总算舒了一口长气。

年迈的母亲,电话里,对她说,回家吧,丽莎,该回家了。

其时,母亲已经七十五岁,一个人,独自守着他们的老屋,守着日渐衰败下去的三居室。丽莎的弟弟伊凡,在这城中,有自己的家。他几次提出,要接母亲同住,母亲谢绝了,母亲说:"我一个人,自在。"

余家最小的女儿多多,后来更名为阿霞,终于遂了故去父亲的遗愿。阿霞此时早已定居澳洲,也几次三番邀请母亲去探亲,母亲说:"飞那么长时间,我飞不动了。"

大家心知肚明,母亲守着旧居,是在等她。等她的丽莎。

丽莎回家了。

母亲说:"丽莎,你真的回家了?"

丽莎说:"是,回家了。"

"不走了?"

"不走了。"

过几分钟,母亲又问:"丽莎,你真的回家了?"

丽莎说:"是,回家了。"

"不走了?"

"不走了。"

就这样,从早到晚,反反复复,要问无数无数遍,无穷无尽。

有一天,弟弟伊凡,带着弟媳来探望母亲和大姐。母亲背过他们,走到厨房,扯扯正在做饭的丽莎的衣袖,小声问道:"跟伊凡来的那个女人,是谁啊?怎么一直坐着不走啊?"

丽莎的血,呼一下涌到了头上。半响,张口结舌,说不出话来。

"她是谁啊?"

"妈,她是你的儿媳妇啊!是伊凡的老婆,是你的孙子哲飞的妈呀!她嫁到咱们家,快三十年了,你怎么会不认识她?"

母亲恍然大悟，拍拍脑袋，说："噢——你看我，怎么糊涂了？"

那是一个信号。一个开始。

丽莎知道，母亲出问题了。大地动摇了。

原来，母亲，一直是丽莎的大地啊！沉默而坚实的大地，支撑着她，背负着她，任她践踏，任她掠夺，取之不尽，毫无抱怨。但是，此刻，地动了，山摇了。丽莎忽然明白了一件事，一直以来，她从不是一个人，单打独斗，和这个世界厮杀。她一直有个最强大、最无私、最默契的后援。

她带母亲看病，结论是残酷的：阿尔兹海默症。

丽莎不甘心。她们跑遍了省城的各大医院，也去了北京。丽莎和荞荞半夜去协和、去宣武这些声名赫赫的地方排队挂号，怀了莫大的希望，但，结论是不能更改的：目前，这个病，人类无力回天。

荞荞哭了。荞荞说："为什么这么不公平？为什么是姥姥？"

丽莎没哭。没抱怨。她顾不上。她知道，她人生的又一场战争开始了。

只是，这是一场没有希望、没有前途、注定失败、注定伤心欲绝的战争。

她眼看着她的母亲，在她面前，迅速地、一日千里地蜕变，失去记忆，失去思想和行动的能力，变成一个沧桑的、鸡皮鹤发的婴儿。

有一天，她给母亲洗脸。母亲仰着头，痴痴地望着她，突然沙哑地叫了她一声："妈妈——"

她一下子，泪崩如雨。她抱住了母亲，抱紧她，就像抱着一个小婴孩,说:"我在这儿,我在这儿,我在这儿……"

现在,她是她的孩子了。

陪护她,照顾她,服侍她,成了丽莎晚年生活的全部。

她给她做饭,一天五顿,变着花样,精心料理。她把母亲固定在轮椅上,推进厨房。她一边做饭一边絮絮地和母亲说话:

"妈,我这些年,给别人做饭,真是做够了!你知道不?他们有人叫我'大神'。其实,我做饭的基因,得益于你,对不对?咱俩,都属于有'美食家'的天赋,只是,命中注定,你和我,都做不了有钱有闲的'美食家',只能做掌勺的大厨,咱们俩,都像《红楼梦》里的晴雯,心比天高,身为下贱啊。"

她给母亲洗脸、梳头、理发、洗澡,服侍母亲大小便,给她剪手指甲、脚趾甲。她还跟着电视、网络学会了按摩和足疗。她一边做着这些琐事,一边和母亲说话:她把这一生积攒下来的话、一生没和母亲吐露的话,一五一十,全都倾吐出来,她变成了一个话痨。

而母亲,已然没有了回应和说话的能力。

"妈,你知道,当初,你让我改嫁,给我介绍对象,我为什么不答应吗?我不能答应!这辈子,我只想做成贵的老婆。我愧对他。

"我知道,当初,我把成贵带回家,你,还有全家人,都以为我是胡闹,是任性。你们都看不起他,觉得他配不上我,觉得我们不是一路人。其实,你们谁也不了解成贵,他比我聪明,书念得比我好,可是因为家境,他没有能念高中,不过那时候,就是他读了高中,到高二也就到1966年了,照样念不成。可他还是耿耿于怀,他喜欢念书,就像,我喜欢跳舞。

"在我最难过、最熬不下去的时候,成贵给我唱歌,就是那些山歌,《黄土地》里把它们叫作'酸曲儿'的。他特别会唱酸曲儿,他唱,我听,我就知道,这世上,有人和我一样,伤心、难过,世世代代,有人和我一样,伤心、难过……"她说不下去了。

"第二天,继续往下说。

"有一天,他唱了一个《樱桃好吃口难开》,说:'樱桃好吃口难开,有了心事哥哥呀你慢慢儿来;烟锅锅点灯半炕炕明,酒盅盅量米哥哥呀不嫌你穷。'我听到这儿,打断了他,我说:'成贵,这唱的是咱们俩,你敢娶我不?'成贵说:'你敢嫁我还不敢娶?丽莎,你不是说着耍笑吧?'我说:'是耍笑。你不敢耍笑一回?'成贵笑了,回答说:'咋不敢?你要笑着嫁,我要笑着娶,咱就耍笑着过。'我说:'兴许,要笑着过一辈子?'他回答:'咱不海誓山盟。一海誓山盟,就不是耍笑了。'果然,是不能海誓山盟的。

"他智慧。

"妈,我一直说,要不是为了两个孩子,我不会离开成贵。这话,不完全是真的。我不是个自然之子,不是个田野的孩子,不是大地的女儿。我就是个城市动物。我欢喜、依恋城市。我真的、真的受不了那种面朝黄土背朝天的辛苦劳动,受不了汗水掉地上摔八瓣儿、土里刨食的日子,受不了农村的脏,受不了遍地的猪粪牛屎,受不了那种两块石板架在茅坑上的厕所,到夏天,满地爬的都是白花花的蛆虫。我忍,我熬,因为,我没有别的出路。但是,知青回城了,大潮汹涌,我怎么能不动心?城市在召唤啊!我全身上下每一个汗毛孔都在接收着那呼唤、那诱惑。可我知道,我回城,就是一个家庭的破裂,我没有能力把成贵带回城市啊!那时候,不是现在!又不能出来打工,农民的两只脚，从生到死，就拴在那一块土地上……我对成贵说：'我得回城，我得给我的女儿们奔前程。'你猜成贵怎么回答？成贵说：'行，丽莎，咱本来就是要笑，只是要得大了点，要出了俩闺女。闺女交给你了，你得答应我一件事，你要把俩闺女好好培养成人，我死而无憾！'

"他说得轻轻松松，我听得悲痛难抑。我哭了，我说：'这辈子，对不起你了，下辈子吧！下辈子我做牛做马，报答你！'他说：'好，下辈子，我想办法托生在城里，咱们再做夫妻。'我回答：'好，下辈子，咱们还做夫妻，你当陈世美，也坑我一回！'……其实，那时候，我心里就明白，这辈子，我永远都是成贵的老婆，前妻，我不会再嫁给任何人了。一个人，干了忘恩负义的事，还希望人生美满，那可就太贪心了！

"后来，成贵结婚了，找了一个带孩子的寡妇。他给我寄来的最后一封信，告诉我，他要去下煤窑了。我回信，告诉他，千万注意安全。但是，他不安全，那种乡镇的小煤窑，窑顶塌方、冒水、瓦斯爆炸，是家常便饭！他运气不好，赶上了，一块大石头砸死了他……我是很久以后，才知道了这噩耗。我没跟你们任何人说，因为这里，没人真的在乎他。我也没告诉荞荞和菽菽，她们那时还小，荞荞十岁，菽菽才八岁，可是对爸爸已经没什么印象了。我自己一个人，夜里，跑到咱家附近的十字路口，给他烧了纸钱。我在心里对他念叨，我说：'成贵，你要地下有知，就显个灵，让我见见你。'话音落地，只见一张刚刚点着的纸钱，突然就在我眼前旋转，冒着火光，转、转，像火陀螺一样。我又点一张，还转，再点，还是转，火光飞旋，嗞嗞响着，好美！我泪崩了！我知道他来看我了！我在夜深人静的十字街头，号啕大哭。我说：'成贵，你放心走吧！孩子们有我！我不会白坑你一回……'"

她就这样，絮絮地说、说，把她的大半生，一点一滴，说给失智的母亲听。有时，她想，在母亲意识里，这些诉说，像什么呢？像风声？像雨声？像海浪的声音？像蚕吃桑叶？像聒噪的背景音乐？她不知道。她只是说、说、说，这是她欠母亲的。从前，在母亲那么想听她诉说的时候，她沉默如铁。现在，她可以放心地说了，因为，无论她说什么，无论她诉说是喜是悲，都再也伤害不到母亲。

三美按响门铃时，她刚好给母亲洗好头发，电视机开着，里面在重播一个选秀节目。那是一个草根选秀，她一边给母亲吹头发，一边望着电视屏幕，说：

"成贵没赶上好时候啊！要是他能晚走些年，也许，我现在在电视里看的就是他了！……还真不是吹牛，我看了这么多草根歌手，没一个，唱歌能赶上成贵的。你没有听过，他唱得那才叫原汁原味，才叫走心——"

门铃响了，门铃说："你好，请开门。"

门铃不常说话。家人有钥匙，而来访者，几乎绝迹。

三美走进来，丽莎想到一个词：蓬荜生辉。

尽管，三美并没有浓妆艳抹，更没有大牌裹身，可她的到来，还是让这个破落的家，显得亮堂了起来。丽莎由衷地说道："三美，这么多年不见，你都没怎么变化，好年轻啊！"

三美回答："丽莎姐，怎么可能不变？人家都说，我们这些外面的游子，要比国内的同龄人，老许多呢！"

三美没法说，丽莎姐，你也没怎么变。可她说不出来。丽莎变得太多了！从前，丽莎在她们这些小女孩儿眼里，真是星星一样耀眼的存在啊！在三美还没有认识安娜之前，就见识过舞台上的丽莎。见识过那个绰号"抓天儿"的女神。那时，在她们这些孩子眼里，她们和她的距离，就是人和星星的距离。她不仅美，而且，冷冽妖娆。

如今的丽莎，肥胖、臃肿、衰老。苍灰色的头发，稀稀拉拉，像秋冬的枯草，盖不住头皮。她穿一件肥大的黑色T恤，上面有清晰的汗渍，如同尿碱一般醒目。下身是一条碎花家居裤，一望而知，是那种廉价的地摊货。可是轮椅上的安娜母亲，却收拾得清清爽爽，一身银灰色家居服，雪白的头发干净蓬松，像雪山之巅上晶莹的白雪。

"阿姨——"三美轻轻叫。

丽莎俯身，贴在她耳边，大声说："妈！三美来了！还记得三美不记得？安娜的朋友。"

母亲抬头看看来人，脸上毫无动静。

"妈，是——安娜的朋友啊！"丽莎这样强调。

仍旧是木然的一张脸。没人知道，她的意识，是沉入到了怎样黑暗的深渊抑或是怎样巨大的神秘之中。三美蹲下来，蹲到轮椅前，握住了阿姨的手。她轻轻抚摸那双老羊皮纸一样干枯、年代久远的手，辛苦了一生的手，说：

"阿姨，我是三美，子美的妹妹。我姐子美，和安娜，是最好最好的朋友，当年，她们俩一起，去了建设兵团。那时候，我姐，常来您家里，我也经常跟随我姐，来您家玩儿。我喜欢你们家，那个年代，你们家，和别人的家，有点不一样，我记得你们家的餐桌，特别好看，上面还有玫瑰花……我还喜欢吃您做的饭，我和我姐，也不知道在您家里吃过多少次饭！那时候不像现在，什么都不缺，那时候，是什么都缺！供应那么紧张，可是我们来了,您总给我们做好吃的。您包的饺子,曾经,有朋友说过,是他吃过的最好吃的饺子……我也一样,我也觉得,那是我吃过的,最美味的饺子——"她眼里闪出泪光,她把脸,轻轻贴在了阿姨的手上。

屋里很静。岁月的河水,岁月的深河,无声流淌,浸泡住了她们。浸泡住了一切。

许久,丽莎抽抽鼻子,强笑着,说道:"别提那张桌子了,我们家,值钱的家具,就那么一件,早就让伊凡搬回自己家了!搬回去自己用也行啊,谁知道,叫他给卖了!"丽莎笑得很无奈,"我父亲留下来的东西,一样也没了。这个家,没有一点我父亲在过的痕迹了……"

七零八落的生活啊。三美想。

那天,丽莎执意要留三美吃饭。丽莎说:"三美,你还没吃过我做的饭呢,我做饭,一点不比我妈差。"

丽莎又说:"你姐子美,只要回这个城市,总要来我家,看我妈。"

三美眼圈红了。

丽莎做了四菜一汤。小酥肉、芫爆鸡丝、家常豆腐和一盘青菜,汤则是鱼丸汤。那鱼丸,是丽莎用鲅鱼做的,细细地剔去了每一根鱼刺,嫩而鲜美。丽莎先喂母亲吃完饭,服侍她躺下休息。然后,端来热汤,才和三美,坐在了餐桌旁。

"丽莎姐,你真不容易啊。"三美望着一头热汗的丽莎,由衷地说。

丽莎笑笑。"习惯了,也就不觉得辛苦了。"她一边给三美盛汤,一边说道,"来,三美,尝尝我的手艺,这鱼丸,我费了点工夫。"

三美尝了一只鱼丸，眼睛亮了："丽莎姐，这是我吃过的，最好吃的鱼丸！没有之一。"

丽莎骄傲地笑了。这一笑，隐约地，让三美看到了从前那个丽莎的一点点痕迹。

两人慢慢吃着，说着。丽莎说她的两个女儿。那是她骄傲的源泉。趵突泉一样突突喷涌。她打开手机，让三美看她们的照片。三美看着荞荞，吓一跳，脱口说："天哪！真像安娜呀！"

是，三美想，假如，安娜能够活到三十多岁，就应该是这个样子。她望着手机里的那个人，心里默默地说："你好啊，安娜，我看到你三十多岁的样子了！"她觉得心里一痛，眼睛模糊了。

"你没见过十几年前的荞荞，那才更像她二姨呢！"丽莎说，猛然想起了什么，"哦，我曾经做过一户人家，那时候荞荞刚考上大学，报到那天，她先去让我看通知书，那家的男主人看见了荞荞，像看见鬼一样惊讶，说，太像他从前认识的一个女孩儿了。我起初也没在意，后来，他们离开了北京，去了香港。临走，他问了我一句，说：'你认识安娜吗？'我吓一跳。他告诉我，他说，他是安娜的朋友。天，怎么会有这么巧的事啊！"

三美瞪大了眼睛。三美说："你说的这个人，叫什么名字？"

"迈克，"丽莎回答，"我不知道他的中文名字。"

"姓呢？姓什么？"

"彭。"丽莎回答。

三美一下子捂住了嘴。

三

彭在看到那个少女的一刻,想到的是一个宗教的词汇:复活。

安娜复活了。

心里万千惊涛,而脸上,却没有一丝波纹。他早已、早已练就了这样瞒天过海的本领。

姓余,来自安娜的家乡,有一个酷似安娜的女儿,他几乎立刻就明白了眼前这个保姆、这个所谓家政员,是什么人。

从前,听安娜说过她的大姐,那时安娜说起那个姐姐来,十分无奈,说她是她们家最好看、最骄傲、最光彩照人,也是最倒霉、最任性、最难缠的一个孩子。他无论如何也不会把眼前这个妇女,这个人过中年、任劳任怨的保姆,和那个安娜描述的传奇姑娘联系起来,尽管她聪明干练,烧一手无人可及、媲美米其林大厨的好菜。

他还知道,安娜家孩子的名字,都出自屠格涅夫的小说。当初,妻子从中介所把她领回家时,介绍说:"迈克,这是余姐。"所以,他从不知余姐的名字。在他们家,她只是"余姐",足够了。余姐,明天有客人来吃饭,你多备点菜。或者是,余姐,这个周末,天气好的话,我要在花园里开烧烤趴体,麻烦你准备一下。仅此而已。

那天晚上,他以不经意的口气,问他的妻子,说:"余姐叫什么名字?"妻子回答说:"丽莎,余丽莎。名字倒挺洋气的,不像一个保姆的名字,是吧?"说完,她诧异道:"你怎么想起来问这个?"

他回答说:"随便问问。"

这一夜,他失眠了。

他想,原来,安娜早已来到了他身边,可他竟浑然不知。于是,她复活。她提醒他,死,并不是灰飞烟灭。

第四章

CHAPTER 4

一

他一路奔逃,朝南。

他没有像往常一样,乘车逃票。保险起见,他规规矩矩买了车票。只是,他迂回前进。石太线、京广线、陇海线,最后是成昆线。他的目的地,是中越边境。他想越境到越南去,到丛林里,参加越南游击队。

就像传说中的一些热血知青那样,去到抗美援越的前线。

他并不热血。他只是慌不择路。而他能想到的最安全的逃亡之地,非此莫属。

二

三美一直在犹豫,此行,返程时,路经北京,要不要去见素心。

她非常想她。

她不能原谅她。可是,她想她。她没办法让自己不想这个狠毒的女人,这个坏女人,这个……失散多年的亲人。

哪怕,只是看她一眼。

她在网上搜索有关作家安娜的消息。还真有。近期,在鼓楼西剧场,会上演由她编剧的小剧场话剧,那话剧的名字叫《完美的旅行》。曾在乌镇戏剧节首演,评价不俗。

她在网上订购了戏票。也预订了酒店。

曾经,交到姐姐手里的那套小房子,十年前,在姐姐的女儿小酒窝结婚时,卖掉了。卖它的钱,给了酒窝,让她在望京一带换了套两居两厅的大房子,那钱,付了首付。酒窝在长春念了大学,学了平面设计,如今,在北京一家公司打工,算是北漂一族。姐姐子美,因为在国企工作,早早就离岗内退,为了供小酒窝读书,和姐夫一起远到深圳私企打工。那时,酒窝还小,就留给爷爷奶奶照顾。不想,没几年,姐夫就在一天深夜,突发心梗离世,医院无力回天,剩了姐姐孤身一人,在遥远的南方,在酷

烈的南方,坚守了多年,一直到,酒窝大学毕业,在北京找了工作,酒窝说:

"妈,回来吧。该我孝顺你了。"

她带着丈夫的骨灰盒,去投奔女儿。

她真是感谢妹妹,多年前,给她留了这么一套小单元,虽然老旧、虽然破落,可,地处京城黄金地段,三环之内,生活便利,离地铁口几百米距离。她们母女俩,不需要花钱租房,省了一大笔开销。她过了两年轻松的日子,买买菜,做做饭,还剩下大把的时间,干什么?跳舞啊!她兴高采烈加入了广场舞大军。她们这个社区的舞蹈队,去区里参加广场舞大赛,居然还得了奖。

女儿在京城,站稳了脚跟,恋爱了,谈婚论嫁了。可是,女婿也是一个北漂,南方人,从农村苦读出来,没有后援,白手起家,靠他们两人自己的力量,想在大北京置业买房,譬如登天。她想,总得帮孩子们一把。于是,和美国的三美商议后,卖了旧的小房子,给他们置了一个新家。那个家,是高层,有电梯,南北通透,客厅餐厅相连,看上去宽敞、明亮。子美甚至能想到,将来这个洒满阳光的房间里,孩子的小脚丫噔噔噔跑来跑去,是多么"岁月静好"的画面。

房子装修停当,一切,尘埃落定,待孩子们乔迁进去,子美就回到了山西的家乡。

酒窝说:"妈,你别走,你跟我们住。"

子美说:"宝,别傻了!好好享受享受二人世界吧!这是你这辈子最好的时光,没几天!我可不掺和。"

是,真是没几天。一生中难得的几天,她替女儿珍惜。

仅仅两年,酒窝怀孕了,生下了宝宝。于是,她又赴京,给他们带外孙。

　　大北京的房价，一路狂飙，让人惊心动魄。他们庆幸之余，又开始遗憾。酒窝说，当初，三美姨妈的那套小房子，现在，是学区房，价值早已翻出不知多少！而现在，他们的新居附近，则没有好学校。

　　酒窝说："早知道不卖那套房子就好了。小就小点，挤挤，坚持几年，到孩子小学毕业，再出手，多好啊！或者，那时候，张口和三美姨妈借点钱，付这套房子的首付，那套房子，出租，用租金还房贷，多好！等孩子上小学时，就可以搬回去了。"

　　子美听了，说："酒窝啊，人不能太贪心。"

　　酒窝回答："心有多大，舞台就有多大。"

　　如今，酒窝的孩子，八岁了，上小学三年级，姥姥天天负责接送，负责一家人的早餐晚饭，负责洒扫庭除，忙得没有时间、没有精力再去跳广场舞了。

　　而三美，往来北京，也只能住酒店。

　　子美说："三美，真是对不住你啊！"

　　三美知道姐姐心里的歉疚，她回答："姐，你说什么呢？酒窝也是我的孩子啊！"

　　三美自己，没有孩子。她不要。她在美国结婚时，已经年过四十，丈夫是个东欧移民，波兰人，有过婚史，和前妻育有两个孩子，离婚时，孩子跟了前妻，他付赡养费，每月，和孩子有一天相聚的时间。如今，两个孩子早已成年，各奔东西。他们的日子，很安静。

　　三美想，我的生命，到我为止。

　　越活，越看世界，越觉得，人类没有希望。

《完美的旅行》，在鼓楼西剧场，只演一周。接下来，有一个巡演，在南方的几个城市。

三美在网上选择的场次，不是开幕也不是闭幕，她选择了演出的第二天，也就是她飞回美国的前一晚。

因为怕堵车，她提前了两个多小时来到了剧场，取了票，顺便就在剧场前厅的咖啡厅解决晚饭。她点了一份肉酱意粉，一块小提拉米苏蛋糕，一杯柠檬红茶。前厅里，没有几张桌子，空位不多。她端着餐盘四处打量，发现角落里一张桌子上还有空位，她走过去，问对面正在埋头吃意粉的一位男士说道：

"对不起，可以坐这儿吗？"

男士抬头，一边回答说："哦，当然可以。"

她愣住了。

隔了几十年时光，而她，竟然一眼就认出了他。

他疑惑地，打量着她，打量着她，许久，试探地，说道："三美？"

她回答："是我。"

她努力让自己的语气，云淡风轻。可是她端餐盘的手，不听话地，在抖。

"是我，"她回答，"你怎么在这儿？"

"你呢？你怎么也在这儿？"他反问。

突然他们明白过来，都笑了。

她放下餐盘，坐下。说："好久不见，彭。"

他也说："好久不见，三美。真是太久了。"

是啊。三美想，差不多，一生一世了吧？

"听说你在香港，是吗？"三美努力平静地这么问。

"是，在香港，"彭回答，"我听说，你在美国，是吧？在美国大学里教书？"

"是。"三美回答，"我猜，是丽莎姐告诉你的吧？我也是听丽莎姐说，你在香港。"

丽莎这个名字，让他沉默了片刻。

"你来看戏？"他问。

"是，"她点头，"正巧赶上了。我明天一早的飞机，飞美国。你呢，来北京公干？"

"不，"他回答，"我是路过。也是巧，赶上了这戏。"

他说得，轻描淡写。可是。三美真切地知道，来看这出戏，在他，绝非一件轻松的事。那是一种曾经沧海、感同身受的默契。

"你，也很久没见她了吗？"他问。用"她"来代替了那个名字。

"二十八年了。"三美脱口回答，"二十八年没见了。"

显然，他有些意外。他不知道发生了什么，使昔日这两个亲如手足的密友，这样旷日持久地隔绝。不过，他不问。而且，隐隐地，他有些猜到了原委。

"你在美国哪个州啊？"他岔开了话题。

谈话变得轻松起来。他们彼此说了一些自己的境况。边吃边聊。三美说自己曾经很多次到香港开会，却不知道他就在那个城市。他说：

"下次到香港，我给你当向导。我领你看一个你不知道的香港。"

"好啊。"三美说，"就这么愉快地说定了。"

他笑了。说："知道吗三美？我刚从你们家那边过来。"

"哦？"三美一挑眉毛，有些惊讶，"你去山西了？"

"对，"他回答，"我在那边，准备建一个酒庄。"

"酒庄？"三美忽然恍然大悟，"对了，丽莎姐说过，你是做红酒的，你在法国学了酿酒！"她有些不可思议地望着他，"原来，你真的去学酿酒了！"

他微笑不语。他想，看来，她知道一切。

"你的酒庄，是建在清徐吧？"三美问。

"对，清徐，"他回答，"古时候，叫梗阳，那里有中国内陆最古老的葡萄种植园。"

"那真是太好了！"三美有些兴奋，"这次回家，同学们聚会，还说起清徐葡萄酒呢，也许，作为一款葡萄酒，它远不够高大上，可那是多少人的青春记忆。"

是。彭承畴想，那还是一个姑娘的梦想。

"等你的酒庄落成，第一批葡萄酒问世时，可要记得告诉我啊。"三美说。

"我一定邀请你，"他笑了，"只是，山高路远，你要有耐心啊。"

"我有。"三美回答。她听出了那话外音。那不是一件容易的事，她当然知道："对了，你的酒庄叫什么名字？"

"薇安。"他望着她，这样回答。

三美一下子静默了。薇安。她懂了。那是——小薇和安娜。他生命中的伤痕。

铃声突然响起来。那是宣告入场的铃声。

三

一个女人和孩子,乘坐绿皮火车旅行。不知道他们要去哪里。沿途的风光,没有显著的标志,只有大地、河流、树木和庄稼。有飞鸟。有船帆。有磨坊。似乎,是北方,又似乎,是南方。

女人不到三十,很年轻,而孩子,八九岁。显然,他们不是母子。孩子很兴奋。

孩子:阿姨,我们这是要去什么地方?

女人:东北,长白山,你的家乡啊。现在,我们可以去那里了。

孩子:是——去看爷爷吗?

女人:对。

孩子:阿姨,你不是说,我现在,还不能见爷爷吗?你不是说,还要等我更大一点儿,更强壮、更坚强一点儿,我们才能站在他面前吗?

女人:(爱怜地、摸摸孩子的头发)不错,孩子,可是,我们没有那么多时间了。我们等不及了。

多媒体天幕上的背景,有了变化,渐渐呈现出连绵起伏的平原、大片大片盛开的达子香、木刻楞的房屋、美轮美奂的白桦林、红松林……孩子兴奋地瞪大了眼睛。

孩子：阿姨，我看到它们了！你看！白桦树、松林、木刻楞！哦——爷爷！我回来了！爷爷，你在哪儿啊？

女人：拉住我的手，跟我走。

一条小路，通往松林深处，路的尽头，是一座——坟茔。

女人：（对着坟茔深深鞠躬）老人家，我没有见过您。可是，您对我来说，一点儿也不陌生。您的孙子，给我讲了您太多太多的事情，我甚至能闻到您身上关东烟草的气味，我还用您亲手做的桦树皮碗喝过水……我是在火车站"捡到"您孙子的，那时，他偷偷从城里他爸妈家跑出来，身无分文，要去东北找您……他不知道您已经不在这个世界了。幸好，我在候车室碰到了他，我是他父母的朋友，我不能看着不管。我领他回来，告诉他，旅行的方法，回到家乡的方法，有许多种，比如——想象。

灯光转暗，再亮起时，可以看到，没有火车，没有风景，只是一间普通的房间，二十世纪七十年代中期，内陆小城中最常见的房间。而多媒体天幕上，是一张铺天盖地的中国地图。

孩子有一个极其普通的名字：刘刚。

女人：刘刚，你准备好了吗？我们现在，就要出发了。

孩子：阿姨，我们去哪里？东北吗？长白山吗？我的老家，东京城吗？

女人：不，刘刚，我们现在，还不能去那里，因为，爷爷出远门了，还没有回来。我们现在，去南方吧！那是阿姨的老家，你不想去看看？中国很大，很辽阔，有许多美丽、神奇、壮观的风景，你不想去认识认识它们吗？

孩子：（犹豫地）那……好吧。

剧情就是这样开始了。原来,完美的旅行,就是——想象之旅。这个叫刘刚的孩子,离开他最亲爱的爷爷,从家乡一个叫"东京城"的林区,来到内陆这座工业之城,和陌生的父母、兄弟姐妹开始了新生活。他讨厌城市。讨厌陌生的家人。讨厌这里的一切。他想从这样的生活中逃离。他逃家,在火车站候车室,他幸运地碰到了父母的朋友,他母亲的闺密。她说服他,带他回家。

苦恼的父母十分感激女人。

女人说,你们要是相信我,就让孩子在星期天,来找我。我带他旅行。他不喜欢这个沉闷的平庸的城市,不喜欢这里的生活,那,我们就给他一个世界。

就这样,他们的旅行开始了,女人和孩子,在独身女人的小小房屋里,开始了一个长长的、美好的精神之旅,想象之旅。女人是个极有天赋的女人,她用她的想象,用她故事性的语言,为孩子,描绘出了一处处远方的风景,一个个美丽的城市和村庄;描绘出了那些壮阔的名山大川、沙漠草原,以及,那些人类文明的瑰宝。她让孩子打开郁闷的心胸,抬起头,越过这灰暗的小城和蝇营狗苟的生活,去注视和拥抱世界。孩子渐渐改变了,变得开朗、生动、活泼、健康,当然,也越来越迷恋这种旅行,越来越爱女人。

"妈妈——"有时,他会脱口这么叫。

"叫错了,刘刚,"女人会这样郑重地告诉他,"我不是你的妈妈,我们是,旅伴。"

母亲:你听见了没有?他,他居然叫她妈——

父亲：他一时口误……

母亲：口误？你口误会把什么人叫"老婆"吗？妈！他叫她妈，那我呢？我是他的什么？我是他的什么？

父亲：我说，你别胡搅蛮缠行不？这一年，要不是忆珠，小刚能变成现在这样子吗？人家诚心诚意帮我们，难道你不希望小刚快乐吗？你希望小刚像当初那样，一心只想逃跑，跑出去当个流浪儿？当个小混混？

母亲：快乐？谁快乐？我看是她快乐！她抢了我的儿子她当然快乐！我就说嘛，她怎么会有那么好心？她一个没生养过的人，怎么会心甘情愿不怕麻烦替别人照顾孩子？这是黄鼠狼给鸡拜年呐！她居心不良，她，她一开始就惦记着我十月怀胎的儿子——

父亲：她可是你的同学、你的朋友、你的闺密！你就忍心这么去曲解人家的善意？

母亲：人家？听听！听听叫得多亲呢！你心疼了？哦——我想起来了，当初，在学校，你可是追"人家"没追上啊！怪不得呢，是不是你们俩有预谋啊？是不是你们俩商量好的呀？你心疼她，形单影只，要平白送她一个儿子啊？还是先给她个儿子，然后再把你自己也拱手奉送？

父亲（愤怒地）：你——你个疯子，你不可理喻！

事情就是这样发生了微妙的改变。

不仅仅如此，一些流言，开始在女人周围，像黑蝙蝠一样昼伏夜出。好事的人们，猜测着他们的关系。话说得很不堪。脏，下流，无耻。到处喊喊喳喳，嘀嘀咕咕，阴风四起。剧情开始朝着暗黑的深渊滑坠，不可阻挡。有"好心"的人当面提醒那个原本就妒火中烧的母亲,提醒她,说,多长个心眼吧!小心孩子吃亏。就连明智的父亲,也开始有些心慌。他想,无风不起浪,难道,真是有什么不妥?

母亲和女人,在她们还是少女时就相识相交,她不会相信她能对一个孩子做出那种坏事,可是,她无法平息自己的妒忌和怒火。她,儿子的生身母亲,怀胎十月,生养下的血肉,捂在怀里怎么都捂不热的孽子,怎么就会被她迷惑?她是用什么魔法,偷了她儿子的心?掠夺了她儿子的爱和信任?她不能忍受的,是这样悲惨的失败。

她来警告女人,让她远离自己的孩子。她也警告孩子,不许他再跨进女人的家门。

孩子追问,为什么?孩子的一双眼睛,逼视着她,那是一双让她不寒而栗的仇恨的眼睛。她儿子的小身体里,瞬间长出一个她的仇人。这让她崩溃。她歇斯底里地,冲着儿子大喊大叫,儿子不说话,掉头而去。

儿子去找女人。

但是女人不在家。女人的家门上,挂了一把铁锁。女人在躲避着孩子。

孩子守在女人的门前。那是一排青瓦房中的一间。门前,有一棵槐树,孩子靠着槐树,等他的阿姨,等他的旅伴,等他的亲人。天黑了,下雨了。是秋雨。绵绵的秋雨,打湿了孩子的衣裳、头发、身体。孩子在雨中,在渐深的夜色中,站着,等他的阿姨,等他的伴侣和亲人。夜深了,那一排瓦房,一盏一盏的灯,都熄灭了。每一扇窗户,都像瞎了的眼睛。孩子落泪了。

雨中,一个穿雨衣的人来到了他面前。

女人：刘刚？你怎么……还在这儿？

孩子：（抬起头，悲伤地）你去哪儿了？我以为，你不会回来了——

女人：（努力抑制着难过，平静地）这么晚了，你怎么还不回家？瞧，你都淋成什么样了？走，我送你回家。

孩子：（爆发地）不！不！不——告诉我，你去哪儿了？你说过的，我们是旅伴，我们会在一起！你为什么撇下我了？

女人：不错，我说过，我们是旅伴，我们会在一起。可是，不是永远。刘刚，所有的旅伴，都不会永远在一起的。我们俩，已经走过了那么多的地方，走完了属于我们的旅程。以后，你会有新的旅伴，和你同行，你会不断遇到新的旅伴。孩子，这就是旅行和……人生。

孩子：（突然扑到了女人的怀里，紧紧搂住了她）不，阿姨，我不要别人，我只要你！我们在一起，那么好，那么——幸福！对，就是这两个字：幸福！我觉得很幸福……我不再害怕，不再孤独，不再伤心，不再觉得这是一个陌生的地方，因为这个地方，有你！阿姨，你为什么不喜欢和我在一起了？

女人：（忍不住也紧紧抱住了孩子，眼泪流了一脸）不，孩子，我没有不喜欢，而是因为，我们的旅行，到终点了。

孩子：你骗我！我知道，是我妈不让我们在一起了！对吧？那个坏蛋！我恨她——

女人：（一把捂住了孩子的嘴）刘刚，不许胡说，你妈妈爱你，你不懂，她是在保护你！

晚了。他们都没看见，不远处，父亲和母亲，撑着伞，站在那里，目睹了这一个场景。

父母强行拖走了孩子，场面惨烈。母亲把他反锁在了里屋。半夜里，突然听到里面传来很大的响动。母亲急忙打开房门，看到了可怕的一幕：孩子把自己吊在了屋梁上。他踩着桌子，桌上架着板凳。那响动，就是他踢倒板凳发出的巨响。

母亲冲上去，爬上桌子，抱住他挣扎的双腿，拼命托举，一边像母兽一样大声尖叫。

孩子救下来了。

第二天，更加惨烈的一幕，在这个宿舍大院里发生了。二十世纪七十年代，很多的大院，都被称为"向阳院"。这天，在这所向阳院里，组织了一场批斗大会。这个批斗会，缘起于孩子母亲的告发。母亲哭诉孩子被女人猥亵。流言就这样被证实了。人们义愤填膺，特别是女人，特别是母亲们。她们冲上前去，打她，揪她的头发，用最脏的语言骂她。她们羞辱她，扯开她的衣服，让她洁白的胸膛，袒露在光天化日之下，她们朝那个洁净的地方呸呸地吐着口水。有人不甘心，拎来一壶热水，朝那隆起的小山丘，浇了下去……

当晚，女人，服大量安眠药和止痛剂，自杀身亡。

舞台沉入黑暗。渐渐地，一束追光，网住了一个人。囚住了一个人。那个母亲。

母亲：（独白）你走了。忆珠，你解脱出苦海了。你赢了。从此，坠入深渊的，是我。你终究是夺走了我的儿子，他从此将视我为这世间最大的仇人。我十月怀胎的骨肉，在产床上挣扎了三十多个小时，难产，侧切，缝了十六针生下的这个儿子，我眼看着他的身体里，生长出了一个仇敌，他像树一样，从孩子的头颅里破土而出，眨眼就浓荫蔽日，遮没了我儿子。那浓荫里的每一片树叶,都滴落着仇恨的汁液。我不怪他,不怪他,甚至,我也不怪你,不再怪你。我比任何人都知道,你的无辜,你的清白,你的善良!可是我疯了!原来,作恶,是一件这么容易的事!原来,一个普通人和一个罪人之间,只有这么一念的距离!一念的距离,就分出了天堂和地狱!忆珠,我送你进了天堂,而我,坠入了地狱!

　　人生有多长,我的惩罚就有多长。我已经把我的手,洗破了,可是,我还是洗不干净我手上的鲜血,那是你的血,我看不见它们,可是我总是闻得见血腥,呛鼻子的血腥,躲藏在我手里,与我如影随形。我摆脱不掉这气味,除非,我拿刀剁了我的手……剁了它,忆珠,你能原谅我吗?

　　哦!不!我在说胡话,我在发烧,我在说梦魇。忆珠,我永不对你,说,"请原谅"这三个字,我不说,我不说,我不说!和罪恶相比,这三个字,太轻佻,它们算什么?算一张当票?用它,赎回自己的罪孽,赎回自己良心的安宁?大恩不言谢,那大罪呢?所以,忆珠,我在地狱里,我不说,请原谅——请原谅——请原谅——

　　忆珠,你听见了吗?

　　(多媒体天幕上,出现了女人的影像。女人和孩子。在疾驰的列车上,灿烂地微笑。风光如画。)

　　响起歌声:

绿皮火车行驶在地图上
身上披着四季的清香
你好,长河的落日,山巅上的朝阳
你好,你雄浑的北方,我温婉的南方

我们从一个
一个叫作"孤独"的车站出发
那一刻
我就是,你春花烂漫的原野
我就是,你香气四溢的故乡
孩子,我亲爱的小旅伴
这列车的终点站叫作——天堂

绿皮火车行驶在地图上
车轮碾过人间的悲伤
别怕,城市的冰冷,生活的嚣张
别怕,你酷烈的北方,我残忍的南方
我们从一个
一个叫作"自由"的车站出发
那一刻
你就是,我对这世界的承诺
你就是,我柔情似水的希望
孩子,亲爱的小旅伴
这列车的终点站叫作——天堂

（幕落）

四

掌声中,演员谢幕。导演谢幕。最后,编剧谢幕。

是她。素心,也是安娜。站在那里,站在台上。深深地,鞠躬,向着往事,向着岁月,向着活着或者远去的故人。

然后是一个小型的座谈会,观众和演员、和导演、和编剧的互动。这是小剧场惯例。观众的问题,大多围绕演员和导演提出,她坐着,倾听。

然后,观众离去。演员、导演,相继离去。空荡荡的小剧场里,只剩下了他们三个人。她坐在舞台上,他们,则坐在台下各自的位置,那是前排、很前排的位置。他们默默坐着,台上台下,彼此相望,不说话。

横亘在他们之间的,是时间的滔滔大河。

终于,她笑了,说:"你们来了,真好。"

三美说:"素心,戏真好。"

她回答:"我写每一个戏,总是设想,你,你们,还有,死去的人,坐在台下。我每一个戏,都是在写给你们。"

"我听懂了。"三美回答,眼睛里闪着泪光,"素心,我听懂了。"

"彭,你老了。你居然也老了。"素心望着那个男人,微笑着说。

"我怎么可能不老?"他微笑着,反问。

"和我想象中老去的你,完全一样。所以,我一眼就认出了你们。"她说,"彭,能给我一个你的地址吗?我有东西要快递给你,一样,非常重要的东西。"

"好,"彭回答,"我们加下微信,我把地址发给你。"

他们掏出手机,操作,加了微信。

"彭,"她收起手机,望着台下,说道,"你不问问我,是什么东西吗?"

"不用问,素心,我知道是什么,"彭安静地回答,"从一开始,我就知道,从四十四年前,我就知道,你,不会让人抢走它的。"他说,"我也知道,为保住它,你一定,付出了惨烈的代价,对吧?"他眼睛里突然现出泪光。

素心没有回答。

素心不回答,是她不能自抑。她一开口,就会泪崩。她不能、不能掉泪,她不能让他们同情。那是她最后的尊严。

我永不会对你说出这三个字:请原谅!请原谅!请原谅——安娜,你听见了吗?

      2018年10月7日星期日草成于京郊顺义如意小庐
      晴空如洗
      2018年11月15日二稿
      2019年3月7日再改于母亲逝世五七之后

后记｜记忆的背影

拿到《花城》（2019年第4期）新刊，许久不敢打开。

有点害怕。

怕里面的文字让我自己失望。

这五年来，我的生活距离文学、小说之类，遥远了些。最经常出入的场所，就是医院、医院、还是医院：北京的，山西的。山西那边的医院里，是我的父母，北京，则是我的丈夫。

起初，在最焦头烂额的时候，绝望的时候，偶尔，会有一些电话或者微信，谈约稿或者什么活动的事。我往往都要愣怔好一会儿，才能反应过来人家在说什么——那已然是另一个世界的事了。正常的世界，凡俗的世界，温暖的、亲爱的、鸡飞狗跳热火朝天的世界。只是，不再和我有关。

我在世界的那边。

我的父母，一个罹患阿尔兹海默症，一个则是脑梗中风。曾经，他们都是精明强干的医生，是聪慧的、经历坎坷、内心世界丰富的男人女人，但是在晚年，疾病使他们成了漆黑的、没有记忆的人。那真是可怕呀。我记得，母亲曾经多么努力地想打捞她的记忆，挽留它。她和我们出行，坐在车上，不厌其烦，像个学说话的孩子一样，大声地，念着车窗外她能看到的所有路标、招牌、广告牌等等，一个字一个字艰难地蹦出口。那种时刻，我愤怒地想叫，想喊，无助地想死。而其时，我并不知道，最深的黑暗、最深的绝望，还在不远的前面等着我呢：她终将遗失一切，遗失她的一生。

有数年时间，她躺在病床上，近似植物人，不会说，不会动，甚至不会吞咽，全身插满管子，鼻饲管、尿管、氧气管、呼吸机……我们把她残忍地托付给了现代医学。这个受托者，冷漠却兢兢业业地行使着它的责任，有时甚至是在炫耀，炫耀它的强大和没心没肺。看，你活着，在喘气，还要怎样？

这种时刻，恐惧，几乎使我窒息。眼前这个被羞辱、被折磨、被摧残的暗黑躯体，是什么？是谁？母亲，还是我？还是世界尽头的真相？

我没有太多的时间了。无数次这么想。记忆完全有可能比我的身体先死。

没有人有无尽的时间，永恒的记忆。

那么整个人类呢？作为一个有灵的物种，地球上的族群，它有没有最终失忆的一天？或者，它干脆"进化"到不再需要记忆？

尽管，渺小如我，我仍然珍视我生命中某些时刻，某些印记。爱它们，或者，恨它们。

我往回走。走进青春的深处。也是人性的深处。

我必须溯流而上。水冷刺骨。疼痛刺骨。但是别无选择。

起初，这个长篇，不叫这个名字，叫《玛娜》。这是一个音译，当然也可以把它写作"吗哪"。它是《旧约》里的故事，摩西带领犹太人出埃及，行走在旷野之上，没有粮食，没有吃的，于是上帝就让旷野中长出一种植物，有白色的小果实，可以食用。这白色的救命果实就是吗哪或者玛娜。摩西和他的族群，历经几十年，就是靠着这种叫吗哪的东西走出了旷野。但是这个白色的吗哪，这水灵的果实，只能随摘随吃，按需所取，吃多少摘多少，不能把它贪心地带回帐篷之中，据为己有。它在帐篷中过一夜，就迅速变质、腐烂，臭不可闻。

而我小说中的主人公，一个因爱情而盲目和痴狂的少女，就是窃取了原本不属于自己的东西，整个余生，被罪恶感所折磨和惩罚，陷入深渊。只有一次，仅此一次，她把吗哪带回到了帐篷。可变质的，不仅仅是白色的小果实，还有她灿如春花的生命。

当然，我也同样不敢心存贪念，以为我的文字就一定比我的生命长久。我知道，一定不会有多少人看到它们，阅读它们。我只是在模仿我母亲，就像她疾病初起时所做的那样，望着车窗外一闪而过的风景和各种招牌，大声地依恋地念出它们的名字，在终将失去它们之前拥抱它们，和它们告别。对它们说，谢谢你们给了我一个丰富的过往。

这是我写《你好，安娜》的初衷。

2019年7月18日于京郊顺义如意小庐

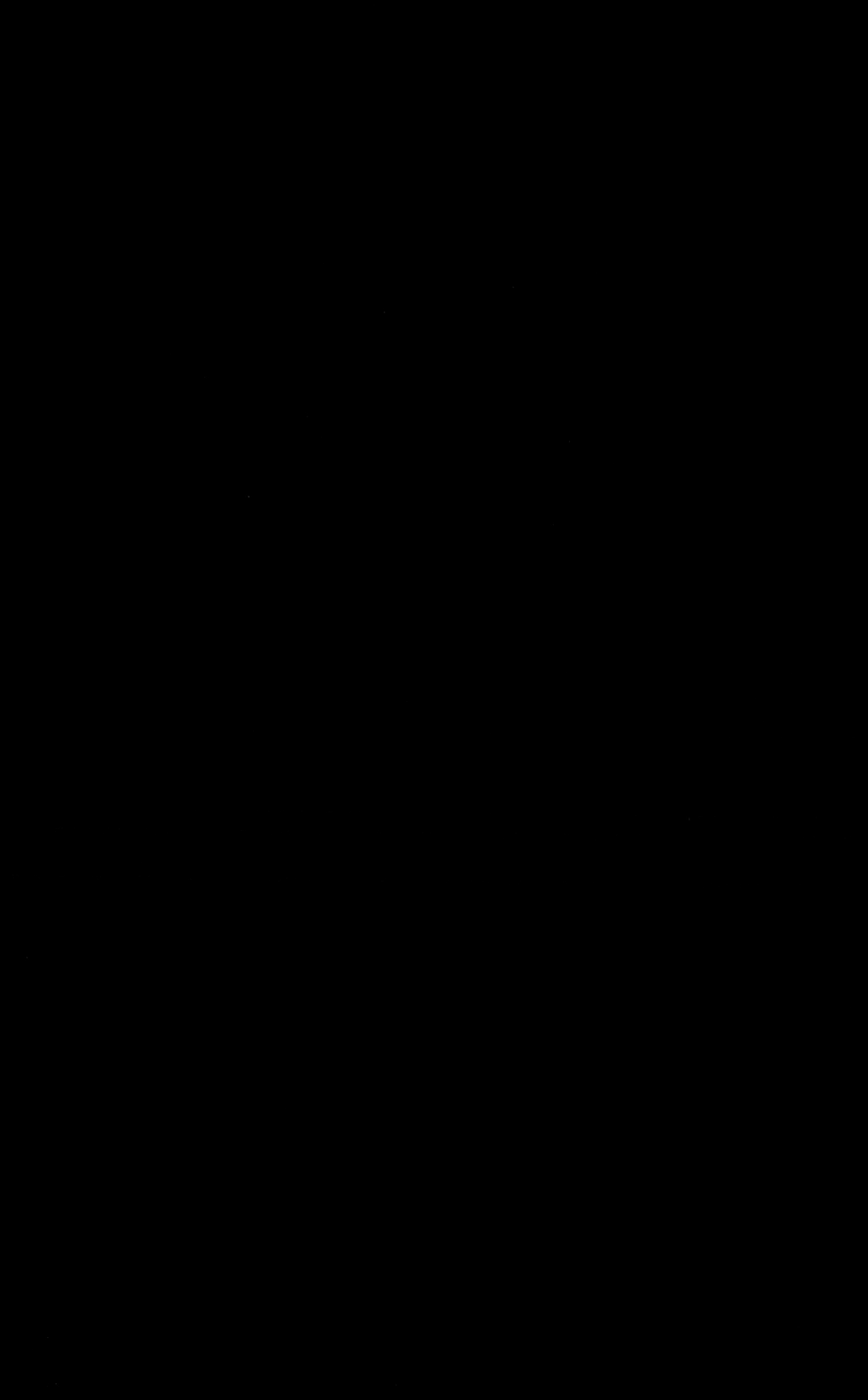